마녀를 위하여

마녀를 위하여

초판 1쇄 찍은 날 § 2004년 1월 14일
초판 1쇄 펴낸 날 § 2004년 1월 24일

지은이 § 윤정
펴낸이 § 서경석

편집장 § 문혜영
편집 § 이종민 · 신혜미
마케팅 § 정필 · 강양원 · 이선구 · 김규진 · 홍현경

펴낸곳 § 도서출판 청어람
등록번호 § 제1081-1-89호
등록일자 § 1999. 5. 31
어람번호 § 제5-0009호

주소 § 경기도 부천시 원미구 심곡1동 350-1 남성B/D 3F (우) 420-011
전화 § 032-656-4452 팩스 § 032-656-4453
http://www.chungeoram.com
E-mail § eoram99@chollian.net

값 9,000원

ISBN 89-5505-966-3 03810

medieval fantasy romance

마녀를
위하여

윤정 지음

도서출판
청어람

마녀를 위하여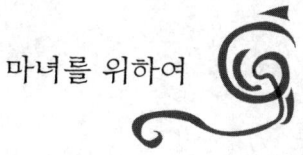

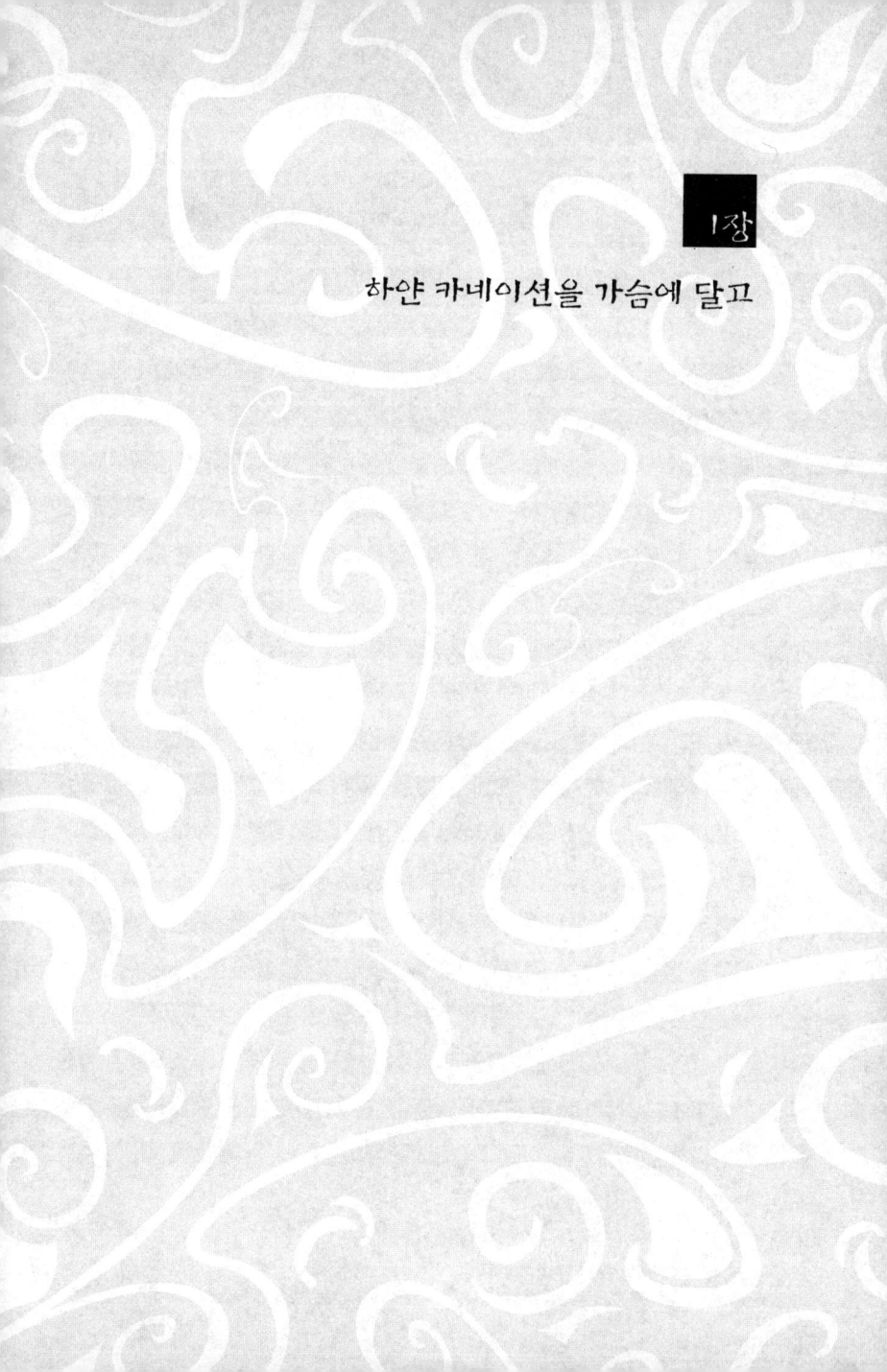

1장

하얀 카네이션을 가슴에 달고

I. *하얀 카네이션을 가슴에 달고

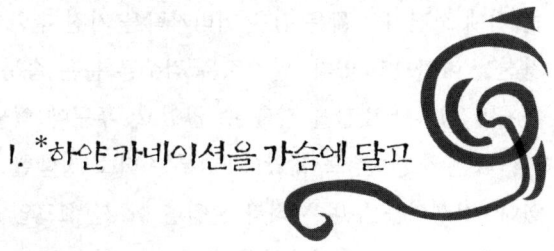

　에르기아는 착잡한 마음으로 손에 잡힌 하얀 토끼를 들여다
보았다. 하얀 토끼는 빨간 눈으로 그녀를 멍하니 올려다보고 있
었다. 쫑긋거리는 분홍빛 코가 사랑스러웠다. 하지만 토끼는 가
축이다. 밖은 시끌벅적했다. 전란 후 벌어진 모처럼의 연회에
흥분한 젊은이들이 저마다 호사스런 옷차림새로 즐기려는 것이
다. 그런 것을 에르기아도 잘 알고 있다. 하지만 그녀는 그런 것
을 즐길 수 있는 입장이 아니었다.

　그녀는 눈을 감았다가 천천히 다시 떴다. 전신을 비추는 거울
에는 한 여자가 서 있었다. 다른 귀부인들과는 달리 지나치게

---

* 나는 당신을 사랑하고 있습니다

큰 키에 소년처럼 짧은 검은 머리카락을 가진 추한 여자가 서서 자신을 바라보고 있다. 날카로운 검푸른 눈은 속눈썹이 길기는 하지만 냉혹한 빛깔을 감출 수 없었고, 투구에 억눌린 짧은 머리카락은 소년보다도 짧았다. 피부는 다소 창백한 데다가 거칠었다. 전쟁터를 누벼온 터라 손질을 할 사이도 없었던 것이다. 콧날은 여자라기엔 지나치게 뾰족하고, 입술은 핏기 없이 싸늘했다. 기사들마저 두려움에 떨게 한 냉혹한 명령을 내리던 입이다.

"별수없다구."

에르기아는 애써 낙천적으로 생각하며 투덜거렸다.

미늘 갑옷을 입은 채 멀뚱거리며 거울 앞에 선 멀대같이 크기만 한 여자. 노처녀. 전쟁터의 마녀. 한쪽엔 레이피어, 한쪽에는 메이스를 든 무식하고 잔인한 마녀. 전쟁과 살육, 병사를 다루는 것밖에는 못하는 여자. 수틀을 내려놓은 지 벌써 5년이나 지났다. 음식이나 옷감에 대해서 그녀가 아는 것은 거의 없었다. 여자로서는 전혀 쓸모가 없는 공주. 어떤 남자들도 바라지 않는 여자. 실제로 그녀는 레이디로서 초청받은 적이 단 한 번도 없었다. 연회에서 춤을 춘 적도, 기사들에게서 레이디가 되어줄 것을 요청받은 적도 없다. 하긴, 어떤 남자도 자신의 머리통을 부술 메이스를 휘두르는 여자에게 레이디를 요청할 리는 없을 것이다.

그녀는 다소 초조해져서 텅 빈 방 안을 서성거렸다. 이 연회를 피할 수만 있다면 벌써 달아났을 것이다. 하지만 이것은 승전기념 연회였다. 왕이 직접 열어 귀족들을 초대했다. 승전을 치른 자에게 그에 합당한 상을 주고, 죄를 지은 자는 사면해 줄 것이다. 아리땁게 꾸민 아가씨들은 전란의 전사들에게 매혹적인 눈웃음을 치며 새로운 로맨스에 열을 올릴 것이겠지만 에르기아는 다르다.

"제기랄!"

그녀는 다시 이마를 거울에 처박았다. 사실 입고 나갈 드레스도 없었다. 쓸 만한 드레스는 전부 팔아치웠다. 걸칠 보석조차 없었다. 그러니까 연회 따위에는 안 나가도 된다면 안 나가기를 바랐다.

'도망갈 수만 있다면. 이 빌어먹을 연회에 참석하지 않을 수만 있다면!'

그녀는 몇 번이나 버둥거리는 토끼와 거울을 번갈아 보았다. 만약에 이 연회에 〈그〉가 나온다는 소식을 듣지 못했다면 이런 갈등은 없었을 것이다. 아예 그대로 아프다고 도망갈 수도 있었을 것이다. 하지만……

"니엘, 에레니엘 에스레이드."

에르기아는 조심스럽게 그의 이름을 불러보았다.

그와 헤어진 것이 5년 전이다. 그 당시 그는 27살의 아름다운 청년이었다. 지금 그는 32살의 훌륭한 전사가 되어 있을 터였다. 그의 위명은 전선에 가 있던 에르기아에게도 잘 들렸다. 니엘이 남부전선에서 연승을 기록하며 전쟁영웅이 되었다는 소식을 듣고 얼마나 기뻐했던가. 자신 때문에 수도 벨페스트에서 추방당한 것 때문에 얼마나 마음 졸이고 있었던가. 그를 다시 볼 수만 있다면 얼마나 좋을까 하고 몇 번이나 꿈꾸곤 했었다. 하지만 니엘은 그녀를 미워할지도 모른다. 아니, 틀림없이 증오하고 있을 것이 뻔하다.

"젠장……."

하지만 그가 미워하고 있을지라도, 에르기아는 그가 보고 싶었다. 먼발치에서 살짝 보면 아무도 모를 것이다. 특히 그녀의 미치광이 부친은 절대로 모를 것이다. 하지만 아직도 그녀가 니엘을 사랑하고 있다는 것을 왕이 눈치 채게 된다면 이번에는 니엘의 추방 정도만으로 끝나지 않을지도 모른다. 그러니 위장을 하지 않으면 안 된다. 전쟁터에서는 흔히 하지 않는가, 번쩍거리는 갑옷 위에 진흙을 문지르는 그런 짓거리를…….

"미안하다."

에르기아는 자신의 손에 잡혀서 버둥대는 토끼를 바라보며 낮게 뇌까렸다. 니엘과 토끼 중 누가 더 중하냐고 말한다면 당연히 니엘이다.

"마마."

시녀인 펠리시아가 조심스럽게 문밖에서 불렀다. 그녀로서는 에르기아가 대체 어떤 차림으로 나타날지 걱정되어 미칠 지경이었다. 무리도 아니다. 에르기아는 무도회에 제대로 참석해 본 적이 거의 없었다.

전란은 3년간 계속되었고 왕자가 없는 로디지 왕국에서 유일한 왕족인 에르기아 케티스는 후계자로서 내내 전선에 나가 있었다. 코넨 왕은 항상 그렇듯 마약과 여체에 탐닉했다. 요즘은 어떤 귀족도 자신의 여식을 공식석상에서 자랑하지 않았다. 자신의 아내를 동반해 궁정 무도회에 참석하는 일도 삼갔다. 그 모든 것이 코넨 왕의 탐욕 때문이었다. 어떤 신출내기 귀족 하나는 딸을 두 명 바쳐서 영지를 따냈다. 심지어 궁중 연회에 참석했던 한 귀족은 왕에게 아내를 바치라는 압력을 못 이기다가 결국은 그 부인이 목을 매는 사태까지 벌어졌다. 약혼녀를 왕에게 빼앗긴 기사는 울분을 참지 못한 채 검을 꺾었고 나라를 떠난 자들도 꽤 있었다. 지위를 얻고 싶거든 미녀를 왕에게 바치면 된다는 소문이 로디지 전체에 널리 퍼져 있었다. 그나마 그녀가 보여준 전쟁터에서의 수훈 덕에 아무도 당장 반란을 일으킬 기회를 잡지 못하고 있었던 것은, 불행 중 다행이라 할 수 있었다.

하지만 그것은 펠리시아에게 중요한 일이 아니었다. 왕국에서 가장 유력한 귀족들이 모두 모이는 이 중요한 연회에서 주인공격이자 가장 존귀한 여성인 에르기아가 좀 더 매력적으로 차려입지 않으면 안 되는 것이다. 걱정스러운 것은 에르기아가 지난 3년간 단 한 번도 드레스를 걸친 적이 없다는 것이었다. 그녀는 항상 피로 물든 갑옷 차림이었다.

"공주님, 어서 준비를 하시지 않으면⋯⋯."

펠리시아는 초조해서 입술을 깨물었다. 그러나 그녀의 걱정도 무색하게 굳게 닫혀져 있던 에르기아의 방문이 열렸다. 그리고 펠리시아는 터져 나오는 비명을 참기 위해서 스스로의 손으로 입을 틀어막았다.

드래곤의 분노로 질로페 제국이 멸망한 뒤, 대륙은 일곱 개의 나라로 분열되었다. 그리고 오랜 전란의 끝에 가장 기름진 땅 페레스토 평원을 중심으로 해서 북부와 남부로 연맹이 맺어졌다. 북부의 로디지 왕국과 켈크립스 왕국, 노스워드 왕국, 휠트란 왕국이 맺은 북연맹, 그리고 남부의 커드리스 왕국과 고드스 왕국, 누비아 왕국이 남연맹으로 맺어졌다. 물론 이 남부연맹은 100여 년의 세월이 흐르는 동안 유명무실해졌지만 그래도 명목상 연맹국이라는 이름 하에 3년에 한 번씩 대륙회의를 열었다.

그러나 그 대륙회의는 로디지 8대왕 코넨 케티스의 방탕과 폭정, 그리고 누비아 군의 로디지 침공으로 무산되었다. 본래라면 북연맹인 다른 3국이 로디지 왕국에게 병력을 파병했어야 옳지만 로디지 왕의 외교부족과 각국의 이해관계가 얽혀 결국 전쟁은 로디지 왕국과 누비아 왕국 간의 전쟁으로 압축되었다. 초반에는 누비아의 압도적인 승리로 끝날 것만 같았다. 그러나 그 전쟁은 〈로디지의 피의 마녀〉가 등장하자 급변했다.

피의 마녀라 불리는 에르기아는 로디지의 유일한 후계자, 방

탕한 왕 코넨의 외동딸이자 가녀린 소녀였다. 배신자나 적병에
게는 가차없는 죽음, 아군에게는 관대함과 여유를 함께 드러낸
전쟁 3년이 그녀 개인에게 있어서는 불행일지 모르지만 로디지
왕국으로서는 행운이었다. 방탕한 왕의 18년 치세 동안 로디지
왕국은 주변국들에게 거의 신망과 영향력을 잃었다. 그래서 벌
어진 누비아 왕국과의 전쟁은 처음에는 로디지 왕국의 일방적
인 패배로 이어졌었다. 그러나 그 후 후계자로 정해진 유일한
공주인 에르기아 케티스가 전쟁터에 나서게 되자 상황은 급변
했다. 당시 겨우 17살에 불과했던 소녀는 머리를 짧게 자르고
전신에 기사들이나 걸칠 무거운 미늘 갑옷을 입고 출전했다. 한
손에는 레이피어, 한 손에는 메이스를 든 이 놀라운 여전사는
당시 공포에 떨고 있던 로디지 왕국 병사들에게 피로 물든 천사
가 어떤 것임을 잘 보여주었다. 첫 출전에서 그녀는 누비아의
기사 두 명을 손수 베어 죽였고, 그 뒤를 이어 놀라운 석궁 솜씨
로 누비아의 기사 다섯을 그대로 쏘아 죽였다. 그 다음에는 여
자라고 비웃던 아군의 지휘관 세 명을 그 자리에서 머리를 터뜨
려 죽여 버렸는데 그 이후로 그녀를 모두 다 〈피의 마녀〉라 부
르게 되었다. 물론 그녀가 그 별명을 얻게 된 이후로 산만하기
그지없었던 로디지 군의 지휘권은 하나로 통일되었다.

"그래서 이겼지."

"아아, 물론 잘 알고 있습니다."

"정말 대단했다니까. 특히 젊은 기사들은 공주에게 충성을 바

쳤지. 베아릭스의 흑기사들은 당연지사고 말이야. 그때 같이 있었던 병사들은 그녀라면 모두들 승리의 여신으로 떠받들었어. 전쟁의 여신이라고 말이야."

"그렇겠죠."

그렇게 맞장구를 치면서도 니엘은 그것을 곧이듣지 않았다. 그녀의 위명이 아무리 대단한들, 그녀를 다들 두려워하든 그에게 있어 에르기아는 그저 순진한 소녀일 따름이었다. 어릴 때부터 보아온 그녀가 새삼 〈피의 마녀〉니 뭐니 하고 불린다고 해서 두려워하거나 경원시할 까닭도 없다. 아니, 오히려 그녀의 잔혹한 소문을 들을 때마다 그는 비웃어주었다. 전쟁터에서 겁에 질려 달아나는 쓸모없는 사내들에 비해 당당히 앞으로 나아간 그녀는 얼마나 훌륭한가. 그 때문에 그녀는 겁쟁이들의 미움을 산 것이 분명하다. 과장된 마녀 운운하는 명칭 따위는 사실 우습지도 않았다. 그 자신도 악마라는 명칭을 얻고 있지 않은가.

"정말 대단했어."

니엘은 한참 열을 올리며 떠들고 있는 펜드릭스 백작을 향해 고개를 끄덕였다. 아까부터 펜드릭스 노백작은 자신의 대자(代子)가 혼자 서 있는 게 안타까웠는지 계속해서 새로운 여자들을 소개시켜 주고 있었다. 물론 니엘은 그게 너무나 귀찮았다. 바로 옆에 선 부관인 유리아스 펠하이드 남작은 하품을 참기 어렵다는 표정이었다.

"사랑스런 메리벨, 내가 소개해 줄 사람이 있단다."

어느새 노백작이 지나가는 아가씨 한 명을 발견하고 불렀다. 니엘은 트릿한 태도로 그녀가 다가오는 것을 보았다. 순식간에 창백해진 것을 보니 그의 위명을 알고 있는 여자인 모양이다.

"에레니엘 에스레이드 베아릭스 공작이오."

이름을 대기도 전에 새파랗게 질린 공녀가 비틀거렸다. 그의 얼굴을 가까이에서 보고는 겁에 질려 순식간에 새파란 얼굴이 되어버린다. 옆에 있던 시녀들이 낮은 비명을 올리며 주인을 모시고 어디론가 사라져 버렸다. 그 모습을 보고 니엘은 냉소했다. 어차피 이런 일은 처음도 아니다.

"어머나, 순진한 아가씨를 그렇게 놀리다니."

종소리처럼 낭랑한 소리로 웃으며 붉은 머리의 미녀가 다가왔다. 그녀는 전란의 로디지 인답지 않게 휘황한 보석으로 휘감고 있었다. 이십 대 후반 정도로 보이는 그녀는 육감적인 몸매를 그대로 드러낸 채 오만하게 다가와 노백작에게 목례를 했다. 펜드릭스 노백작은 조금 불쾌한 얼굴이었지만 아름다운 여자에게 뭐라 할 정도로 예의가 모자란 남자는 아니었다. 그는 그저 부루퉁한 얼굴로 목례만 했다.

"유스린 남작부인."

마르타 유스린 남작부인은 동부지역의 비단으로 돈을 모은 유스린 남작의 미망인이었다. 나이 차이가 무려 삼십여 세나 났기 때문에 처음에 그녀는 꽤나 동정을 받았지만 사실 동정받을 까닭도 없었다. 특히 유스린 남작이 결혼한 지 3년 만에 병사하고 나서는 더 더욱이나.

매혹적인 초록색 눈과 붉은 머리칼을 한 그녀는 동부지역의 재산가들 사이에서는 여왕으로 군림할 정도로 대단한 재력가였다.

"춤추시지 않겠어요, 공작님?"

그녀가 손을 자연스럽게 니엘의 팔에 올려놓자, 노백작의 눈은 더 더욱 샐쭉해졌다. 물론 그녀가 부유하다는 것은 알지만 그녀는 미망인이고 공작부인이 되기에는 지체가 낮았다. 지방 귀족의 차녀 출신으로 유스린 남작이 그녀를 돈으로 사 오다시피 했다는 것은 잘 알려진 소문이다.

"좋아."

니엘은 자신의 얼굴이 그렇게 된 뒤에도 자연스럽게 접근하는 그녀에게 꽤나 호감을 가지고 있었다. 물론 그녀가 자신의 지위라든지 재산에 대단히 호의를 가지고 있는 것은 사실이지만 최소한 그녀는 그의 얼굴이 그 모양이 되어도 놀라거나 꺼리지 않는 대담한 여자였다.

"내가 전에도 말했지만, 니엘."

그녀는 달콤한 목소리로 손가락을 뻗어 그의 뺨을 쓰다듬었다.

"당신은 여리디여린 여자의 상대가 못 된다니까요, 나의 악마 공작님."

"내 상대로는 당신쯤은 돼야 한다는 건가?"

그가 피식 웃자 마르타는 깔깔 웃었다.

"이 연회가 끝나면 내 거처로 오실 거죠?"

"생각해 보고."

그는 무덤덤하게 대꾸했다. 그녀의 풍만한 가슴이 아까부터 은근히 그의 가슴을 억누르고 있었다. 보드라운 흰 가슴이 부풀어 오르는 것을 꽤나 즐겁게 감상하면서도 니엘은 차가운 눈빛을 바꾸지 않았다.

"냉정한 분."

마르타는 짐짓 한숨을 내쉬더니 궁금한 듯 물었다.

"어때요, 피의 마녀라는 미친 공주님과 5년 만에 만나는 감상은?"

그 말에 그의 눈빛이 사나워졌다. 그가 아무 말 없이 마르타를 차갑게 노려보자, 그녀는 혀를 찼다.

"죄송해요. 말이 심했나요?"

"함부로 지껄이는 것은 용서하지 않아."

그는 그녀의 귓가에 대고 작게 속삭였다. 속삭이는 것에 비해서 으르렁거리는 소리가 났기 때문에 다정한 자세임에도 불구하고 마르타는 부르르 떨었다.

"잘못했어요."

그녀는 순순히 인정했다. 그녀도 에르기아 케티스 공주가 그의 마음속에 어느 정도 위치를 차지하고 있는지 금세 눈치 챘다.

"그녀와 결혼할 생각이죠?"

마르타가 낮게 속삭였다. 그녀는 달래듯 살짝 웃었다. 하지만 그의 얼굴은 여전히 차가웠다.

"알고 있어요, 그녀와 결혼할 생각이라는 것은. 하지만 그녀는 당신의 얼굴이 이렇게 되었다는 것을 알고 있어요?"

그 말이 끝나기가 무섭게 그는 자신의 품에 있던 그녀를 단호하게 밀쳐 내고 홀 밖으로 걸어나갔다. 놀란 마르타가 어쩔 줄 몰라 하는 동안 홀 안의 시선이 그녀에게 쏠아졌다. 춤추다가 상대를 버리고 떠난다는 것은 엄청난 모욕이었던 것이다. 그녀가 새빨개진 얼굴로 부르르 떠는 동안, 멀리 서 있던 다른 남자가 재빨리 다가와 그녀의 손을 잡았다. 마르타는 분노로 이글거리는 눈을 감추지도 않고 니엘을 쏘아보다가 마침내 연회장 밖으로 나가 버렸다.

"저런, 저런."

유리아스가 혀를 찼다. 그는 나른한 얼굴로 건방지게 중얼거렸다.

"자기가 뭐라도 된 줄 아는 모양입니다, 마이 로드."

그 말에 니엘은 대꾸도 하지 않은 채 시종에게서 포도주를 받아 들었다. 시선이 힐끔힐끔 달려들었지만 그는 신경 쓰지 않았다. 물론 노골적으로 감히 뭐라 시비를 걸 정도로 대담한 자들은 이 자리에 없었다. 그는 왕을 빼고는 이 자리에서 가장 지위가 높았던 것이다.

니엘은 베아릭스 공작이었다. 로디지에서 공작은 단 두 명.

그중에 가장 유력한 공작인 것이다. 하지만 그의 공작위 계승과
는 관계없이 그의 얼굴을 본 레이디들은 대부분 하얗게 질린 채
도망가기에 바빴다. 마음 약한 몇몇은 그와 같이 있는 것만으로
도 기절해 버리곤 했다. 그렇지 않다면 마르타와 같은 대담한
요부뿐이었다. 그것은 요 5년간 니엘이 질리도록 보아온 광경이
기도 했다.

"아무리 천한 여자라도 그런 짓을 하다니! 자네, 제정신인
가?"

펜드릭스 백작은 화를 냈다. 니엘은 그가 화를 내든 말든 무
심하게 서서 그 광경을 지켜보고 있었다. 공작이 되든 말든 그
의 얼굴은 이미 망가진 뒤다. 공작이 되었다고 해서 전처럼 매
끄러운 얼굴이 될 수는 없는 노릇이다.

에레니엘 에스레이드 베아릭스 5세 공작. 니엘은 11살 때 베
아릭스 가의 후계자로 선정되었다. 그전까지 그는 한낱 사생아
에 지나지 않았다. 그의 친부는 벨보트 백작이었지만 모친은 평
범한 평민의 딸이었다. 그나마 농노가 아닌 게 다행이었다. 그
녀는 방앗간 집 딸이었는데 그 뛰어난 미모에 사로잡힌 백작이
자신의 정부로 삼았다. 그러나 백작은 정실인 백작부인에게서
후계자를 얻지 못했기 때문에 다행히도 니엘은 후계자로서의
교육도 받을 수 있었다. 하지만 그의 모친이 일찍 죽고 또 다른
정부가 아이를 가지게 되자 니엘의 형편은 끔찍해지기 시작했
다. 새로 온 정부와 백작부인 둘 다 그를 함부로 대하기 시작했

던 것이다. 어차피 사생아인 그에게 또 다른 사생아의 탄생은
위험 그 자체였다.

그런데 놀라운 일이 벌어졌다. 아이가 없던 젊은 랜턴 베아릭
스 자작이 벨보트 백작의 집에 방문했다가 니엘의 놀라운 검 솜
씨에 마음을 빼앗겨 양자로 들인 것이다. 랜턴 베아릭스 자작은
벨보트 백작의 사촌이었다. 물론 지위도 앞으로 베아릭스 공작
을 이어받을 랜턴 쪽이 훨씬 높았다. 그야말로 엄청난 일이었
다. 랜턴은 명문가 중의 명문가인 베아릭스 공작이 될 몸이었지
만 승마 중 낙마하여 불구가 되어 아이를 갖지 못하는 몸이 되
었다. 그 이래 그는 양자를 얻으려 생각은 했지만 좀처럼 쉽게
마음에 드는 아이를 발견하지 못했다. 그런 그에게 있어 사촌의
사생아인 니엘은 눈이 번쩍 뜨이도록 마음에 드는 아이였다. 영
리하고 예민했으며 나이보다도 훨씬 침착했다. 사생아라고는
하지만 단정한 몸가짐과 예의 바른 태도가 그를 끌었다. 게다가
검술과 마술에는 아버지 벨보트 백작과 달리 놀랄 정도로 재능
이 있었다. 베아릭스 공작가가 유명한 기사단의 주인인 것을 생
각한다면 그야말로 안성맞춤이었다.

그는 니엘을 데리고 다니며 함께 여행하고, 좋은 스승을 불러
검술을 가르쳤으며 말 그대로 니엘이 맛보지 못했던 모든 사랑
을 쏟아부었다. 니엘에게 있어 진정한 부친은 랜턴 베아릭스 공
작이었다. 그래서 그는 간혹 사생아라고 손가락질하는 귀족들
을 무시할 수 있었다. 하지만 그 행복도 잠시, 랜턴 베아릭스는

43세의 젊은 나이에 폐렴으로 죽었다. 그 죽음 앞에서 니엘은 울부짖으며 통곡했다. 그때 그의 나이 16세였다. 그가 기사 서임을 받기 바로 며칠 전의 일이었다.

그 후 그는 베아릭스 노공작, 베아릭스 대공의 후계자가 되어 베아릭스 가의 성에 입성했다. 하지만 고집 세고 완고하던 노공작에게는 그다지 애정을 느끼지 못했고, 오히려 실력을 갈고닦으라 채찍질해 대는 그를 금방 경원시하게 되었다. 그가 유난히 과묵하고 침착한 태도를 가지게 된 것도 다 배경이 있었던 셈이다.

왕비의 부친이기도 했던 노(老)베아릭스 공작은 노스워드 왕국 왕실에 첫째 딸을 시집보냈고, 둘째 딸은 로디지 왕국의 왕비로 들여보냈다. 보기에는 굉장히 엄청난 지위를 가진 노인네처럼 보였지만 노공작은 무척이나 고통스러운 말년을 보냈다. 노스워드 왕국의 왕비가 된 장녀 세실리아 공녀와 달리 로디지 왕국의 왕비가 된 메디아 공녀는 딸 에르기아만을 낳고 10년간을 병치레만 하다가 세상을 떴다. 그녀가 죽은 뒤 방탕해지기 시작한 코넨 왕은 딸 에르기아를 볼모로 삼아 노공작의 충성을 받아냈다. 노공작이 거느린 베아릭스기사단은 모두 59명의 기사로 이루어진 대륙최강의 기사단이었다. 당시만 해도 이 베아릭스기사단은 흑기사단이라 불리면서 대륙최강을 자랑했다. 하지만 노공작이 병석에 눕고, 후계자인 랜턴도 불구가 되어 후계도 불분명해지자 이 명성도 사그라지기 시작했던 것이다. 다행히 양자가 된 니엘은 랜턴이 바라던 그대로 공작가의 후계자다운 실력을 보였지만 직계가 아닌 터라 그다지 환영을 받지는 못했다. 게다가 그 후, 왕이 메디아 공녀의 딸인 에르기아 공주를 빌미로 사사로이 이 기사단을 움직이려 했기 때문에 이 흑기사단도 분열되기 시작했다. 따지고 보면 에르기아와 니엘은 경쟁자인 셈이었다. 흑기사단을 두고 분쟁이 일어나지 않은 것은 오로지 니엘이 모른 척했기 때문이다. 그는 자신을 따르지 않는 노기사들은 아예 대범하게 내버려 두었고 그들은 자유롭게 에르기아를 추종했다. 그리고 니엘이 무관심하게 움직이는 동안 그의 매력에 매료된 젊은 기사들이 점점 불어났다. 그는 어린 에르기아 공주를 시기하지도 않았고, 노기사들과 다투지도 않았으며, 노공작의 전철을 밟으려고 애쓰지도 않았다. 그는 양부인 랜턴의 유지를 이어받아 실력만이 모든 것을 말해 줄 것이라는 것을 명심하고 있었다. 그리하여 베아릭스의 기사단은 결국 둘로 나뉘었다, 젊은 베아릭스의 후계자인 니엘을 따르는 젊은 베아릭스기사단과 에르기아를 따르는 흑기사단으로. 그나마 다행인 것은 두 파벌들은 결코 다투지 않았다는 것이다.

전쟁이 나자 에르기아 공주가 이 흑기사단의 정통 후계자라고 나섰다. 왕은 전쟁터에 나갈 생각이 없었으므로 그 상황을 묵인했고 그 뒤로는 조금 상황이 바뀌긴 했다. 59명이었던 기사들이 21명밖에 남지 않았지만 그녀는 그 기사단과 함께 새까만 갑옷을 걸치고 전쟁터로 뛰쳐나갔다. 이 여기사는 곧 로디지 왕실의 자랑이 되었고 흑기사단은 이 어린 여기사에게 진정한 충성을 맹세했다. 문제는 이 기사단의 충성을 받아낸 유일한 인물이 왕도 아니고 새로운 공작인 에레니엘도 아닌, 에르기아 공주라는 점이었다. 왕은 그 때문에 자신의 딸을 증오하기 시작한 모양이었다.

"아들도 아닌 딸이 그 정도 능력을 보였으니……."

펜드릭스 백작이 낮게 혀를 찼다.

"결국 공주는 처녀로 늙어 죽을 거야."

"왕이 먼저 죽지 않는 한 말이죠."

니엘이 속삭이자, 백작은 그의 옆구리를 재빨리 찔렀다.

"그나저나, 재미있지 않은가? 이 자리에 〈악마공작〉과 〈피의 마녀〉가 모처럼 함께 모이게 되니 말이야. 자네로서도 기대가 크겠지?"

백작은 의미심장한 미소를 띠며 그를 돌아보았다. 하지만 니엘은 무표정한 얼굴로 되물었다.

"에르기아 공주님은 요즘 어떻습니까? 역시 연회에는 얼굴을 보이지 않으시는 것 같던데."

"아, 무리도 아니지. 공주님이 조금이나마 관심을 표하는 젊은 남자가 발견되면 전하께서는 가차없이 추방령, 아니면 노골적인 적대심을 보이니까."

"그렇겠죠."

니엘은 무의식적으로 뺨에 난 흉터를 손가락으로 훑었다. 섬뜩할 정도로 선명한 흉터였다. 그 흉터는 왼쪽 눈썹 바로 옆에

서부터 시작되어 거의 입가까지 이어지고 있었다. 덕분에 귀공자다운 미모가 섬뜩할 정도로 뒤바뀐 상태였다. 그 지나치게 선명한 흉터 때문에 그는 10년은 더 나이 들어 보였다. 아직 32살밖에 안 된 청년임에도 불구하고 눈가에 남은 고뇌와 냉소는 그를 노인네처럼 변화시켰다. 게다가 빈정거리는 미소라도 한 번 띠게 되면 그 흉터 때문에 눈가까지 주름이 져 교활한 악한처럼 보이기까지 했다. 덕분에 다치기 전에는 무수히 꼬이던 아리따운 숙녀들은 다들 그의 웃음 한 번에 기절 직전까지 가는 상태를 보였다. 그뿐만이 아니다. 이번 3년간의 전쟁에서 그의 잔인함은 타의 추종을 불허했다. 검은 머리카락과 장신에서 뿜어져 나오는 위압감은 그의 잔혹한 행동과 더불어 사람들에게 두려움을 주었다. 적병의 한 사람까지 모조리 학살한다든지 본보기로 적병의 살가죽을 벗기고 피를 마셨다는 소문도 자자했다. 북부에 〈피의 마녀〉가 있다면 남부에는 〈악마공작〉이 있다는 소문이 대륙 전체를 휩쓸었다. 덕분에 그의 이름만 들어도 어린아이들은 악몽을 꾸고 마음 약한 레이디들은 기절할 지경이었다. 펜드릭스 백작이 레이디들을 계속해서 소개해도 그녀들이 놀라서 화들짝 도망가는 이유는 다 그것이었다. 공작이라는 지위에 전쟁영웅이라는 타이틀까지 붙었어도 얌전한 숙녀들은 다들 두려워 도망까지 가는 형편이다.

"여자들이란!"

백작이 짜증이 났는지 한숨을 내쉬었다.

그러나 니엘은 이미 다른 것을 생각하고 있는 중이었다. 그가 얻은 이 끔찍한 흉터는 바로 왕이 만든 상처였다. 코넨 왕은 말 채찍으로 그의 얼굴을 후려갈기며 저주했었다.

"이 빌어먹을 사생아 자식! 이 말끔한 얼굴로 감히 누굴 유혹했단 말이냐! 두고두고 저주하리라! 어떤 여자도 너만 보면 질겁하게 만들어주마!"

피가 튀고 살점이 튀었다. 끔찍한 고통으로 죽을 거라 생각했다. 하지만 그는 이를 악물고 고통을 견뎌냈다. 살아만 있다면 원한은 갚을 수 있는 것이다.

'에르기아······.'

그는 입가에 그 이름을 굴리며 쓸쓸한 표정을 지었다.

입궁한 이후 에르기아의 호위 기사가 되었던 니엘은 그녀와 단번에 사랑에 빠졌다. 소년처럼 바짝 말랐던 에르기아는 15세가 되면서부터 아름다워지기 시작했고, 그 탓에 의심 많은 왕의 심기를 불편하게 했다. 어머니인 왕비를 잃고 혼자가 된 총명한 공주는 사납기만 한 부왕과 사이가 좋지 않았다. 니엘도 안 된다는 것을 알면서도 그녀에게 손을 뻗고 말았다. 아직 27살, 잘생긴 얼굴과 좋은 매너로 궁정 안팎에서 수많은 레이디들의 애정공세에 시달리고 있던 시기였다. 공작의 후계자이자 궁정 제일의 미남자로 불렸던 그는 항상 그에게 헐떡이는 여자들 사이

에서 지내왔었다. 하지만 에르기아는 그에게 특별했다. 건드려
선 안 되는 공주님인 동시에 육촌 누이이기도 했으며 부친에게
버림받은 가련한 소녀이기도 했다.

'더러운 운명.'

그는 이를 갈며 독한 브랜디를 단숨에 삼켰다. 화끈한 열기가
올라오자 그는 일그러진 미소를 지었다. 에르기아는 그에게 끔
찍한 악몽이었다.

니엘은 바로 옆에 선 부관이자 전우인 유리아스를 흘긋 보았
다. 눈부신 금발을 가진 그는 벌써 수많은 여자들에게서 선망의
대상이었다. 늠름한 체구에 푸른 눈과 금발, 잘생긴 얼굴을 가
진 이 두 살 연하의 부관은 니엘에게 꽤나 신경 쓰이는 존재였
다. 만약 유리아스처럼 말짱한 얼굴을 가졌다면 니엘은 에르기
아에게 접근하는 데 조금의 두려움도 없었을 것이다. 지금처럼
뒷자리에서 여자들의 비명 소리를 배경 삼아 음울하게 서 있을
이유도 없을 터였다.

'바보 같군, 얼굴 때문에 이렇게 움츠리고 있다니.'

아니, 다른 여자들은 상관없다. 하지만 순결한 에르기아에게
그 끔찍해진 얼굴을 보여주기란 죽기보다 싫었다. 어차피 5년
전의 일이다. 에르기아는 한때의 소녀다운 풋사랑으로 그의 외
모만 보고 애정을 느꼈을지도 모른다. 하지만 5년이나 지난 지
금, 그녀의 마음속에 자신이 남아 있을 거라고는 확신할 수 없
었다. 게다가 이런 몰골로서야 자신있게 그녀의 마음을 되돌릴

자신은 도저히 없다. 아니, 그녀가 혐오의 표정이라도 짓는다면 더 끔찍하다. 그는 자조하면서 기둥에 기댄 채 음악이 흐르고 있는 왕궁의 대 무도회장을 바라보았다.

아직 채 눈이 녹기도 전에 벌어진 이 전승기념 무도회는 전란 중에 초라하기 짝이 없었던 궁정을 있는 그대로 드러내고 있었다. 금박, 은박을 칠했던 기둥은 이미 군자금으로 쓰이기 위해 군데군데 벗겨져 나가 회색 빛으로 얼룩져 있었고, 실크로 만든 태피스트리는 이제 두 개밖에는 남아 있지 않다. 궁정 전체를 덮었던 양모의 카펫도 이미 팔아치운 지 오래다. 그럭저럭 궁정답게 화려한 구석이 남아 있는 곳은 오로지 왕의 내궁, 왕의 창녀들이 사는 곳뿐이었다. 지금 무도회가 열리고 있는 대전 안도 천장 위에서 오색의 빛을 뿌리고 있는 샹들리에가 유일한 사치품이었다. 이백 년 전 만들어졌던 백색의 대리석 바닥도 군데군데 금이 가 있었다. 그래도 그럭저럭 빛나고 있는 것은 전란 중에 먼지와 거미줄로 엉킨 이 대전을 하녀와 시종들이 총출동해서 며칠 동안 쓸고 닦은 덕분이리라. 그나마 회랑 너머 궁정 전체를 둘러싼 향목으로 만들어진 울타리와 겨울 장미가 우울한 잿빛 겨울을 다채롭게 색칠하고 있었다. 이미 정원을 장식하던 조각상들은 다 팔아 치워서 남은 것은 정원수뿐이었던 것이다. 이런 와중에 전승기념 무도회라니, 개가 웃을 일이라고 니엘은 조소했다.

어쨌거나 화려한 드레스 자락 사이로 사람들이 춤추며 웃음

짓고 있었다. 몇몇 기사들은 자신의 무용을 자랑하며 귀부인들에게 두터운 팔뚝을 자랑하고 있었고, 젊은 여자들은 새롭게 궁정에 진입한 젊은 기사들에게 넋이 빠져 있었다.

"왕……."

니엘은 왕좌에 앉은 남자를 노려보았다. 아직 46세밖에 안 되었는데도 코넨 왕은 노인처럼 보였다. 머리는 이미 반이 세고 방탕한 생활로 일그러진 몸은 무너질 대로 무너져 추할 지경이었다. 늘어진 팔과 다리, 배는 개구리처럼 튀어나왔으며 창백하고 몽롱한 얼굴은 마약으로 찌들어 깊게 그늘이 져 있었다. 그 창백한 얼굴에 씌워진 황금의 왕관은 너무 버거워 보였다. 물론 니엘만이 그렇게 보고 있는 것은 아닌 듯했다. 제정신을 가진 자라면 모두들 왕을 죽일 기회만을 호시탐탐 노리고 있었다. 왕이 그 기회를 교활하게도 주지 않았기 때문에, 그의 옆에 바로 에르기아가 있기 때문에 왕은 무사할 수 있었다.

'코넨도 알고 있는 것이다. 그러니 그녀에게 접근하는 남자들을 제거하는 것이겠지.'

가장 명망 높은 흑기사단의 주인이자, 왕위 서열 1위의 왕녀. 에르기아 케티스. 이제는 피의 마녀라는 명칭으로 전쟁터에서 잔뼈가 굵은 병사들까지도 우러러보는 그녀. 그녀가 있는 이상 다른 자들은 군대를 일으킬 수 없었다. 그녀가 가만히 있는 이상 아무도 나설 수 없는 것이다. 하지만 만약 그녀가 결혼한다면 사정은 달라질 것이다. 그녀가 결혼하여 다른 남자를 지아비로 삼아 여왕이 된다면…….

"에레니엘."

바로 옆에 있던 펜드릭스 백작이 낮게 속삭였다.

"아까부터 호이슨 자작이 자꾸만 자네에게 할 말이 있다고 하는데, 뭔가 급한 일인가?"

"네, 잠깐만 자리를 비우죠."

니엘은 부관인 유리아스에게 시선을 던졌다. 그러자 무료한 듯 하품을 하고 있던 유리아스 펠하이드는 유리알처럼 푸른 눈으로 그에게 잠시 고개를 끄덕여 보였다. 니콜라스 호이슨 자작은 전쟁터에 함께 참전한 이래로 그에게 충성을 맹세한 남자였다. 유리아스와 더불어 그에게 맹목적인 충성을 바치고 있었다. 그리고 니엘은 그들에게 자신의 목표가 코넨 왕을 죽이고 왕위에 오르는 것이라는 것을 숨기지 않았다.

"별로 안 좋은 소식입니다."

무뚝뚝한 얼굴로 니콜라스 호이슨 자작이 말했다.

"뭔가?"

"왕이 공주를 결혼시키려 한다는 소문입니다."

"설마. 이제 와서?"

니엘이 눈썹을 꿈틀거리자 호이슨 자작은 심각하게 말했다.

"근거없는 소문만은 아닙니다."

"이제 전쟁에서 이겼으니 드센 공주는 필요없다 그거죠. 벌써 노스워드의 데릭 왕자가 오고 있고, 커드리스의 밀란 태자도 오고 있습니다. 왕도 이번에는 피할 수 없을 겁니다. 당장 노스워드의 세실리아 왕비가 왜 결혼시키지 않느냐고 항의한다면 변명거리는 없을 테니까요."

"그거 곤란하네. 왕위 계승자가 외국인과 결혼한다면 그야말로 끝장인데. 서둘러야 하지 않을까요? 일단 공주를 만나서 설득해 보면?"

유리아스가 물었지만 니엘은 침묵하고 있었다. 그는 미간을 찌푸린 채 생각에 빠져 있었다.

"공주를 잡아야 합니다. 공작님으로서는 혈족이기도 하고요. 그녀와 결혼할 수 있다면 좋겠지만 그도 되지 않는다 해도 그녀에게 최소한 어느 정도의 연계를 두지 않으면⋯⋯."

호이슨의 말에 유리아스가 끼어들었다.

"공주도 여자니까, 범해 버리면 어떨까요?"

그 말에 니엘의 얼굴이 사나워졌다. 그러나 그에 아랑곳하지 않은 유리아스가 혼잣말하듯 말했다.

"외국의 왕자와 결혼하는 것보다야 낫지 않습니까? 공작님께서 그녀와 결혼하는 것이 가장 최선의 방책이니까요. 여자란 결국 한 번 눌러주면⋯⋯."

"닥쳐."

니엘이 조용히 말하자, 유리아스는 입을 다물었다.

"나가서 이야기하는 게 어떨까?"

살기조차 띠고 있는 니엘의 눈치를 보던 호이슨 자작이 주변을 훑으며 중얼거렸다.

그들이 막 밖으로 나가려는 순간이었다. 갑자기 연회 여기저기서 나직한 비명 소리가 터져 나왔다. 그뿐만이 아니다. 경쾌한 곡을 연주하던 악단이 연주 자체를 멈추었다. 순식간에 싸늘한 정적이 무도회장을 뒤덮었다. 그리고 코를 찌르는 듯한 피비린내가 엄습했다.

"맙소사."

유리아스가 낮게 비명을 질렀다.

니엘은 얼어붙은 채 나가려던 발길을 멈추고 회장 입구를 바라보았다. 피비린내가 삽시간에 무도회장을 엄습했다. 모든 사람들의 시선을 받으며 한 사람이 들어서고 있었다. 훤칠한 키에 미늘 갑옷을 걸친 기사였다. 하지만 굴곡을 숨길 수는 없었는지 가슴 쪽은 불룩했고 허리 쪽은 가늘었다. 그뿐만이 아니었다. 보통 기사보다는 화려한 갑옷은 불꽃 문양과 함께 로디지 왕실의 문장인 수레국화를 새겨 넣고 있었다. 비록 진흙과 피로 얼룩져 그 문양이 다 드러나지는 않았지만. 허리에 매달린 피로 물든 메이스와 레이피어도 피에 얼룩져 있기는 마찬가지였다.

"······에르기아 케티스, 피의 마녀."

누군가가 낮게 중얼거렸다. 니엘은 홀린 기분으로 그녀를 바라보았다. 3년 전보다 훨씬 키가 컸다. 한참 장신인 그의 어깨를 넘는 키에 늘씬하게 뻗은 팔과 다리, 단련되었을 팔뚝은 비록 굵고 단단해 보였지만 전사의 그것처럼 굵지는 못했다. 미늘 갑옷으로도 다 감추지 못한 몸의 굴곡과 갑옷 사이로 드러난 하얀 목덜미.

"제기랄."

소년처럼 짧게 잘라 버린 검은 머리칼을 보고는 니엘은 욕설을 퍼부었다. 굉장히 아름다운 검은 머리칼이었다고 그는 기억하고 있었다. 그 머리칼 사이에 코를 묻으면 국화 향기가 났다. 하지만 어쨌거나 좋았다. 그녀는 여전히 그지없이 아름다웠다. 비록 피와 진흙으로 온통 몸을 감싸고 있을지라도.

"저게 대체 뭐 하는 짓이랍니까?"

유리아스가 낮게 투덜거렸다.

"……왕이 그녀에게 관심 보이는 젊은 놈들을 다 끝장내니까 나름대로 생각해 낸 거겠지."

니엘 대신 호이슨 자작이 안타깝다는 듯 중얼거렸다.

"미친 여자 같군요. 일국의 공주라기보다는 꼭……."

"닥쳐."

니엘은 짧게 외치며 경고했다. 유리아스는 흠칫해서 입을 다물었지만 그의 얼굴에 떠오른 혐오의 표정에 니엘은 살기를 뿜었다. 그의 살기에 찬 시선을 받고 유리아스는 슬쩍 시선을 피했다. 니엘은 유리아스에게만이 아니라 왕에게 견딜 수 없이 화가 났다.

벌써 21살이 된 에르기아는 정말 처녀로 늙어죽게 될지도 모른다. 보통 16세에서 18세 안에 혼인을 치르는 상황에서 20세를 넘긴 공주는 이미 노처녀 중에 노처녀였다. 왕은 그녀에게 접근하는 모든 젊은이들을 공개적으로 망신 주고, 공개적으로 죽였으며 공개적으로 추방했다. 만약 니엘도 공작의 후계자가 아니었다면 죽음을 당했을지도 모른다. 그뿐만이 아니다. 쇄도하는 모든 왕자들의 청혼을 때가 안 되었다면서 거절했다. 때로는 에르기아가 미치광이라며 거절하기도 했다. 그 덕분에 에르기아의 평판은 각 왕실에서 최악이었다. 물론 왕의 부덕함을 욕하는 사람들은 에르기아가 미쳤다고는 믿지 않았지만 그래도 20살이 넘도록 결혼도 못한 노처녀라는 것은 변함없는 사실이었다.

그는 욱신거리는 흉터를 꿈틀거리며 혹시 그녀가 자신을 알아보았을까 싶어 걸음을 멈추고 뚫어져라 그녀를 응시했다. 하지만 그녀는 그를 보지 못했는지 겁에 질린 사람들 사이를 뚫고 유유히 걸어 들어갔다. 그리고는 흥미진진하다는 얼굴로 바라보는 왕에게 무릎을 굽혔다. 공주가 아니라 기사가 왕에게 하듯 무릎을 하나 세우고 고개를 숙였다.

"오늘은 모처럼 네 드레스 차림을 볼 줄 알았는데, 사랑하는 에르기아."

"드레스는 거추장스러워서요."

낮은 허스키한 목소리는 잔뜩 쉬어 있었다.

니엘은 그녀의 목소리를 듣고 세월의 변화를 새삼 느꼈다. 그녀는 맑고 귀여운 소리를 내던 소녀였다. 그런데 지금 이 목소리는 전쟁터에서 병사들을 이끄는 자의 목소리였다.

"뭐, 좋겠지, 나의 자랑 에르기아. 피의 마녀. 앉아라."

왕은 손을 뻗어 자신의 옆 자리를 가리켰다. 에르기아는 순순히 왕의 옆 자리에 앉았고 음악은 다시 시작되었다. 하지만 그녀가 던진 충격이 제법 컸는지 아까처럼 화기애애한 분위기는 금방 돌아오지 않았다.

"이래서야 어디 승전식 분위기가 나겠습니까? 저런 모습으로 등장하는 왕녀라니."

나른한 어조로 유리아스가 불만을 토했다.

"닥치라고 했지."

그는 니엘을 슬쩍 살펴보았다. 아까부터 건드리면 터질 듯한 살기를 피어올리고 있는 니엘은 평상시의 모습이 아니었다. 냉정하고 오만한 전사였던 그가 상처 입은 멧돼지처럼 흥분하고 있는 중이다.

에르기아는 투구를 벗었다. 창백하고 흰 얼굴에 핏기도 없었다. 당연한 일이지만 화장기도 없었다. 그녀는 무심한 얼굴로 홀 안을 훑어보다 순간적으로 왕의 옆에 달라붙어 있는 왕의 창녀들에게 혐오의 표정을 지어 보였다. 그러나 그도 잠시, 그녀의 시선은 쌍쌍이 모여 있는 사람들에게로 움직였다.

"……!"

눈이 마주쳤다. 니엘은 숨이 막힐 것 같았다. 에르기아의 무심한 듯한 검푸른 눈이 분명히 그와 맞닿았다. 그들은 잠시 동안 서로를 마주 보다가 재빨리 시선을 바꾸었다. 아무도 눈치 채지 못할 정도로 자연스럽게.

니엘은 주먹을 쥐었다. 그녀는 그를 못 알아본 것인지 혹은 모른 척한 것인지 알 수는 없지만 그녀가 시선을 피한 것만은 분명했다. 격렬한 분노와 실망으로 그는 눈이 멀 것만 같았다. 다른 사람은 몰라도 그녀만은 달라야 한다고 믿었다. 아니, 그녀 때문에 다쳐서가 아니라 그녀가 그에게 가장 소중한 존재이기 때문이었다. 가장 소중한 존재. 니엘은 갑자기 떠오른 생각으로 눈앞이 깜깜해졌다. 아니라고 몇 번이나 부정했지만 속일 수는 없었다. 그는 에르기아를 아직도 사랑하고 있었다. 깡마른 소녀 시절부터 지금까지 내내 모든 것을 다 바쳐서라도 그녀를 가지고 싶었다. 아니, 가져야 했다. 소년처럼 짧고 거친 머리카락, 투구에 눌려서 볼품없는 머리 모양새에도 불구하고 원래 형태가 좋았던 작고 둥근 머리가 송두리째 드러났다. 가느다란 목덜미와 모양 좋은 귀가 묘하게도 뇌쇄적이었다. 그 목덜미만 보아도 그는 아랫도리가 뻐근해지는 것을 느낄 수 있었다. 창백해보이는 뺨과 달리 윗니로 깨문 입술은 붉은빛이 돌았다. 짙은 회색 빛 속눈썹으로 둘러싸인 커다란 검푸른 눈은 밤하늘처럼 신비했다. 그녀는 이제 소녀가 아니었다. 그녀는 여인이었다. 성숙한 여인. 그렇다. 그녀는 어떤 모습을 하고 있어도 그에게는 매력적으로 보였다.

"후……."

그는 씁쓸하게 웃었다. 뺨의 흉터가 불길하게 일그러졌다. 이미 모두가 늦어버렸는지도 모른다. 차라리 연락을 주고받아 천천히 설득해야 했는지도. 하지만 늦었다. 이젠 그녀가 원치 않는다 해도 그는 그녀를 가질 참이었다. 외국의 왕자 따위에게 건네줄 생각은 전혀 없었다. 유리아스의 말대로 그녀가 공포에 질려 그를 멀리할지라도 그는 그녀를 범할 각오를 다졌다. 막연히 생각해 오던 것 이상으로 그는 그녀를 원하고 있었다.

'안 되지. 안 되고말고.'

그는 이글거리는 눈빛으로 중얼거렸다. 그녀와 왕관을 둘 다 손에 넣을 결심을 이미 끝낸 상태였다. 아니, 이제 와서는 대체 어느 것이 먼저인지 그조차 잘 알 수가 없었다. 왕위를 위해 그녀를 차지하려는 것인지 아니면 그녀를 위해 왕위를 차지하려는 것인지.

"공작님?"

유리아스가 낮게 그를 불렀다.

"알았다."

그는 에르기아에게서 시선을 떼고 몸을 돌렸다. 이제 주저할 수는 없다. 쓸모없는 왕 따위는 죄악이다. 그는 코넨 왕을 죽인다는 데 조금의 거리낌도 없었다. 오히려 웃으며 그 목을 베어 낼 자신까지 있었다. 아니, 너무나 오랫동안 증오해 왔기 때문에 간단히 죽여주고 싶지 않을 지경이다.

니엘이 사라지는 것을 못 본 척하면서 에르기아는 애써 시선을 창밖으로 두고 있었다. 무척이나 무료하다는 듯이 가끔 시종들이 건네주는 포도주 잔을 들었다 놨다 하는 그녀의 태도는 왕에겐 익숙한 것이었다. 그러나 그렇다고 해서 왕의 후계자인 그녀가 이런 자리를 쉽게 뜰 수 있는 것은 아니다.

'나를 못 본 척했어! 아니, 내가 너무 흥해서 모른 척한 것은 아닐까? 아니, 나를 미워하는 것은?'

에르기아는 머리 속이 복잡했다. 그의 뺨에 난 상처를 보고는 눈앞이 깜깜했다. 저렇게 큰 흉터가 생긴 것을 보면 자신을 미워할 것이 뻔했다. 원망하고 미워하겠지. 고작해야 어린 계집애에게 키스 한 번 한 것 가지고 왕이 지나치게 심한 짓거리를 한 것이다. 공작의 후계자인 그에게 채찍질을 하고 모욕을 주었던 것이다. 그날 니엘이 얼마나 심하게 당했는지 보고 있던 에르기아가 혼절을 할 정도였었다.

'하지만 여전히 아름다워.'

가슴이 터질 것만 같았다. 오랜만이어서 그랬을까. 5년 만에 보는 그의 모습은 정말 근사한 전사 그 자체였다. 새까만 머리칼을 늘어뜨린 그는 녹회색 눈동자를 번뜩이며 사람들 사이에 서 있었다. 거친 전사들 사이에 서 있는 그는 그 누구보다도 위험하고 강해 보였다. 전쟁터에서 그가 유명하다는 것을 알고는 있었지만 이처럼 멋질 줄은 몰랐었다. 키가 큰 에르기아보다도 머리 하나는 크고, 덩치도 컸다. 그 옛날 조각처럼 아름다운 미청년이었던 그는 이제 완숙한 사내의 향기를 품고 있었다. 그의 품 안에서 키스로 떨었던 기억을 떠올리며 그녀는 괜히 혼자서 뺨을 붉혔다.

"에르기아."

왕의 부름에 그녀는 고개를 들었다.

"춤도 안 출 참이냐?"

코넨 왕이 흐릿한 눈으로 웃음 지으며 묻고 있었다. 그는 이미 잔뜩 취해 있었다. 한 손이 옆에 앉은 여자의 드레스 자락 사이로 들어가 있는 것을 보고 에르기아는 벌떡 일어섰다.

"이 차림으로는 무리죠. 전 가보겠어요!"

"승전식에서 네가 화관을 건네주어야 하지 않겠니?"

왕의 말에 일제히 시선이 쏠렸다. 화관은 전쟁에서 가장 공로가 큰 자에게 돌아가는 상이었다. 가장 공로가 큰 자에게 왕국의 가장 지체 높을 레이디가 건네는 상이다. 하지만 그 말에 에르기아는 자신에게 쏠리는 모든 시선을 받으며 코웃음 쳤다.

"화관이오?"

그녀는 시종이 들고 서 있는 붉은 공단 위의 푸른 수레국화 화관을 돌아보았다. 기사들 몇몇이 혹시나 하는 심정으로 앞으로 한 걸음씩 다가오고 있었지만 그녀는 아는 척도 하지 않았다. 대신 그녀는 한 걸음 다가가 화관을 집어 들었다.

"가장 공로가 큰 자에게 내리는 상이군요."

그녀의 말에 왕이 고개를 끄덕였다.

"그렇다. 네가 공주이니 네가 내려야 하겠지."

"그것참, 우습게 되었네요."

그녀는 화관을 들어 자신의 머리 위에 올려놓았다. 여기저기서 헉 하고 경악성이 터져 나오고 주변에서 놀람과 분노의 탄성이 일었지만 항의를 하는 사람은 아무도 없었다. 그녀는 소란스러워지기 시작하는 홀 안을 쭈욱 돌아보면서 왕의 앞까지 걸어갔다. 그리고는 오만방자한 태도로 살짝 고개를 숙이며 물었다.

"이 자리에서 나 이상의 군공(軍功)을 세운 자가 있습니까?"

"호오."

왕은 여전히 나른하게 웃음 지었다. 재미있다는 듯한 비틀린 웃음이 새어 나오자, 에르기아는 더 더욱 반항적인 기분이 되었다. 그녀는 뒤로 돌아서서 자신을 멍하니 바라보고 있는 귀족 전사들을 쏘아보았다.

"이중에서 내가 이 화관을 차지하는 데 반대하는 사람이 있나요? 만약 있다면 주저하지 않고 관두지요!"

그녀가 큰 소리로 외치자, 젊은이들 사이에서 박수 소리가 터져 나왔다. 나이 든 자들과 달리 젊은 자들은 삽시간에 환호성을 내지르면서 환영했다.

"에르기아 공주님 만세!"

"오오, 공주님이야말로 제일의 영웅!"

"로디지의 수호신!"

박수를 치는 가운데 몇몇 검은 튜닉을 걸친 기사들이 다가와 그녀의 앞에 무릎을 꿇었다. 베아릭스기사단에 속하는 흑기사단이었다. 전쟁 중에 많은 수가 죽고 이제는 몇 남지 않았다. 하지만 그들은 그녀에게 충성을 맹세했는지라 모두들 고개를 숙여 경의를 표했다.

"마이 로드."

"펠티어 경, 세이기어 경, 오스틴 경. 모두 왔군요."

"감축드립니다, 마이 로드."

"영광을, 마이 로드."

왕을 빼놓고 이 자리에서 이런 충성의 서약을 보여주는 것만으로도 사실은 꽤나 오만무도한 일인지도 모른다. 하지만 어차피 왕에게 에르기아 이외의 후계자는 없었다. 게다가 이 전쟁 자체가 그녀 없이는 이길 수 없는 것이었기 때문에 아무도 그녀에게 뭐라 할 수 있는 사람은 없었다. 물론 독사처럼 왕이 눈을 번뜩이고 있긴 해도 그녀가 다른 남자의 품에 안기지 않는 이상 왕도 뭐라 할 수는 없었다.

그들 이외에도 몇몇 젊은 기사들이 분분히 충성의 맹세를 하는 가운데 그녀는 오만하게 레이피어를 빼 들어 그들에게 서약식을 거행했다. 그런 식으로 그녀에게 충성을 맹세한 기사들이 그 자리에서만도 열일곱 명이나 되었다.

사실 에르기아는 조부의 흑기사단을 착잡한 심정으로 바라보고 있었다. 흑기사단 중에서 가장 젊은 기사가 사십 대 중반이었다. 이미 어느 정도 노년기에 접어든 이 기사단은 후대를 잇기가 매우 힘든 상황이었다. 주인을 정한 지 얼마 되지 않았기 때문이다. 지금 이 자리에 서 그녀와 같이 서 있는 펠티어, 세이기어, 오스틴 경들은 그나마 나은 축이었다. 부상을 입거나 불구가 된 기사들을 생각한다면 더 더욱 암담한 지경이었다. 이왕에 물려받은 기사단이었다. 그 위명에 걸맞게 잘 발전시켜 나가고 싶었다. 그나마 베아릭스 공작인 젊은 니엘에게 속한 기사들이 야심만만한 젊은이들로 가득한 것이 위안이었다.

"오늘, 왜 그런 차림새로 오셨습니까?"

세이기어 경이 책하는 어투로 물었다. 그는 오십 대의 콧수염이 멋진 노기사였다.

"알잖아요? 나는 귀찮은 것은 싫어요. 게다가 쓸데없는 오해도 받기 싫고."

"하지만 공주님은 이 자리의 꽃입니다. 굳이 아름다운 미모를 그렇게 손상시키실 필요는 없습니다."

"미모가 어딜 도망가지는 않을 테니, 서두르진 말아요."

에르기아는 그와 이야기를 하면서 슬그머니 니엘이 어디 있을까 하고 곁눈질을 했다. 하지만 니엘의 모습은 어디에도 나타나지 않았다. 역시 그녀가 꼴도 보기 싫은 게 분명했다. 사실 오늘 그녀가 이렇게 대담하게 군 것은 일종의 화풀이였다. 니엘이 그녀에게 아는 척이라도 해주었으면 얌전하게 사라졌을지도 모른다. 하지만 그는 그녀를 아는 척도 하지 않고 냉담하게 사라져 버렸다.

'그는 날 미워해! 증오하고 있는 거야!'

좋아하는 남자가 날 미워하는데 아무려면 어떠랴! 그녀는 막

나가도 상관없다고 생각했다. 어차피 부왕은 그녀가 무슨 짓을 하든 미워하고 있었다. 그러니 어떤 짓을 하든 무슨 상관이겠는가. 사랑받고 싶은 사람은 이미 그녀를 증오했다. 두려울 것은 아무것도 없었다. 그녀는 북받치는 감정을 억누르며 말했다.

"이젠 사라질래요."

"이야기를 나누고 싶어하는 젊은이들이 잔뜩 있습니다."

오스틴 경이 주의를 주었지만 에르기아는 어깨를 으슥했다. 남자들이나 하는 몸짓이었지만 키가 큰 그녀에게는 꽤 어울렸다.

"난 하고 싶지 않아요. 자아, 마녀는 사라질 테니 사랑스런 레이디들과 춤이나 추라구요."

그녀는 휙 돌아서서 왕에게 목례를 올렸다. 왕의 눈은 이미 거의 다 감기기 직전이었다. 하지만 그래도 그녀가 인사를 하자 가라는 듯 손짓은 해주었다. 옆에 달라붙은 빨간 입술의 창녀들이 까르륵 웃음을 터뜨린다.

에르기아는 다시 참담한 기분이 되어버렸다. 부왕은 그녀가 철이 든 이래로 항상 저런 모습이었다. 아버지라는 존재가 대체 어떤 것인지 알지 못한다. 어머니도 일찍 잃었는데 아버지도 저 모양이다. 그나마 할아버지가 가까이 있었기에 그럭저럭 애정에 굶주리진 않을 수 있었다.

'하지만……'

그녀는 따라붙는 시녀들을 물리치고 혼자 걸었다. 시종들과 시녀들이 그녀를 보자 분분히 달아나는 것을 확인하며 에르기아는 어둠침침한 복도를 일부러 쿵쾅대며 걸었다. 모두 다 귀찮았다. 니엘을 보고 싶어서 그렇게나 안달했는데 그가 미워한다면 별수없는 것 아닌가. 다른 사람이 악담하는 것처럼 그냥 처녀로 늙어죽는 것이다. 그럼 끝이다.

"쳇."

멀리서 류트 소리가 들려왔다. 음유 시인이 노래를 하고 있었다. 까르르 웃는 여자들의 목소리와 남자들의 웃음소리가 섞이고 섞였다. 밤에 하얗게 피어오르는 여자들은 너무나 향기가 짙었다. 술 향기와 여자들의 분 내음이 뒤범벅이 된 궁정의 공기에 질린 에르기아는 한숨을 내쉬었다. 교태 어린 웃음소리와 하얀 손의 귀부인들. 그녀는 어차피 그렇게 될 수 없다. 그녀가 아무리 니엘을 사랑해도 그는 피범벅의 마녀에게 손을 내밀어주지는 않을 것이다. 게다가 그녀는 원수의 딸이었다. 니엘은 코넨 왕을 죽일 만큼 증오하고 있을 터였다. 그리고 그녀도.

에르기아는 너무나 비참한 기분이 되어 머리 위에 놓인 화관을 아무렇게나 집어 들어 내동댕이쳤다. 어차피 말라비틀어질 이 화관 따위가 다 무슨 소용이란 말인가. 자신은 이 우스꽝스러운 차림새로 니엘과 말 한마디 나누어보지 못했는데. 아무리 니엘과 만나지 않겠다는 맹세를 했어도 지금 그녀는 옛날의 힘없는 어린 소녀가 아니었다. 이젠 힘이 있으니 왕 몰래 그를 만날 수도 있다. 물론 니엘이 만나준다면 말이다.

그녀는 입술을 잘근잘근 씹었다. 장갑에 가려진 자신의 손을 들여다보며 그녀는 한탄했다. 귀부인의 아름다운 흰 손을 잃어버린 것은 벌써 5년 전의 일이다. 니엘을 잃고 나서 그녀는 검을 잡았다. 이를 갈고 왕에 대한 증오로 혀를 깨물며 검과 메이스를 휘둘렀다.

"가장 빨리 적에게 타격을 주는 것은 메이스지요. 게다가 메이스의 경우는 그다지 교묘한 기술이 필요한 것도 아니고요. 어차피 공주님은 말을 타고 있을 테니 마상에서의 메이스는 꽤나 위협적이랍니다."

그렇게 말한 것은 흑기사단의 한 사람이었던 노기사 페테릭스 오르게였다. 비록 한 팔을 잃은 외팔이었지만 그는 울고 있는 그녀에게 검을 쥐어 주며 속삭였다.

"공주님은 우리들의 주인입니다. 울고만 있어선 안 돼요. 베아릭스의 기사들이 당신만을 바라보고 있습니다. 우리들 흑기사단은 오로지 당신만을 원해요, 사랑스런 공주님."

그래서 울분을 참고 검을 휘둘렀다. 힘을 가지지 않으면 왕은 그녀를 죽일 것이다. 아니, 그녀만을 빼고 그녀가 사랑하는 사람들을 모두 죽이게 될 것이다. 특히 니엘을.
니엘이 고문실에서 끌려 나가는 광경을 에르기아는 보았다.

온몸이 부들부들 떨릴 정도로 처참한 모습이었다. 그녀가 사랑했던, 그 아름다웠던 청년은 만신창이가 된 채 신음하며 왕의 병사들에게 개처럼 끌려 나갔다. 그 광경에 눈물짓던 그녀에게 페테릭스가 속삭였다.

"힘을 가져야 합니다, 공주님. 공주님이 기사단을 가지면 왕도 함부로 할 수 없을 겁니다. 아무리 딸이라 해도 무시할 수 없겠지요."

옳은 말이었다. 에르기아는 그 순간에 결심했다. 힘을 얻어 왕을 이기지 못하면 영영 그를 잃어버릴 것이다. 아니, 이미 그녀는 니엘을 잃어버렸다.

"결혼하지 않는 거다. 남자 따윈 멀리하는 거야. 사랑스런 에르기아, 너는 순결한 처녀로 있어야 해. 내 곁에. 그렇게 한다고 맹세한다면 에레니엘 베아릭스를 살려주지. 어떠냐?"

뱀처럼 속삭이던 왕은 그녀의 목덜미를 핥으며 속삭였다. 이미 아비의 면모를 완전히 잃어버린 왕의 모습은 끔찍한 괴물 그 자체였다.

"뭐든지 한다고 했겠다? 저 녀석을 사랑하니? 그렇다면 살려두지. 네가 절대로 결혼하지 않는다는 맹세를 지킨다면 내가 살려두마."

에르기아는 맹세했다. 왕의 허락 없이 결혼하지 않을 것이며 절대로 왕에게 복종하겠다고 맹세했다. 영원히 니엘을 보지 못한다 해도 그를 죽이는 것보다는 나았다.

"후우."

전쟁터는 차라리 구원이었다. 구석에 처박혀 있던 에르기아는 지휘관이라고는 아무도 없는 엉망진창의 전쟁터로 달려가 검을 휘둘렀다. 죽이고 또 죽이게 하며 피를 뿌렸다. 그녀에게 충성을 맹세한 흑기사단이 없었더라면 힘들었겠지만 그래도 왕의 옆에서 말라죽어 가는 것보다는 훨씬 나았다. 전쟁터에서 싸우는 것이 니엘을 상상하며 혼자 눈물짓는 것보다 나았다. 게다가 이제는 왕도 그녀를 어쩌지 못한다. 기사단을 소유한 그녀는 이미 왕의 친위대를 넘어선 병력을 가지고 있었다. 그녀가 원한다면 왕위는 바뀔 수도 있을 것이다. 지금이라면 그녀가 니엘을 만난다 해도 왕은 어쩔 수 없을 터였다. 게다가 지금 니엘은 베아릭스 공작이었다. 공작과 공작의 후계자와는 하늘과 땅의 차이가 있었다. 왕도 그를 어쩌진 못한다. 하지만 아무리 그와 그녀가 힘을 가졌다 한들, 5년이나 지난 지금에 와선 서로의 마음은 이미 엇갈려 버렸다. 왕이 바란 대로 그는 이제 그녀를 쳐다보려고도 하지 않았다.

"게다가 아무래도 이 차림새는 너무하지."

그래도 오랜만이니 깨끗한 드레스 차림이 나왔을지도 모른다. 만약 그랬다면 그는 한 번쯤 그녀에게 온화한 시선을 주었을지도. 하지만 그처럼 잘생긴 귀공자라면 귀공녀와는 거리가 먼 그녀에게 흥미를 느꼈을 리 없다.

'아무려면 어때! 난 원래 이렇게 생겼다구!'

눈물이 날 것 같았지만 억지로 참으며 그녀는 발길을 재촉했다. 어서 방으로 돌아가 뜨거운 차를 한 잔 마시고 이불을 뒤집어쓰고 우는 거다. 그리고 기분을 풀자. 밤새도록 사탕을 한 봉지 먹어치워도 괜찮을 것 같다. 이 더러운 기분을 없애기 위해서 그 정도는 괜찮을 듯했다. 드레스를 입는 것도 아니니 살이 피둥피둥 찌면 또 어떤가.

그녀의 거처인 서쪽 별궁까지 걷는 동안에도 몇몇 경비병이 겁에 질려 그녀를 보고 허둥거렸다. 시녀 하나 없이 걸어오는 그녀에게 당황하는 자들을 애써 무시하면서 에르기아는 꿀로 절인 생강 과자를 상상했다. 시녀들은 수군거리며 그녀를 피했고 귀부인들은 공포에 질려 그녀에게서 도망쳤다. 그 모든 것이 다 짜증스러워 에르기아는 그들을 무시하고 그저 궁을 향해 뛰듯 걸었다. 드레스 차림이 아니라 그나마 다행이었다. 치렁한 드레스를 입고 내달리는 것은 볼썽사나운 일일 것이다.

"공주님."

충실한 기사들 몇이 그녀를 향해 경의를 표했다. 항상 그녀의 거처인 서쪽 별궁을 지키는 기사들이었다. 그들 중 몇은 왕의 첩자라는 것을 알면서도 에르기아는 그 기사들에게 애정을 감추지 않았다. 그들은 죽은 페테릭스를 기억나게 했던 것이다. 그는 전쟁터에서 죽었다. 에르기아의 첫 전투에서 그녀를 감싸고 죽어버린 외팔의 노기사는 그녀가 한 번도 가져보지 못했던 부정(父情)을 느끼게 한 사람이었다.

하지만 시녀는 충실한 펠리시아 이외엔 없었다. 무리도 아니었다. 피에 미친 공주님을 기꺼이 모실 시녀가 흔히 있을 리가 없다. 이미 고적해진 자신의 궁을 훑어보면서 에르기아는 외로움을 느꼈다. 펠리시아와 하인들은 궁을 잘 관리했지만 그래도 황량할 정도로 고요한 별궁을 어떻게 하지는 못했다. 원래 공주들이 거처하는 별궁이란 활기에 찬 시녀들의 웃음소리가 그치지 않아야 정상인 법이다.

벌꿀 케이크를 가져다 달라고 펠리시아에게 부탁할까 하고 잠시 방 앞에서 망설이는 순간, 그녀는 발끝에 드리운 검은 그림자를 느끼고 멈칫했다.

"누구냐?"

뒤를 돌아보자 검고 커다란 남자가 서 있었다. 에르기아는 긴 말하지 않고 그대로 레이피어를 뽑아 들었다. 그러나 그도 잠시, 흐린 불빛에 드러난 얼굴을 보고 눈을 부릅떴다.

"니엘!"

니엘은 팔짱을 낀 채 복도에 서 있었다. 대체 어떻게 들어왔는지 그는 홀로 어둠 속에 서서 그녀를 빤히 내려다보고 있었다. 그녀는 레이피어를 다시 검집에 집어넣고는 재빨리 사방을 살폈다. 어찌 된 일인지 경비병도, 호위 기사들도 보이지 않는다.

"오랜만입니다, 에르기아 공주님."

니엘의 얼굴은 무표정했지만 눈빛만은 차가웠다. 하지만 에
르기아는 자신에게 이렇게 찾아와 준 것만으로도 너무나 기뻐
서 뭐라 깊이 생각할 수조차 없었다. 가슴이 터질 것만 같았다.

"……아무도 없어?"

본능적으로 사방을 훑으며 에르기아는 작은 소리로 니엘에게
물었다. 5년 전에도 시녀의 밀고로 인해 국왕에게 들키지 않았
던가. 니엘은 그녀의 엉뚱한 질문에 잠시 미간을 찌푸리더니 고
개를 끄덕였다.

"혼잡니다."

"정말?"

에르기아가 확인하듯 묻자 니엘은 어이가 없어서 피식 웃었
다.

"정말 아무도 없습니다, 에르기아님. 저 혼자입니다."

순간 에르기아는 두 팔을 벌리고 그에게 달려들었다.

2장

라일락의 기억

2. *라일락의 기억

   하얀 꽃들이 흩날렸다. 완연한 봄날, 담장 밑에서는 민들레 꽃씨가 흩날렸다. 솜털처럼 이는 씨앗들이 연초록 잎새 사이로 흩어지는 것을 지켜보며 에르기아는 한숨을 내쉬었다.

   "공주님?"

   멀리서 음악 소리가 들려왔다. 또 무도회다. 아바마마는 또 무도회를 연 것이다. 후궁도 두지 않고 오로지 창녀들만 가까이 하며, 귀부인들을 농락하는 부친에 대해서는 그녀도 잘 알고 있었다.

   흘긋 발돋음을 해 나무 울타리 건너편을 살피니 화려한 의상

* 첫사랑의 기억. 기쁨

을 걸친 요염한 여자들이 오가고 있었다. 에르기아의 거처인 별 궁과 본궁은 중정(中庭)을 가운데 두고 긴 회랑으로 연결되어 있었다. 그 덕분에 장미 울타리나 향목으로 만들어진 나무 울타리들 너머로 본궁으로 드나드는 사람들을 살필 수가 있었다. 비록 공주다운 태도는 아니더라도 그것을 탓할 사람은 이제 에르기아에게는 없었다.

"아바마마는 대체 언제까지 창녀들을 부르려는 걸까. 저 여자들이 그리도 밤일을 잘하는 걸까?"

게다가 가슴도 큰 여자들이다. 에르기아는 16살이 된 지금도 가슴이 작다는 게 굉장히 신경 쓰였다. 그 때문인지 가슴을 크게 보이게 하기 위해 패드까지 한 상태였다. 가슴에는 패드를 잔뜩 넣고 조금이라도 볼륨있어 보이게 하기 위해 펠리시아에게 고정시킬 사슴 뼈까지 구해오게 했다. 물론 입이 무거운 펠리시아는 비밀을 지켜주겠지만 아무래도 빈약한 가슴은 패드를 넣고서도 저 눈앞에서 웃고 있는 창녀들의 풍만함에 비한다면 댈 것이 아니었다.

"공주님!"

그녀의 말에 난처한 얼굴을 한 것은 뒤에 서 있던 노기사였다. 그의 옆에 서 있는 몸집이 작은 시녀 펠리시아는 두 손으로 입가를 얼른 막았다.

"공주님, 거처로 돌아가세요."

엄한 얼굴로 말하는 노기사 페테릭스는 펠리시아에게 손짓했다. 그녀는 허둥지둥 에르기아의 베일 자락을 움켜쥐었다.

"나도 저 창녀들과 아바마마가 뭘 하는지는 알아. 내가 궁금한 것은 왜 아바마마께서 새로운 왕비를 맞이하지 않느냐 하는 거지."

에르기아는 그렇게 말하며 다시 울타리 너머를 흘끔거렸다. 그녀들이 풍기는 자극적인 사향내가 울타리 너머까지 느껴졌다. 원래 로디지에서는 결혼하지 않은 귀부인들은 궁정 연회에 참석할 수 없다. 파트너 없이는 불가능했다. 그것이 궁정 법도였으나 지금의 로디지 국왕은 오히려 반대로 행하고 있었다. 에르기아는 나이가 어렸지만 바보는 아니었다. 그녀는 한숨을 삼키며 〈파트너도 동반하지 않은 미혼의 여성들〉을 주시했다.

"웨젠 시에서 왔습니다. 그쪽에는 요즘 날씨가 좋지요?"

"네에, 아름다움이 가득하지요."

다른 나라에서 온 고급 창기들은 뽀얀 젖무덤을 드러낸 채 깔깔대고 웃고 있었다. 회랑을 지키고 있던 근엄한 얼굴의 경비병들도 혹한 표정으로 훔쳐보고 있다. 저런 것을 육감적이라고 말하는 걸까. 에르기아는 조금 부러워졌다. 자신은 아직도 좋아하는 남자에게서 어린애 취급을 받는 계집아이였다. 문득 그녀들과 그다지 어울리지 않는 듯한 남자가 보였다. 하얀 분칠을 한 바짝 마른 천박한 차림새의 남자.

"저 남자가 뚜쟁이야?"

에르기아가 묻자, 기가 막히다는 듯이 페테릭스가 호통을 쳤다.

"공주님!"

"나도 들어서 알아. 창녀들을 데리고 장사하는 남자들인 거지? 그걸 뭐라 하지? 매춘굴의 주인이라 하나? 응?"

그때였다. 나직한 음성이 끼어들었다.

"포주라 하지요."

에르기아는 얼굴을 확 붉힌 채 뒷걸음질쳤다. 그 순간 그녀의 구두가 삐끗하며 반들한 조약돌을 밟고 말았다.

"꺄악!"

막 쓰러지기 직전 단단한 팔이 그녀의 허리를 휘감으며 잡아챘다.

"이런, 이런."

웃음기가 서린 한숨 소리에 그녀는 얼굴을 새빨갛게 붉히며 어쩔 줄을 몰라 했다.

"이런 곳에서 천한 것들을 굳이 훔쳐보실 필요가 있을까요?"

웃음을 머금은 잘생긴 청년이 그녀를 감싸 안고 속삭였다. 에르기아는 그에게서 벗어나려고 버둥거렸지만 그는 단단하게 휘감은 허리를 놓아주지 않았다. 그 대신 예의 바르게 그녀를 바로 세워주면서 기가 막힌다는 듯한 얼굴로 쳐다보고 있는 페테릭스에게 시선을 주었다.

"이런 곳까지 모시고 오면 대체 어쩌겠다는 건가?"

"죄송합니다, 베아릭스 경."

페테릭스는 한숨 놓았다는 표정으로 고개를 숙였다.

"자아, 가시지요, 공주님. 아까부터 율법학자가 기다리고 있답니다."

"……."

얼굴을 빨갛게 붉힌 에르기아는 아무런 변명도 하지 못했다. 대신 아름다운 육촌 오빠의 시선을 슬그머니 피해 고개를 돌릴 뿐이었다.

에레니엘 에스레이드 베아릭스. 베아릭스 대공의 하나밖에 없는 후계자인 동시에 자신의 육촌 오빠. 그리고 궁정 제일의 미남자로 알려진 귀공자. 게다가 그 얼굴만큼이나 훌륭하다는 솜씨를 인정받은 검호. 그리고 에르기아의 짝사랑 상대. 그는 누가 봐도 눈부시게 아름다운 젊은이였다. 까마귀 날개처럼 검고 윤기가 흐르는 흑발과 넓은 어깨와 단련된 허리를 가진 늘씬한 체격을 가진 그는 누가 봐도 탐을 낼 만큼 아름다운 청년이었다. 냉담한 녹회색의 눈동자는 나이답지 않게 냉혹하고, 오만해 보이는 입가는 공작의 후계자답게 기품이 넘쳤다. 실제로 뛰어난 미모에도 불구하고 다들 그를 두려워했다. 기사 규범에 따라 그 역시 무척 험난한 종자 생활을 거쳐 기사가 되었는데 그 때문인지 그가 가르치는 종자들이나 견습 기사들 역시도 꽤나 매섭게 다그치고 있는 듯했다. 에르기아도 에레니엘이 다른 기사들을 훈련시키는 광경을 가끔 보았지만 정말 무서울 정도로 단호해 보였다. 니엘은 기사단의 주인이 될 인물로서 키워지고 또 그것이 당연하게끔 자라났다. 아니, 그는 베아릭스 공작 그 자체였다. 그 때문인지 그의 휘하에 들어갈 사나운 베아릭스 가의 기사들도 진심으로 그에게 충성을 맹세하고 있었다. 그런 그가 에르기아의 호위 기사였다. 그를 단지 공주라는 이유만으로 독점하고 있는 에르기아는 안 그래도 여기저기서 불평의 소리를 듣곤 했다. 궁정 안의 귀부인들 전체가 그를 주시하며 한숨 짓고, 그가 지나다닐 때마다 연서가 쏟아져 내렸다. 그는 그 모든 시선들을 태연하게 무시했지만 어머니와 달리 썩 대단한 미인이 아닌 에르기아로서는 꽤나 신경 쓰였다.

"오늘은 날씨가 좋아서 정원까지…… 그러니까, 그러니까 산책을 나온 것뿐이지 훔쳐본다던가 하기 위해서가 아니야, 니엘."

미약한 변명을 던져 보았지만 에레니엘은 씩 웃었을 뿐이었다. 뒤에서 페테릭스와 펠리시아가 웃음을 머금은 것을 느끼고 에르기아는 얼굴을 더 새빨갛게 붉혔다. 그녀는 어쨌거나 이 육촌 오빠가 손을 잡을 때면 심장이 터져 나가지는 않을까 싶어 무서울 지경이었다.

에레니엘, 니엘은 그렇게 썩 다정한 성격은 아니었다. 오히려 엄격했다. 원래부터 무뚝뚝한 일면이 있었지만 특히 그에게 〈궁정 제일의 미남자〉라는 호칭이 붙은 뒤부터는 더 쌀쌀해졌다. 그가 다정하게 대하는 유일한 사람은 에르기아뿐이었다. 그것은 다른 사람들도 잘 알고 있었기 때문에 에르기아는 온 궁정 귀부인들의 질투를 한몸에 받아야만 했다. 물론 에르기아는 그것에 대해서 오히려 즐거움을 느꼈지만 니엘이 자신을 어린 피보호자로 보고 있다는 점에서는 썩 즐겁지만은 않았다.

보통 신분 높은 귀공녀라면 14세면 이미 약혼, 16세면 결혼이다. 미혼인 귀부인이 함부로 궁정 출입을 할 수 없는 것처럼 신분이 높을수록 조혼이었다. 그런 점에서 에르기아는 이미 16살, 결코 어린애라고는 할 수 없는 나이였다. 오히려 자신이 약혼도 하지 않았다는 것이 비정상적이라는 것을 그녀도 잘 알고 있었다. 그리고 그것이 부왕인 코넨 왕이 그녀에게 무심하다는 증거라는 것도. 그렇지만 생각해 보면 니엘이라면 공주인 그녀에게 어울리는 신랑감이었다. 로디지 제일의 명문이며 대륙에서도 손꼽히는 기사단의 주인, 대공의 후계자라면 그녀의 신랑이 되어도 이상하지 않은 신분이다. 그런 것을 은근히 기대하면서 에르기아는 매일 밤 이 아름다운 청년이 자신의 신랑이 되었으면 하고 바라며 꿈을 꾸었다. 그의 단단한 가슴에 안기는 꿈을.

"무엇이 그리도 궁금합니까? 제가 설명하지요. 포주에 대해 알고 싶습니까?"

"알고 싶은 게 아니라고 했지? 난 그저 구경만 했을 뿐이야."

"저런."

혀를 차는 니엘을 흘겨보면서 에르기아는 입술을 내밀었다. 그러자 니엘은 웃으며 그녀의 손등에 가볍게 키스했다.

"……!"

의례적인 것이라는 걸 알면서도 에르기아는 심장이 터질 것만 같았다. 단숨에 그다지 크지도 않은 가슴이 찌르르했다.

"오늘은 소풍이라도 나가시겠습니까? 답답해서 그러시는 거죠?"

니엘이 자상하게 말했다. 그의 녹색 눈동자에 담긴 애정 어린 시선에 그녀는 숨이 막혔다. 그는 자신을 정말 사랑하는 것일까? 아니면 그저 육촌 누이이니까 각별한 걸까?

베아릭스 가는 손이 귀했다. 지금 가장 가까운 방계 혈족도 몇 남지 않아 그럭저럭 가장 가까운 사이는 이들 두 사람이었다. 그 외에 이웃 나라인 노스워드의 왕비와 그 왕자들이 가장 가까운 사촌들이었다.

그의 손가락이 그녀의 손목 안쪽을 살짝 어루만졌다. 아주 소중한 듯한 그 손놀림에 에르기아는 숨을 쉴 수가 없었다. 마치 애무 같았다. 다리에 기운이 빠지기 전에 어서 정신을 차려야겠다고 생각했지만 고개를 드니 자신을 바라보고 있는 니엘의 눈동자와 마주쳤다. 회색을 띤 녹색의 눈동자는 그녀를 사랑스럽게 바라보고 있었다. 깎아낸 조각상처럼 아름다운 용모에 담겨진 그 넘쳐 날 듯한 애정에 에르기아는 멍하니 넋을 잃었다.

"16세 생신을 축하드립니다. 축하 연회에는 꼭 제가 에스코트하게 해주셔야 합니다."

그가 어느새인가 자신의 어깨를 감싸듯 안고 속삭이고 있었다. 뜨거운 열기가 느껴지는 커다란 손은 그녀에겐 황홀한 감촉이었다. 좋아하는 이성에게 안긴 그녀는 졸도해 버릴 것만 같았다. 심장은 터질 것 같았고, 귓속은 멍멍한 채 오로지 니엘의 음성에만 집중하고 있었다.

"공주님?"

그가 속삭이듯 멍한 그녀를 불렀다. 빌로드처럼 부드러운 목소리였다. 이 부드러운 목소리가 자신을 부르고 있다는 것만으로도 그녀는 황홀감을 느꼈다.

"돌아가신 왕비께서 이렇게 훌륭하게 자라신 것을 보셨다면 얼마나 기뻐하셨겠습니까?"

그가 그녀의 머리를 쓰다듬으며 나직이 말했다. 그 순간 에르기아는 찬물을 뒤집어쓴 것만 같아 급히 한 걸음 물러섰다. 니엘이 자신을 안거나 쓰다듬는 것은 단지 그녀가 육촌 누이이기 때문이지 여자에 대한 사랑 때문은 결코 아닌 게 분명했다. 그녀는 갑자기 욱하는 기분이 되어 빨리 걷기 시작했다.

"공주님, 어딜 가시는 겁니까?"

그가 놀라 당황한 어조로 뒤에서 불렀지만 에르기아는 눈물이 흐를 것 같은 눈을 부릅뜨고 빨리 걸었다. 어서 거처에 돌아가 실컷 울고 싶었다. 항상 어린애 취급인 그에게 자신도 결혼할 나이가 되었다는 것을 알리고 싶었지만 에르기아는 성마른 소년 같은 체형이었다. 팔다리는 길고, 어깨는 넓었으며, 허리는 가늘지만 가슴은 없다. 16살이라면 한창 피어오를 나이이건만 그녀의 가슴은 여전히 납작했다. 그래도 모친을 닮은 검은 머리카락과 하얀 피부는 그럭저럭 자랑할 만했다. 베아릭스(家)

특유의 윤기 흐르는 긴 검은 머리카락을 늘어뜨린 채 베일을 쓰면 누가 봐도 성숙한 여인으로 볼 법했던 것이다. 빈약한 가슴을 조금이라도 풍만하게 보이려 얼마나 애썼던가. 하지만 아무리 봐도 니엘은 자신의 가슴이 변한 것을 눈치 채지 못한 듯싶었다.

"공주님, 천천히 가시죠."

뒤에서 니엘이 불렀다. 에르기아는 오기가 나서 이젠 아예 달리기 시작했다. 아니, 사실을 말하면 그의 손을 잡고 걷는 것만으로도 흥분해 기절해 버릴 것 같았기 때문에 참을 수가 없었던 것이다.

"공주님."

좀 빨리 걸었더니 숨이 막혔다. 아침부터 패드를 잔뜩 우겨넣은 탓인지 뛰기라도 하면 심장이 터질 것만 같았다. 곧 눈앞이 노랗게 변했다.

"저런. 뭐가 그리도 화가 나셨을까."

어느새인가 그가 바로 옆까지 다가와 그녀의 귓가에 대고 속삭이듯 말했다. 하기야 다리도 긴 그가 에르기아를 못 따라잡을 리가 없었다. 웃음기가 담긴 그의 목소리에 녹아날 것 같아 에르기아는 눈앞이 아찔해졌다. 거기다 가슴에 넣은 사슴 뼈 때문에 턱하니 숨이 막혔다. 그녀가 휘청거리자 놀란 그가 그녀의 몸을 안아 들었다.

"공주님!"

그는 그제야 창백해진 그녀의 얼굴을 보고는 당황해 그녀를 덥석 안아 들고 물었다.

"몸이 불편하신 겁니까? 어디가 불편하십니까?"

그녀는 헐떡이면서 말을 잇지 못했다. 설마 하니 가슴에 넣은 패드 때문이라고는 죽어도 말할 수 없었다. 코르셋도 아니고 가슴에 넣은 패드 때문에 숨이 막힌다는 말을 어떻게 남에게 말할 수 있겠는가. 그것도 짝사랑하는 남자에게.

그녀가 결사적으로 도리질을 하자 니엘은 다급한 음성으로 말했다.

"조금만 참으세요. 제가 곧 궁의를 부를 겁니다. 제가 거처까지 모시겠습니다."

"괘, 괘, 괜찮아. 페, 펠리시아를 불러줘."

그는 뒤를 돌아보았다. 정원의 푸른 그늘에 가려 이미 뒤따라오던 펠리시아와 페테릭스는 보이지도 않았다.

"없습니다. 제가 불러올까요?"

"아, 아냐."

그녀는 그렇게 말하는 순간, 갑자기 그에게 자신이 안겨 있다는 사실을 깨달았다. 손끝에 닿은 그의 가슴은 놀랍도록 단단해 여자와는 너무나 달랐다. 그녀는 자신이 그의 가슴을 더듬었다는 것에 놀라 손을 급히 떼었다.

"미안!"

니엘은 눈을 크게 뜨고 그녀를 내려다보았다. 질식 직전까지 몰려 파랗게 변한 입술이 무색하게도 그녀의 눈은 부끄러움과 흥분으로 가득 차 있었다. 그는 애써 그녀의 시선을 외면하면서 그녀의 팔을 자신의 목으로 인도했다.

"꽉 잡으십시오. 안아서 모시겠습니다."

그가 성큼성큼 걷기 시작하자, 에르기아는 눈앞이 아찔해졌다. 안아 올린 것에 불과하지만 사실 그의 한 손은 그녀의 엉덩이를 잡고 있었고 한 손은 그녀의 팔, 그것도 가장 예민한 안쪽 팔을 움켜쥐고 있었다. 그의 손가락이 잔뜩 예민해진 젖가슴에 스치자 에르기아는 부들부들 떨기 시작했다. 손도, 팔도, 가슴도 너무나 달랐다. 막연히 상상하던 것과는 감촉도, 체취도 달랐다. 물론 그녀도 단련하고 있는 니엘의 팔이 얼마나 굵고 단단한지, 그의 손이 얼마나 큰지 하는 것 정도는 보아서 알고 있었다. 하지만 보는 것과 직접 만져 보는 것은 얼마나 다른지.

'이, 이대로 그냥 이 길이 계속되었으면!'

그녀가 속으로 결사적으로 기도하고 있는 것도 무색하게 그는 금세 그녀의 거처인 별궁에 다다르고 있었다. 호위 기사인 니엘이 그녀를 안고 오는 모습을 본 시녀들과 다른 시종들이 놀라 소리를 지르자 니엘이 명령했다.

"어서 궁의를 불러라. 현기증을 일으키셨다."

페테릭스도, 펠리시아도 없는 지금 그의 말에 토를 달 사람은 아무도 없었다. 시종 몇 명이 급히 궁의를 찾아 달려가고 시녀들은 에르기아의 침대를 정돈했다. 뒤이어 놀란 펠리시아가 화급히 도착했지만 니엘은 에르기아의 옆에서 떨어지지 않았다.

"괜찮으십니까?"

잔뜩 걱정이 되는지 니엘은 심각한 얼굴로 그녀를 침대 위에 내려놓으면서 물었다. 에르기아는 그의 품 안에서 빠져나온 것이 좀 서운했지만 심각하게 걱정을 하고 있는 그의 얼굴을 보자 조금 죄책감이 들었다.

"괜찮아."

그런데 침대에 눕혀지는 그 순간 그녀의 가슴 섶에서 하얀 것이 삐죽이 고개를 내밀었다. 가슴 패드를 고정하고 있던 사슴 뼈였다. 에르기아는 몰랐지만 니엘의 시선은 그것에 와 박혔다.

"그게, 뭡니까?"

니엘의 질문에 에르기아는 어리둥절해 그의 시선이 닿은 쪽을 보았다. 평소보다 깊이 파인 드레스를 입고 있었는지라 가슴도 반쯤 드러나 있었다. 그녀가 놀라 가슴 쪽을 누르는 순간, 딱딱한 사슴 뼈가 만져졌다.

"아!"

그녀가 당황하는 순간 놀랍게도 니엘의 손이 그녀의 손을 밀어젖히고 그녀의 앞가슴에 손을 넣었다. 뜨겁고 거친 손가락이 그녀의 여린 젖가슴 한가운데로 밀고 들어왔다. 그리고는 서슴없이 헤집는다. 옆에서 보고 있던 펠리시아도, 정작 본인인 에르기아도 그저 입만 벌린 채 소리 한 번 지르지 못했다. 비명도 지르지 못하는 그녀들을 놔두고 니엘은 그녀의 가슴을 장벽처럼 둘러치고 있던 솜을 넣은 패드와 그 패드를 받치고 있던 사슴 뼈를 꺼냈다.

"맙소사."

이런 황당한 일을 저지른 니엘을 멍하니 바라보고 있던 에르기아는 달아오른 얼굴을 어쩔 줄을 모르고 황급히 침대에서 도망가듯 내려섰다. 그리고는 다 풀어 젖혀진 가슴을 시트로 가렸다.

"무, 무슨 짓입니까! 무례하, 하, 하십니다!"

펠리시아는 얼굴이 새빨갛게 달아오른 상태로 호통을 치며 재빨리 에르기아의 앞을 막아섰다. 하지만 니엘은 그녀를 오히려 매섭게 쏘아보았다.

"이게 뭐지?"

"그, 그것은……."

펠리시아는 애써 위엄을 차리려 했지만 아무래도 그의 손에 들고 있는 것이 속옷이나 다름없는 터라 수치심을 참을 수가 없었다.

"레, 레이디들이 쓰시는 물건이니 어서 돌려주시고 물러나 주, 주세요."

그녀가 애써 위엄을 차리며 말했지만 니엘은 무시했다. 그는 차갑기 그지없는 얼굴을 하고는 들고 있는 사슴 뼈를 보다가 에르기아에게로 시선을 돌렸다.

"이걸, 가슴에 쑤셔 넣는 건가?"

"그, 그만 하고 나, 나가주십시오! 안 그러면 사람을 부르겠습니다."

"닥쳐! 지금 네가 상황을 알고 말하는 거냐? 에르기아님은 이것 때문에 질식하실 뻔했단 말이다. 네 잘못이 커!"

윽박지르는 그 말에 펠리시아는 부들부들 떨었다. 금세 그 얼굴이 새파랗게 질리는 것을 보고는 에르기아가 애써 입을 열었다.

"펠리시아 잘못이 아냐. 내, 내가 하자고 했다고."

그 말에 니엘은 호통을 쳤다.

"그걸 지금 말이라고 하십니까! 그 자리에 제가 없었으면 공주님은 돌아가셨을지도 몰라요! 이따위 것을 왜!"

펠리시아가 바닥에 털썩 주저앉았다. 아직 어린 그녀는 겁에 질린 상태로 어쩔 줄을 몰라 하고 있었다. 에르기아는 이를 악물고 마주 소리쳤다.

"남자는 모르는 거야! 다들 하고 있다구. 그게 뭐가 어때서 그래?"

반항적으로 쏘아붙인 그녀를 니엘은 차갑게 내려다보았다. 냉혹한 녹회색 눈이 찌를 듯 그녀를 쏘아보자, 진짜로 화난 그를 본 적이 없었던 에르기아는 그것만으로도 겁에 질렸다.

부들부들 떨고 있는 그녀를 무섭게 쏘아보던 니엘은 들고 있는 하트형의 사슴 뼈를 심각하게 노려보고 있었다. 많은 귀부인들이 가슴을 돋보이게 하기 위해 하트형의 뼈로 젖가슴을 밀어 올린다는 것은 니엘도 잘 알고 있었다. 하지만 그래도 그것 때문에 질식 직전에 졸도 직전까지 몰린다는 것은 기가 막힌 일이었다.

"펠리시아."

"네, 네."

사색이 된 펠리시아가 고개를 숙이자, 그는 낮게 명령했다.

"나가 있게."

"하, 하지만⋯⋯."

그녀는 불안한 듯 뒤에 서서 떨고 있는 에르기아를 돌아보았다. 에르기아는 제발 나가지 말아달라고 애원하는 얼굴로 바라보았지만 펠리시아는 니엘이 풍기는 압박감을 이기지 못하고 뒤로 주춤 물러섰다.

"페, 펠리시아."

에르기아가 떨리는 목소리로 불렀지만 펠리시아는 주춤거리면서 정말 밖으로 나가 버리고 말았다. 밖에 서 있는 다른 시녀들과 시종들이 웅성거리는 소리가 꽤나 크게 들렸지만 정작 정말로 안에 들어오려고 하는 사람은 없었다. 니엘은 에르기아의 육촌 오빠인데다가 호위 기사라는 명분도 있었지만 내심 모두 니엘을 두려워하고 있기 때문이었다.

"에르기아님!"

그는 호통 치듯 불렀다.

에르기아는 멍하니 섰다가 그 목소리를 듣고 움찔했다. 펠리

시아가 그의 명령대로 나가 버렸다는 것이 그렇게 원망스러울
수가 없었다.

'난 몰라.'

그녀는 그가 자신의 젖가슴을 만졌다는 것과 수치스럽게도
가슴의 패드를 들켰다는 것, 어느 쪽이 더 끔찍하게 부끄러운
것인지 알 수가 없는 상태로 그저 부들부들 떨고만 있었다. 정
신이 멍해질 지경이었지만 그런 그녀를 아랑곳하지 않고 그는
성큼 다가와 인정사정없이 양팔을 쥐고 흔들어댔다.

"다시는! 다시는 이런 물건을 하지 마십시오! 대체 이게 뭡니
까!"

수치스럽게도 그가 코앞에서 사슴 뼈를 흔들어대자, 에르기
아는 그만 울음을 터뜨렸다. 하필이면 그에게 그런 것을 들키다
니. 여자로서 있을 수 없는 치욕이었다. 게다가 그는 그녀의 맨
가슴까지 주무르지 않았던가. 부끄러워서 차라리 죽고 싶었다.
그녀는 수치심에 전신이 새빨갛게 달아올랐다. 그녀가 흐느껴
울기 시작하자, 니엘의 얼굴도 좀 변했다. 그때 엿보고 있었는
지 펠리시아가 다시 문을 조금 열었다. 그 뒤로 불안한 시선을
한 시녀들 몇이 보이자, 니엘은 다시 호통 쳤다.

"나가 있어라!"

그녀들은 당황하긴 했지만 결국은 공주의 호위 기사를 신용
하고 물러났다. 누가 뭐래도 그는 이 공주님의 가장 가까운 혈
족이었고 무심한 왕에게서 공주를 지켜주는 기사였다.

"공주님."

니엘은 차분해진 음성으로 시트에 얼굴을 박고 흐느끼는 에르기아를 달래듯 불렀다. 그는 문득 자신이 얼마나 엄청나게 무례한 짓을 했는가를 깨닫고 순간적으로 아직까지 쥐고 있는 사슴 뼈를 들여다보았다. 그리고는 자신도 모르게 얼굴을 붉혔다. 잊고 있었지만 그는 지금 막 에르기아의 부푼 젖가슴을 만졌던 것이다. 그것도 어떤 남자의 것도 닿지 않았을 그녀의 순결한 육체에 마구잡이로. 갑자기 그는 목이 마른 것을 느꼈다. 방 안에는 아무도 없었다. 흐느끼고 있는 에르기아 이외엔 아무도 없었다.

'마, 맙소사! 내가 무슨 일을 저지른 거지!'

그는 순간적으로 당황해서 입술을 깨물었다. 이런 식으로 화를 내본 것은 정말 오랜만의 일이었다. 이 작은 공주님이 질식까지 일으켰을 때 얼마나 걱정했던가. 그의 팔 안에서 파리하게 혈색을 잃어가던 광경은 얼마나 아찔했던가. 그런데 질식까지 했던 이유가 고작 가슴이 커 보이려고 사슴 뼈 따위를 가슴에 집어넣은 것이었다니. 아무래도 어느새 이 말라깽이 공주님은 여자가 되어 있었던 모양이다.

니엘의 눈이 부드러워졌다. 16살, 결코 적지 않은 나이였다. 보통이라면 이것이 결혼 적령기다. 그럼에도 불구하고 왕은 그녀를 결혼시키려 하지 않았다. 아니, 다른 공주들이 흔히 할 약혼이라든지 결혼할 배필을 찾는 수고조차 하려 하지 않고 있었다. 분명히 각국에서 에르기아를 원한다는 공문이 몇 번이나 왔음에도 불구하고 코넨 왕은 마치 공주가 없는 것처럼 무심하게 물리쳤다. 그것은 분명, 코넨 왕이 베아릭스 가를 억누르려는 책략 중 하나일 거라고 니엘은 판단하고 있었다. 기사들에게 신망을 얻지 못한 왕이 공주를 움켜쥐고 공주를 볼모 삼아 베아릭스의 기사단을 함부로 쓰려는 것이 분명했다. 하지만 그도 어쩔 수 없을 것이다. 베아릭스의 후계자는 다름 아닌 니엘 그였다. 그는 노대공처럼 미적지근한 대응은 할 생각이 없었다.

"니엘……."

흐느끼는 소리에 그는 다시 시선을 돌렸다. 하얀 어깨가 드러난 에르기아가 불안한 시선으로 그를 훔쳐보다가 다시 급히 고개를 떨군다.

'아.'

아름다웠다. 작고 가녀린 어깨가 마치 새처럼 어여쁘다. 니엘은 갑작스럽게 타오르는 욕망을 억누르느라 애썼다. 그동안 몇 번이나 그녀의 작은 입술에 입 맞추고 싶었는지 모른다. 하지만 아직 어리다는 것을, 그리고 그녀가 자신을 신용하고 있다는 것을 몇 번이나 되새기며 참아왔다. 그는 27살, 여자의 육체를 잘 아는 피 끓는 젊은 육체를 가진 건강한 남자였다.

"공주……."

지금 흐느끼고 있는 에르기아의 뒷모습은 여자의 냄새를 물씬 풍기고 있었다. 그는 어떻게 수습해야 할지 난감해지기 시작했다. 이 사랑스런 누이이자 공주는 그가 섬기는 공주이면서 또한 보호해야 할 대상이었다. 그런데 그런 존재에게 손을 대다니. 기사로서 그는 도저히 그럴 수는 없다고 생각했다.

"……."

하지만…… 그는 손끝에 닿았던 그 젖가슴의 감촉을 생생하게 맛보고 말았다. 요 1년간 눈부시게 물오른 가지처럼 생생하게 빛나기 시작한 작은 공주님은 오빠처럼 보살피겠다는 그의 맹세를 꽤나 괴롭히고 있던 차였다. 그런데 부드럽고 보드라운 그 피부를 맛본 지금에 와서 그 맹세를 지킬 수 있을까?

그는 침을 꿀꺽 삼키고 잠시 눈을 감았다. 터질 것 같은 심장을 억누르고 그는 조심스럽게 그녀의 작은 어깨로 손을 뻗었다. 흐느껴 우는 에르기아의 모습은 가슴이 아팠다. 그는 그녀에게 손을 대려고 그랬던 것이 아니었다. 자신의 앞에서 새파랗게 질린 얼굴로 쓰러진 에르기아를 보는 순간 이성이 조금 멀리 떠나갔을 뿐이었다. 단지 가슴을 커 보이게 하려고 숨이 막혀 쓰러질 듯한 고통을 감수했다는 사실에 화가 났다. 이 작고 여린 공주님이 그 따위 짓을 할 필요가 대체 어디 있단 말인가! 어떤 남자에게 잘 보이게 하려고 그런 바보 같은 짓을! 창녀들이나 할 법한 그런 짓거리를 고귀한 신분의 공주가 하다니.

그는 갑자기 그녀가 유혹하려고 했을 그 남자에게 격렬히 질투했다. 에르기아는 그의 품 안에 있어야만 했다. 다른 어떤 남자도 손끝 하나 닿아서는 안 되었다. 그녀는 그가 가장 소중히 해온 화원의 꽃이었고 보물이었다.

"대체 왜 그런 천박한 것을 하신 겁니까! 공주님의 신분에 이 따위 것을 하시다니. 누군가 잘 보이려는 남자라도 있으신 겁니까!"

그가 잔뜩 치솟는 부아를 삼키기 위해 매몰차게 말하자, 에르기아는 눈을 부릅떴다. 순식간에 핏기가 가시는 그 얼굴에 니엘은 비아냥거리듯 물었다.

"별궁에만 계시는 공주님이 대체 언제 저도 모르게 남자를 만나신 거죠? 어디의 어떤 놈입니까? 그 잘난 체한다는 흑기사들 중 하나입니까?"

그가 매섭게 쏘아붙이자, 에르기아는 어이가 없어 입술을 부르르 떨었다.

"대체 어떤 놈에게 가슴을 보이고 싶어 이따위 것을 했단 말입니까? 아직 공주님은 16살입니다. 창녀처럼 남자에게 가슴을 들이밀 때가 아니라는 거지요. 신분을 자각하고나 있으신 겁니까?"

그의 말이 더해갈수록 그녀의 얼굴이 창백해졌다. 심하다는 것을 알면서도 니엘은 점점 참을 수 없어졌다. 순결하고 정결하다고 생각해 왔던 그의 소녀가 벌써 여자가 되어버린 것이다. 그것도 자신이 전혀 모르는 사이에 다른 남자를 생각하면서. 그는 끓어오르는 기분을 잠재우려고 주먹을 다잡았다. 살의가 온몸으로 퍼져 나갔다.

"어떤 놈인지 말해 보세요!"

하지만 그의 심정을 모르는 하얗게 질린 에르기아는 부들부들 떨며 숨을 참고 있을 뿐이었다. 기가 막혔다. 그녀는 너무 기가 막혀 말이 안 나올 지경이었다. 남의 가슴을 마구 만지고, 그것도 모자라 여자로서 수치를 안겨준 주제에 이제는 창녀 취급이라니. 그녀는 견딜 수 없어 가슴을 가리고 있던 시트를 그의 얼굴에 집어 던졌다.

"바보! 멍청이!"

그녀는 씩씩대며 소리를 질렀다.

"잘 봐! 난 가슴이 작잖아! 작으니까 그런 거라구! 누가 16살인데 이런 절벽이겠어?"

그녀가 발악하듯 자신의 가슴을 풀어헤치자 니엘은 눈을 부릅떴다. 울부짖는 에르기아는 어린애처럼 무력해 보였지만 드러난 뽀얀 가슴은 말할 나위도 없이 자극적이었다. 확실히 작긴 작았지만 니엘의 눈에는 풍만한 미녀의 그것보다도 훨씬 욕망을 불러일으켰다.

"보라구! 보면 알잖아!"

그녀가 둥근 가슴을 드러내는 것을 니엘은 멍하니 바라보았다. 이제 노기는 사라지고 점점 당황스러워졌다.

"……공주님."

진짜 제정신이 아닌지 에르기아는 이제 그에게 물건을 집어 던지기 시작했다.

"미워! 미워! 미워 죽겠어! 니엘, 나가 죽어버렷!"

가슴을 다 풀어헤친 채 물건을 집어 던지는 에르기아는 분노로 아예 눈이 먼 것 같았다. 니엘은 그녀가 던지는 물건을 슬쩍 피하면서 재빨리 문을 걸어 잠갔다. 만약에 누군가 이 모습을 보기라도 하면 공주를 눈엣가시로 여기는 코넨 왕이 가만있을 리가 없었다.

"진정하세요!"

그가 크게 소리쳤지만 에르기아는 진정하기는커녕 잔뜩 분노로 가득 찬 시선을 그에게 던졌다.

"뭐? 몰래 만나는 남자? 그런 게 있을 리가 없잖아! 난 니엘밖에 없는데!"

그녀는 자신이 뭐라 외치는지도 잘 이해하지 못하는 것 같았다. 그녀가 던지는 보석함을 피하던 니엘은 그 말에 눈을 부릅떴다. 와장창 하고 전 왕비의 유물인 보석함이 박살나 바닥으로 흐트러졌다.

"미워! 미워 죽겠어, 니엘!"

잔뜩 흐트러진 검은 머리카락과 눈물로 범벅이 된 분노에 찬 시선은 마치 마녀처럼 보였다. 하지만 그 모습이 놀랄 정도로 그를 자극했다.

"에르기아님."

니엘은 자신도 모르게 그녀를 불렀다.

에르기아는 흠칫했다. 방금 니엘이 그녀를 부른 목소리는 놀랄 만큼 달콤했다. 아니, 달콤하다 못해 온몸이 녹아들 것처럼 매혹적인 음성이었다. 멍하니 그쪽을 돌아보니, 엉망진창이 된 방 한구석에 서 있던 니엘이 그녀 쪽으로 다가서고 있었다. 풍부한 감정이 담긴 눈이 웃고 있다는 것을 깨닫고 에르기아는 달아오르는 얼굴을 숨기려 그에게 집어 던지려 했던 거울을 들어 올렸다.

"진심인가요?"

그의 손이 흠칫거리는 그녀의 어깨를 잡았다. 뿌리치려 했지만 얼마나 단단히 잡혔는지 뿌리칠 수가 없었다. 그의 얼굴이 다가왔다. 에르기아는 눈물로 흐려진 시야를 애써 밝게 하려고 눈을 계속 깜빡거렸다.

"……!"

뜨거운 입술이 그녀의 것을 덮었다. 그리고 폭풍처럼 격렬한 키스가 그녀의 몸 안을 꿰뚫었다. 그의 팔이 으스러지듯 그녀를 끌어안았다. 억눌린 입술에선 비명이 터져 나올 것 같았지만 그마저도 그의 입 안으로 삼켜졌다. 뜨거운 손가락이 그녀의 뺨을, 귀를, 그리고 목을 어루만지며 매끄럽게 아래로 내려갔다.

에르기아는 멍하니 그에게 끌어안긴 상태로 눈을 깜빡거리고 있었다. 눈을 채 감지도 못한 채 그녀는 부들부들 떨었다. 니엘의 혀끝이 그녀의 아랫입술을 간질이며 속삭였다.

"이제 눈을 감으실까요?"

"……."

에르기아는 숨을 삼키고 눈을 감았다. 그의 체취로 정신을 잃을 것만 같은데도 온몸은 마치 달아오른 장작불처럼 뜨거워지고 있었다. 윙윙 소리를 내는 이명은 그 정도가 지나쳐 마침내는 심장 고동 소리를 삼켰다. 그녀는 울음이 터져 나올 것 같아 견딜 수가 없었다. 생전 처음 느끼는 강한 자극에 자신이 미쳐 버릴지도 모른다는 생각이 들었던 것이다. 그리고 자신을 그렇게 만들고 있는 것은 다름 아닌 니엘이었다. 항상 밤마다 꿈을 꾸던 그녀의 아름다운 육촌 오빠. 상상과는 너무나 다른 휘몰아치는 감각의 파도에 휩쓸린 채 그녀는 숨을 헐떡였다.

"니, 니엘?"

"저도 사랑하고 있습니다, 에르기아님."

그가 달콤한 음성으로 속삭였다. 그의 혀끝이 그녀의 귓가에 닿자 그녀는 그만 주저앉았다. 그런 그녀를 단숨에 안아 올린 그는 그녀를 침대 위에 눕히고 자신은 그 위로 덮치듯 몸을 숙였다.

"에르기아님이 다른 누구도 아니고 바로 나를 생각하고 있다고 생각해도 좋습니까?"

신이여, 그의 목소리는 너무나 유혹적이야. 비단처럼 매끄러우면서도 향기로운 브랜디처럼 사람을 취하게 해.

에르기아는 당장이라도 졸도해 버릴 것 같은 감정에 울음을 터뜨렸다.

"원, 세상에. 그럼 가슴에 저런 흉물을 한 것도 나에게 잘 보이기 위해서란 말입니까?"

"나, 난…… 어린애가 아니야."

에르기아는 헐떡이며 말했다.

니엘은 처음으로 그녀가 우는 것도 그다지 나쁘지는 않다고 생각했다. 예전에는 그녀가 울면 미쳐 버릴 것만 같았지만 지금 우는 모습은 나쁘지 않았다. 자신 때문에 잔뜩 흥분해 도드라진 분홍빛 피부가 더 더욱 그를 황홀하게 했다. 그는 자신이 마구잡이로 풀어헤쳤던 그녀의 드레스 앞섶을 천천히 벌렸다. 그의 손가락이 마치 실크처럼 부드러운 어린 젖가슴에 닿았다. 에르기아가 헉 하고 놀라는 소리를 내는 것도 무시하고 그는 놀리듯 물었다.

"보라고 했잖아요?"

"보, 보지 마!"

그녀가 결사적으로 가슴을 가리려는 것을 매몰차게 밀어낸 그는 자신의 바로 눈앞에 드러난 작은 젖가슴을 바라보았다. 소녀 특유의 아직 여물지 않은 가슴이었지만 이미 욕망을 드러내기 시작한 것 같았다. 복숭아빛의 유두가 자기 주장을 하며 단단하게 솟아올라 있었다. 그는 울먹이는 에르기아를 모른 척하고 천천히 고개를 숙여 그녀의 젖가슴에 키스했다.

"니, 니엘!"

부들부들 떠는 그녀를 보며 그는 씨익 웃었다.

"작아도 아름다워요. 게다가 세월이 지나면 더 더욱 풍만해질 겁니다. 물론 풍만해지지 않아도 저는 좋습니다."

그의 노골적인 말에 에르기아는 얼굴을 두 손으로 가리고 계속 울었다. 그녀가 울든 말든 그는 그녀의 작은 유두를 살짝 핥으며 짓궂게 물었다.

"설마 하니 나 이외에 다른 놈에게 보여줄 것은 아닐 테죠?"

"미워!"

어린애 같은 소릴 내뱉은 그녀를 보고 니엘은 소리 높여 웃었다. 그리고는 작고 가녀린 몸을 다시 한 번 끌어안았다.

"그러니까 저런 흉물은 다시는 해서는 안 됩니다. 나의 공주님이 저런 걸로 질식이라도 해버리면 저는 미쳐 버릴 겁니다. 아시겠습니까?"

에르기아는 얼굴을 가린 손을 내릴 수가 없었다. 너무나 창피해서 견딜 수가 없었지만 또 한편으로는 굉장히 행복한 기분이 되기도 하는 것이다. 그녀는 그가 키스한 젖가슴이 갑자기 커진 것 같은 생각이 들어 슬그머니 자신의 가슴을 내려다보았다.

"어?"

아닌 게 아니라 그녀의 가슴은 생각 외로 더 부풀어 있었다. 그럭저럭 둥글고 완만한 형태를 갖춘 그녀의 젖가슴은 톡 튀어나온 유두가 도드라져 더 커 보였다. 그녀는 신기한 생각이 들어 눈앞에서 웃고 있는 니엘을 올려다보았다.

애정으로 넘치는 녹색 눈동자에 깃든 기쁨에 그녀는 살그머니 안도했다. 정말로 니엘은 자신을 좋아하는 것 같았다. 자신의 가슴이 정말 마음에 드는지도 모른다. 그녀가 살그머니 얼굴을 가렸던 손을 엉거주춤 내리자, 그 손을 잡아 니엘이 자신의 가슴으로 인도했다.

"자, 만져 보세요."

화들짝 놀라는 그녀를 보며 그는 셔츠자락을 들추고 그녀의 작은 손을 자신의 맨 가슴에 대게 했다. 그 뜨거운 살갗에 에르기아가 흠칫하자, 니엘은 뜨거운 음성으로 속삭였다.

"이 가슴은 에르기아님의 것입니다."

에르기아는 그 말에 용기를 얻어 두 손으로 그의 가슴을 더듬었다. 단단한 근육이 잡힌 그의 가슴은 생각보다도 훨씬 부드럽고 매끄러웠다. 얼굴보다도 흰 피부는 고귀한 신분을 말해 주는 듯 깨끗했다. 여자와 너무나 다른 몸에 놀라면서도 에르기아는 손을 뗄 수가 없었다. 부들부들 떨리는 손가락과는 달리 그녀는 황홀한 기분으로 그의 가슴을 더듬었다. 언젠가 그의 가슴을 꼭 만져 보고 싶다고 생각하며 잠든 날들이 얼마나 많았던가.

그런 그녀의 이마에 다시 한·번 키스하면서 니엘이 속삭였다.

"사랑하고 있습니다, 에르기아. 왕에게 허락을 구해 반드시 당신을 내 아내로 삼을 작정입니다."

그 말에 에르기아는 눈물이 고였다.

"지, 진짜?"

"물론입니다. 그러니 나 이외에 다른 남자는 이제 결코 안 됩니다, 나의 공주님."

놀리는 듯한 그의 음성에 에르기아는 입을 삐죽이며 물었다.

"왜?"

"당신의 작은 가슴은 이제 내 것이니까."

그의 말에 에르기아는 그의 가슴을 후려쳤다. 그 작은 반항에 그는 킥킥 웃으면서 거듭 키스했다. 그의 가슴도 터질 듯이 두근대고 있었다.

결혼. 그렇다. 그도 베아릭스의 후계자인 이상 몇 번이나 약혼과 결혼의 이야기가 나왔는지 모른다. 그러나 사생아로 태어난 그는 항상 신중했다. 그리고 노베아릭스 대공도 신중했다. 그는 코넨 왕이 자신을 견제하고 있다는 것을 알았기에 베아릭스의 후계자인 니엘의 혼사도 가볍게 여기지 않고 미혼으로 놔두었다. 어떤 동맹자도 맺을 수 있도록 하기 위해서였다. 니엘은 남부의 재력이 넘치는 귀공녀와 결혼할 수도 있었고, 서부의 군사력을 배경으로 한 귀공녀와도 결혼할 수 있었다. 또한 노인은 하나밖에 없는 후계자와 귀한 손녀딸이 결혼할 수도 있음을 염두에 두었으리라고 니엘은 판단했다.

'절대로 노대공이 반대하진 않을 거야. 문제는 코넨 왕이야.'

그는 자신의 품 안에서 녹아들듯 미소 짓는 작은 공주님을 사랑스레 바라보며 생각했다.

'하지만 코넨 왕도 날 거절할 수는 없을 거야. 내가 가진 배경을 절대로 쉽게 거절할 수는 없어. 결국 이 사랑스런 누이는 내 거야. 다른 놈들은 절대로 가질 수 없어.'

그는 이글거리는 눈동자로 자신의 반밖에 안 되는 작은 손을 만지작거리며 맹세했다.

'어떤 놈에게도 넘겨주지 않아. 에르기아는 내 거야. 내가 보호하고 내가 지켜온 나의 꽃이야.'

그는 그녀의 손가락 하나하나에 키스하면서 서둘러야 한다고 판단했다.

"날 사랑하죠, 나의 공주님?"

"응."

부끄러운 듯 에르기아가 대답하자 니엘은 다시 한 번 강요했다.

"그럼 나에게 키스해요."

그녀가 수줍게 그의 입가에 키스하자 니엘은 그녀를 세차게 끌어안고 속삭였다.

"어떤 다른 놈에게도 넘겨주지 않을 겁니다, 에르기아님."

"응."

수줍게 고개를 끄덕이는 그녀의 머리를 쓰다듬으면서 그는 설명하듯 말했다.

"내일 당장 국왕 폐하께 청혼을 넣겠습니다. 알아들었죠?"

"응."

눈물로 젖은 뺨으로 그녀가 답하자 니엘은 행복한 미소를 머금었다.

"에르기아님도, 저도 친형제는 아무도 없어요. 전 부모도 없지요. 우리가 결혼하면 둘이서 가족을 만드는 겁니다. 아이를 많이 낳자구요."

"응."

그의 말에 에르기아는 미래를 상상하며 미소 지었다.

니엘도, 그녀도 아무도 없었다. 니엘에게는 노대공이 있었지만 친부모도 아닌 노대공은 냉혹한 보호자일 따름이었고 에르기아에게도 부왕이 있었지만 냉담해 몇 달에 한 번씩 얼굴을 마주할 수 있을 뿐이었다. 두 사람 모두 외톨이였다.

"사랑해."

에르기아가 속삭이자 그는 다시 한 번 키스했다. 그는 키스로 멈추기 위해 무척 애쓰며 그녀의 옷자락을 다독여 주었다. 공주인 에르기아에게 청혼도 하기 전에 손을 댈 수는 없었다. 어차피 그녀에겐 유일한 남자인 그였다. 서둘러 상처를 주긴 싫었다.

"내일 국왕 폐하를 만나겠습니다."

"응."

순진하게 미래를 상상하며 미소 짓는 에르기아의 머리를 쓰다듬으며 그는 겨우 몸을 일으켰다. 그리고는 결혼을 서두르리라 마음먹었다. 외톨이인 두 사람이지만 분명히 사랑이 넘치는 가정을 만들 수 있을 터였다. 사랑에 굶주린 만큼 서로를 사랑하고 서로의 상처를 핥으면서 그렇게 지낼 수 있을 것이다. 그는 에르기아의 긴 검은 머리카락에 키스하면서 웃었다. 이제 그도 정착할 수 있을 것이다. 양자로 들어온 베아릭스 가에서 혼자 고군분투하던 시간은 지났다. 사랑스러운 신부의 다정한 가슴에 얼굴을 묻고, 웃어대는 아이들을 품 안에 안게 된다면 텅 빈 베아릭스 가도, 그의 허전함도 메워질 테니까.

하나, 그 다음날 그가 들뜬 가슴을 안고 베아릭스 가의 영지로 돌아갔을 때 그를 맞이한 것은 냉혹하지만 강직한 베아릭스 대공의 죽음이었다. 그리고 그들에게는 잔혹하고도 깊은 덫이 기다리고 있었던 것이다.

3장

붉은 히아신스 향기 속에

3. *붉은 히아신스 향기 속에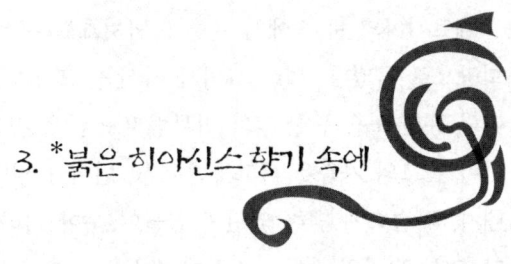

    니엘은 눈을 크게 부릅떴다. 무슨 일이 벌어지고 있는 것인지 순간적으로 잘 알 수가 없었다. 그녀는 아무도 없다는 것을 확인하자마자 그의 품 안으로 뛰어들었다. 얼마나 세차게 뛰어들었는지 우람한 장신인 그조차 뒤로 밀릴 지경이었다. 그는 얼결에 그녀를 마주 끌어안았다.

    "보고 싶었어! 보고 싶었어!"

    그녀가 가슴을 파고들며 외치는 그 말에, 그는 정신이 다 아득해졌다. 이것은 상상치도 못한 반응이었다.

    "보고 싶어서 죽는 줄 알았어."

---

* 당신의 사랑이 나에게

에르기아의 눈 속에서 눈물이 넘쳐흐르는 것을 보며 니엘은 희망으로 들떴다. 설마 그녀가 자신을 그리워했던 게 아닐까? 이런 흉한 모습을 한 그가 아무렇지도 않은 것은 아닐까? 에르기아가 그의 가슴을 파고들면서 몇 번이나 칭얼거리는 소리를 내자, 가슴속에 맺혀 있던 앙금들이 녹아 사라지는 것만 같았다. 그는 그녀의 짧은 머리칼에 키스를 퍼부었다.

"에르기아님."

"아! 아무도 없다고는 해도 여기서는 안 돼! 어서 들어와!"

그녀는 급히 그의 품을 빠져나오더니 그의 손을 잡고 자신의 방으로 끌어들였다. 처녀인 공주가 호위 기사도 아닌 외간 남자를 침실로 끌어들인다는 것 자체가 보통은 아닌 일이라는 것을 알고나 있는지 니엘은 조금 궁금해졌지만 그로서도 지금 알 바는 아니었다. 에르기아의 뜻밖의 반응으로 그는 발이 공중에 붕 뜬 것 같은 기분이었다.

에르기아는 밖에 아무도 없는지 다시 한 번 살피고는 재빨리 빗장을 걸었다. 그리고는 급히 창가로 달려가 창문까지도 닫았다. 그녀가 그렇게 바삐 이리 뛰고 저리 뛰는 동안 니엘은 그녀의 움직임을 넋을 잃고 바라보고 있었다. 이렇게 단둘이 한방에 있어본 것은 정말 오랜만의 일이었다.

"니, 니엘, 미, 미안! 나 지금 더러운데!"

에르기아는 황급히 자신의 옷차림을 떠올리고는 당황했다. 손이고, 몸이고 여기저기 피 칠을 해댔으니 피비린내가 진동을

한다. 이 몰골로 니엘을 방까지 데리고 들어오다니 어쩌면 좋을
까 싶어서 그녀는 안절부절못했다. 그런 그녀를 보며 니엘은 빙
긋 웃었다.

"뒤돌아 있을 터이니 갈아입으시지요."

"그, 그럴까?"

니엘은 정말로 그녀가 그럴 거라고는 상상치 못했다. 설마 하
니 아무리 경계심이 없어도 니엘은 남자고, 거기다 연인이기까
지 했던 사이였다. 그런데 단둘이 있는 방 안에서 옷을 갈아입
는다니.

"그럼 뒤돌아 있어."

니엘이 얼결에 뒤돌아서 있는 동안 에르기아는 황급히 갑옷
을 집어 던지고 침대 위에 놓여 있던 헐렁한 린넨 드레스를 끼
어 입었다. 피비린내는 금방 가시지 않겠지만 다행히 방 안에
있는 항아리에 물이 남아 있어 급히 세수를 했다. 알몸에 걸치
는 드레스 자락에 굉장히 선정적인 기분이 되어 그녀도 얼굴을
붉혔지만 아무래도 상관없었다. 상대가 니엘이라면 선정적인
생각도 하고 싶었다. 바보가 아닌 이상 21살이나 되는 처녀는
아무래도 문제가 있는 법 아닌가. 그녀는 몸 안에 남은 그의 체
온을 떠올리면서 재빨리 짧은 머리칼을 정돈했다.

"다 갈아입었어."

에르기아가 말하자, 니엘은 뒤돌아보았다. 갑옷을 벗고 헐렁
한 드레스를 걸친 에르기아는 소년처럼 껑충한 키를 가지고 있

었지만 매혹적인 굴곡을 가지고 있었다. 가슴이 작다고 얼마나 고민했던가. 그는 잠시 과거를 떠올리고는 미소 지었다. 그러나 곧 그는 성숙한 여인의 냄새가 풍기는 풍만한 몸매에 당혹했다. 5년 전에도 그녀는 아름다웠지만 지금처럼 풍만하지는 않았다. 그사이 키도 크고, 가슴도 꽤 큰 것 같았다. 얇은 드레스 탓인지 봉긋하게 올라온 가슴 위로 유두가 동그마니 도드라졌다. 그는 그녀의 가슴으로 쏠리는 시선을 어찌해야 할지 한순간 당황했다.

"여전히 아름다우시군요."

"에? 이 짧은 머리가 예뻐?"

에르기아가 조금 얼이 빠진 태도로 물었다. 그녀는 짧아진 머리칼 때문에 굉장히 신경을 쓰고 있는 중이었다. 다른 건 어떻게든 된다지만 가발을 쓰기 전에야 이 짧은 머리칼은 어찌할 수가 없었다. 투구를 쓰기 때문에 유일한 자랑거리였던 머리칼을 짧게 자른 것이다.

"어떻게 해도 예쁜걸요."

니엘이 웃으며 말하자, 에르기아는 뺨을 붉혔다. 그는 그 순간 그녀의 아름다움에 놀라 숨을 멈췄다. 창백했던 뺨은 상기되었고, 입술은 붉고 도톰했다. 아까의 그 금욕적인 모습과 달리 지금은 너무나 청순하고도 매혹적이었다.

"나, 미워하지 않는 거야?"

에르기아가 조금 머뭇거리며 말하자, 그녀의 입술을 바라보며 다른 상념에 빠져 있던 니엘은 뒤늦게 정신을 차렸다.

"네?"

"이제 날 미워하지 않는 거냐고."

"미워하다니요?"

니엘이 어리둥절해서 묻자 에르기아는 불안한 표정으로 한 걸음 다가와 니엘의 뺨을 만졌다. 흉터가 그녀의 손가락에 닿자, 니엘은 저도 모르게 잔뜩 굳어져 그녀의 손을 밀쳐 냈다.

"뭡니까?"

"역시 미워하는 거지?"

"미워하지 않습니다."

"나 때문에 심한 상처를 입었는데 날 미워하지 않는 거야?"

그녀는 조심스럽게 물었다. 니엘은 가슴을 예리한 칼날로 쑤시는 것 같은 기분이 되어 차갑게 대답했다.

"그런 것은 신경 쓰지 않습니다. 에르기아님 때문이 아니라 제가 경솔한 탓이니까요."

에르기아는 입을 다물었다.

"경솔?"

"감히 공주님께 키스하고도 무사하리라고 생각했던 제가 바보였지요."

차갑게 내뱉듯 말하는 그의 말에 에르기아의 얼굴이 창백해졌다. 그녀는 뺨을 얻어맞은 것처럼 두 뺨을 움켜쥐었다.

"그럼, 날 사랑한 게 아니었어?"

니엘은 새파랗게 질린 에르기아의 얼굴을 물끄러미 바라보았다. 대체 어떻게 말해야 할지, 그리고 어떻게 받아들여야 할지 알 수가 없었다. 그녀가 자신이 그녀 때문에 흉터가 생겼다고 생각해서 이처럼 친밀하게 구는 것인지, 아니면 정말로 자신을 잊지 않고 있었던 것인지 알 수가 없었다. 단순히 육촌 오빠로서 반가워서 그런 것 같지는 않았다. 만약 그녀가 정녕 그를 아직까지도 사랑하고 있다면 얼마나 좋을까. 아니, 이 흉터만 없어도 얼마나 좋을까. 니엘은 자신을 악귀처럼 보이게 하는 흉터를 손가락으로 훑으며 씁쓸하게 말했다.

"당신을 사랑하니까 이 정도는 아무렇지도 않다는 이야기지요."

니엘이 조용히 말하는 순간, 에르기아는 휘청거렸다. 놀란 그가 그녀를 끌어안자, 휘청거리던 에르기아는 그의 목을 두 팔로 감았다. 그녀의 팔이 부르르 떨렸다. 니엘은 부드럽게 그의 가슴에 와 닿는 5년 전과는 너무도 다른 풍만한 가슴의 감촉에 동요했다. 너무나 성숙한 육체였다.

"나도, 나도 사랑해. 나도 사랑해, 니엘!"

그러나 그 성숙한 몸매의 그녀는 갑자기 어린애처럼 울음을 터뜨렸다. 니엘은 그녀의 고백을 듣고는 다시 으스러지도록 그녀를 끌어안았다. 믿어지지 않았다. 하지만 그가 망설이는 그 찰나에 그녀가 그의 뺨에 서툴게 입술을 겹쳤다. 스치듯 닿는 그 감촉에 열기를 느끼며 그는 그녀의 입술을 찾아 급히 겹쳤

다. 얼마나 급했는지 이빨이 부딪칠 정도였지만 두 사람 다 그
것을 탓하지 않았다.

순식간에 열기가 파고들어 와 전신으로 퍼져 나갔다. 맞닿은
입술은 짭짤한 맛이 났지만 곧 이어 달콤한 맛이 났다. 서로 구
하고, 또 구하면서 니엘은 그녀의 머리를 으스러지도록 움켜쥐
었다. 어느새 그의 한 손이 그녀의 엉덩이로 돌아가 움켜쥐자,
놀란 그녀가 부르르 떨었다.

"하아……."

눈물로 잔뜩 젖은 그 얼굴을 내려다보면서 니엘은 웃었다. 부
푼 입술이 아까의 냉담한 여전사와는 너무나 다른 모습이었던
것이다.

"왜 웃어?"

눈물을 닦으며 새빨개진 얼굴로 에르기아가 물었다.

"예뻐서."

"바보. 니엘이 더 예뻐."

그 말에 니엘은 움찔했다. 그제야 자신이 웃을 때마다 눈가에
서 입가까지 이른 흉터가 꿈틀거리며 더 흉측해진다는 것을 기
억해 냈던 것이다. 그의 얼굴이 무표정해지자, 에르기아는 잠시
머뭇거렸다.

"예쁘단 말이 싫어? 그러니까 잘생겼다는 말이야. 나는 니엘
처럼 잘생긴 사람은 본 적이 없어."

생긋하고 소녀처럼 웃으며 그녀가 말했다.

니엘은 그녀가 자신을 처음 본 15세의 여름에 그렇게 말했었던 것을 떠올렸다. 키만 껑중했던 15세의 공주는 눈부신 듯 자신을 올려다보면서 수줍게 말했었다.

"오빠처럼 잘생긴 남자는 본 적이 없어, 육촌 오빠."

하지만 지금의 니엘은 누가 봐도 잘생긴 남자와는 거리가 멀다. 오히려 이 검붉은 흉터가 끔찍해서 웬만한 여자들은 기절까지 하는 흉측한 몰골인 것이다. 그런 자신을 에르기아가 예전과 똑같이 생각해 줄 리가 없지 않은가.

"니엘?"

에르기아는 표정이 살벌하게 굳어버린 그를 불안하게 바라보며 물었다.

"이젠 그다지 좋은 모습이 아닌데 이 모습으로 에르기아님에게 구애해도 될는지요."

의도하지는 않았지만 니엘은 꽤나 빈정거리는 어투로 물었다. 에르기아는 그의 말을 듣고 입을 꽉 다물었다. 잠시 그녀는 그가 무슨 말을 하고 있는지 이해조차 할 수 없었다.

"저기, 무슨 뜻이야?"

"이런 흉터가 정말 아무렇지도 않다는 겁니까?"

그의 질문에 에르기아는 눈을 깜빡거렸다. 전쟁터에서 팔다리가 잘려지고 도끼나 메이스로 얼굴이 뭉개진 자들을 무수히

봐왔던 그녀였다. 그녀의 눈에 니엘의 상처는 별로 대단해 보이지도 않았다. 무엇보다 그녀는 니엘의 잘생긴 얼굴이 흉터로 망가졌다는 생각 따윈 하고 있지 않았다.

"그 흉터 때문에 이젠 나를 좋아하지 않아?"

니엘은 순진하게 묻는 그녀를 바라보았다. 자신을 바라보는 그녀의 눈은 기쁨과 순진한 열망으로 몽롱하게 흐려져 있었다. 상기된 뺨, 키스로 부풀어 오르는 입술도 너무나 매혹적이어서 그는 냉소적인 생각을 얼른 지워 버렸다.

'어찌 되었거나 그녀는 내 거야! 스스로 내 품 안으로 달려든 이상, 절대로 놔주지 않아.'

청혼자인 노스워드의 왕자 데릭 오네스가 내일 직접 방문할 예정이었다. 승전을 축하하며 그가 직접 로디지에 와서 에르기아에게 청혼할 것이라는 소문은 이미 궁정 안팎에 파다하게 나 있었다. 다른 왕자들과 달리 데릭 오네스는 에르기아의 외사촌이었다. 왕도 노스워드 왕국은 무시할 수 없을 것이다. 그녀는 데릭 왕자와 진짜로 결혼하게 될지도 몰랐다.

'그렇게 하게 놔둘 순 없지.'

그는 격렬한 질투에 사로잡혀서 그녀의 거처인 서쪽 별궁에 난입했다. 종자 두 명에게 다른 병사들을 감시하라 이르고 그는 몰래 숨어들어 온 것이었다. 5년 전 그가 머물렀던 장소이기 때문에 에르기아의 거처까지 오는 데 어려움은 없었다. 별궁의 병사들도, 그가 과거에 그녀의 연인이었다는 것을 기억하고 있기 때문에 그에게 적대감을 가지는 자들은 없었다. 그는 에르기아가 어떤 말을 하든지 그녀를 설득해서 자신과 결혼하게 만들 셈이었다. 가능하다면 싫다고 울부짖어도 범할 각오까지 하고 있었다. 그 흉측한 면상을 치우라고 그녀가 욕설을 퍼붓는다면 그는 고통스럽겠지만 그래도 그녀의 몸이나마 차지할 수 있을 것이라는 비틀린 욕망을 품고 있었다. 그녀를 품에 안고 결혼식을 올리면, 모든 명분은 그에게 있었다. 코넨 왕은 지금으로선 절대로 그의 청혼을 거절할 수 없었다. 게다가 이미 몸을 겹친 뒤라면 더 더욱이나. 피의 마녀라는 여자를 아무나 가질 수는 없을 테니까. 그리하여 로디지 왕국의 계승자 에르기아의 남편인 그가 왕이 되는 것이다. 그 코넨 왕의 일그러진 얼굴을 상상만 해도 니엘은 위험한 쾌감을 느낄 수 있었다.

그가 싸늘한 미소를 머금고 있는 동안에도 에르기아는 그의 그 끔찍한 흉터가 보이지도 않는지 황홀한 표정으로 그의 입술을 손가락으로 더듬고 있었다. 그녀는 입가의 주름 하나하나까지도 일일이 세듯이 손가락 끝으로 건드리더니 속삭이듯 말했다.

"키스해 줘, 니엘."

붉어진 뺨을 사랑스럽게 바라보며 그는 기꺼이 그렇게 했다. 몇 번이나 각도를 바꾸어 그녀의 허리를 끌어안고 키스를 퍼부었다. 서툴지만 적극적으로 그의 혀를 감아오는 그녀의 혀를 느끼자 니엘은 그녀의 등을 지나 작은 엉덩이를 한 손으로 움켜쥐었다.

"하아."

놀란 그녀가 움찔하자, 그는 탐욕스레 그 작은 엉덩이를 움켜 쥔 채 입술을 귓가로 움직였다. 그의 뜨거운 입술이 귓불을 핥 고 또 귓가로 흐르자, 에르기아는 터질 듯한 가슴에 어쩔 줄 몰 라 그의 머리만 끌어안았다. 가느다란 목줄기를 거쳐 그의 입술 이 마침내 얇은 드레스 위에 솟아오른 가슴의 돌기에 닿자, 그 녀는 낮은 비명을 질렀다. 그는 그녀의 가슴을 가볍게 깨물며 계속해서 탐닉했다. 어느새 드레스 자락이 치켜 올라가 하얀 허 벅지가 드러났지만 그녀는 깨닫지 못했다. 달아오른 몸은 계속 해서 그의 품 안에서 퍼득거리고만 있을 뿐이었다.

"니엘!"

그녀가 탄식처럼 외치는 순간, 그는 단숨에 그녀를 안아 침상 에 내던지다시피 했다. 그는 이글거리는 눈으로 그녀를 바라보 았다. 조금이라도 공포의 빛이 보인다면 그는 그만둘 생각이었 지만 에르기아의 얼굴 어디에서도 공포의 기색은 느껴지지 않 았다. 오히려 흐트러진 사지가 그를 뱀처럼 감아오자 그는 이성 을 잃었다.

"에르기아!"

다시 입술이 겹쳐졌다. 단숨에 그녀의 드레스는 그의 우악스 런 손길에 의해 찢기듯 벗겨졌다. 그는 그녀가 아무것도 입고 있지 않다는 데에 충격을 받았다. 하얀 몸에 탄력적인 가슴이 손 안에 들어오자 그는 신음을 터뜨렸다. 실오라기 하나 걸치지 않은 그녀의 모습은 정말로 충격적이었다. 단련된 탄력적인 육체는 그가 겪어온 여자들과 너무나 달랐다.

"니엘……."

너무나 순진하고, 너무나 안타까울 정도로 그를 신뢰하는 그녀의 시선을 깨닫자 그는 잠시 호흡을 가다듬었다. 알몸의 그녀를 덮치고 있는 자신의 자세가 짐승같이 느껴졌다. 이래선 안 되었다. 에르기아는 이런 식으로 얼결에 안아선 안 될 여자였다. 그의 유일한 공주님, 그의 소중한 보석이었다. 격식을 갖추고 소중한 비단에 감겨 아름다운 첫날밤을 보내야 할 여자였다. 그녀의 순진한 반응에 그는 자신이 가지고 있던 추악한 생각이 끔찍해지기 시작했다. 그녀는 그를 사랑한다고 했다. 그녀를 강간할 심산으로 온 그에게 사랑하고 있다고 말하며 신뢰에 가득찬 시선을 보내고 있었다. 그러니까 거칠게 해선 안 된다. 사랑하는 여자에게 그에 걸맞는 예의를 보여주어야 했다. 왕위든 뭐든 아무래도 상관없다고 욕설을 퍼붓고 그는 마른 입술을 핥았다.

"이러면, 안 될 거 같군요."

그가 잔뜩 쉰 목소리로 말하자 에르기아는 눈을 크게 떴다.

"니엘?"

"공주님을 이렇게 해선 안 되겠죠?"

그가 몸을 일으키자, 에르기아는 새파랗게 질려 그의 옷자락을 잡았다.

"니엘, 내, 내가 흉해서 그래?"

"그럴 리가 있습니까?"

그는 다른 여자와 달리 몸을 가리지도 않고 있는 그녀를 애써 외면하며 대답했다. 잔뜩 굳어진 하반신은 자신의 의지를 배반하고 있었다. 아무리 자제하려 해도 이미 그의 남성은 있는 대로 부풀어 오른 상태였다. 하지만 에르기아는 아무것도 몰랐다. 그녀는 파랗게 질린 채 자신의 어깨를 감싸 안았다.

"내가 흉해서 그런 거지? 다른 여자와 달리 커다랗기만 하고 거칠어서, 그래서 안을 마음이 안 생기는 거지?"

그녀의 말에 니엘은 흠칫했다. 눈물까지 글썽이고 있는 그녀를 보자 그는 다시 흔들리는 마음을 억누를 길이 없었다.

"그런 말은 하지 말아요. 나는 정말로……!"

"알고 있어. 니엘이라면 얼마든지 아름답고 가녀린 귀부인을 안을 수 있겠지. 나같이 못생긴 여자 말고 얼마든지 하얀 손을 가진 고운 미녀를……."

그녀가 고개를 숙이고 오열하자, 그는 참지 못하고 그녀를 끌어안았다.

"제기랄! 그런 게 아닙니다!"

그는 미친 듯이 그녀의 머리카락을 움켜쥔 채 키스를 퍼부었다. 그녀가 자신을 원한다고 생각하자 이성은 이미 날아가 버렸다. 양심적인 기사로서 행동하려 했지만 그것은 이미 불가능했다. 그는 흉포할 정도로 그녀의 몸을 끌어안고 그녀의 젖가슴을 물어뜯었다.

"나라면 누구든 안을 수 있다고? 그런 말을!"

그는 주저하지 않고 그녀의 두 팔을 억누른 채 부들부들 떠는 그녀의 젖가슴에 얼굴을 묻었다. 그가 달아오른 유두를 깨물며 다른 한 손으로 허벅지를 열자, 에르기아는 흠칫 몸을 떨었다.

"나는, 자제하려고 했어. 충분히 자제하려고 했다고."

그는 화난 사람처럼 중얼거렸다.

"이런 식으로 야합할 생각은 없었어. 나의 공주님, 나는 정식으로 그대를 맞이할⋯⋯."

그는 그녀의 허벅지를 애무하던 손을 흠칫 멈추었다. 붉어진 그녀의 얼굴을 아주 천천히 응시하면서 그는 그녀의 허벅지를 움켜쥐었다. 무언가 오돌토돌한 것이 만져졌다. 흉터인가 싶어 그가 시선을 내리는 순간, 에르기아는 다리를 힘껏 오므렸다. 아직 아무에게도 보이지 않았던 비밀스러운 부분을 보여주는 것이 부끄러웠다.

"⋯⋯이게 뭡니까, 공주님?"

그는 갑자기 머리가 식어버리는 기분으로 그녀의 허벅지를 내려다보았다. 새까만 음모로 가려진 그녀의 비밀스러운 곳 바로 옆 허벅지에 글자가 새겨져 있었다. 세상에, 고귀한 공주님이 문신이라니! 그것도 낙인처럼 거친 문신이었다. 삐뚤삐뚤한 그 문신은 대체 어떻게 새겼는지 우둘투둘한 흉터로 남겨져 있었다. 그는 그 글자를 읽는 순간 머리를 얻어맞은 것 같았다. 머리 속이 새하얗게 지워졌다.

『니엘.』

믿어지지 않아 그는 계속해서 그 흉터 같은 문신을 어루만졌다. 그의 이름이 새겨진 그녀의 허벅지라니. 그가 멍하니 그것을 바라보고 있자, 부끄러워진 것인지 그의 겉옷으로 몸을 가리던 에르기아가 새빨개진 얼굴로 속삭였다.

"나, 당신 이외엔 어떤 사람도 싫으니까."

그는 멍하니 그녀를 바라보았다. 대체 이걸 언제 새긴 것일까?

"이걸 누가 새겼습니까? 대체 언제 이런 짓을!"

에르기아는 조금은 당황한 듯이 그가 잡고 있는 자신을 다리를 감추려고 버둥거렸다. 수치심으로 발갛게 된 그녀의 얼굴은 소녀처럼 연약해 보였다.

"당신이 추방되었다고 했을 때 내가 새긴 거야."

"이걸 직접?"

니엘은 입을 벌렸다.

"나는, 니엘을 사랑한다고 했잖아. 그러니까……."

"맙소사. 이걸 대체 어떻게 새겼습니까?"

"바늘로 새겼어. 잉크를 조금씩 넣으면 된다고 들었기 때문에……."

그녀의 순진한 말을 듣고 그는 입을 벌렸다. 상상도 하지 못할 일이었다. 16세의 소녀가 고통을 참으며 바늘로 자신의 허벅지를 찔러 문신을 새기다니. 대체 어떤 여자가 그런 일을 할 수 있을까? 게다가 에르기아는 천한 평민 여자가 아니라 고귀한 공주님이었다. 어떤 귀족 여자도 이처럼 지독한 짓을 하지는 못할 것이다.

"에르기아……."

"기사는 사랑하는 사람의 이름을 새긴다고 들었어."

"그건 남자들이나……."

니엘은 에르기아의 태연한 말에 반박하려다가 입을 다물었다. 에르기아는 기사였다. 공주이면서 기사였다. 하지만 그렇다고는 해도 이런 곳에 자신의 이름을 새기다니. 그는 눈물이 나올 것만 같았다. 자신이 채찍질당하고 있을 때 비명을 올리던 그녀의 목소리가 너무나 선명했다. 그녀는 아마도 자신의 탓이라 여기며 스스로를 책하고 있었던 모양이다. 그는 자신의 이름이 새겨진 그 조악한 문신에 입술을 댔다. 5년간 그녀를 원망하고 의심했던 모든 감정이 전부 다 하늘로 날아가 버렸다. 그녀는 그를 사랑했다. 도저히 지울 수도 없는 문신까지 새기며 그를 생각하고 있었다. 강간할 심산으로 숨어들어 온 추악한 자신의 몰골을 진저리치도록 혐오하며 그는 깊이 자책했다. 이것은 진짜였다. 상상도 하지 못했던 놀라운 기적이었다. 짐승 같은 자신에게 바치는 그녀의 사랑은 상상도 하지 못할 정도로 깊었던 것이다. 자신의 이름까지 새겨진 그녀는 아무에게도 갈 수 없을 것이다. 어떤 남자든 다른 남자의 이름을 달고 있는 여자를 맞이하진 못할 테니까. 격렬한 기쁨에 사로잡혀서 그는 그 문신을 핥고 빨아올렸다.

"아아, 하, 하지 마!"

놀란 그녀가 그의 머리를 밀어 올리려 했지만 그렇게 되지 않았다. 그는 그 문신을 힘껏 빨고 깨물었다. 그의 손가락이 집요하게 그녀의 여성을 건드리기 시작하자, 그녀는 낯선 감촉에 어쩔 줄 몰라 하며 몸을 비틀었다.

"하, 하지 마, 니엘. 니엘!"

"내 거야, 에르기아. 당신은 내 것이야."

그는 붉어진 그녀의 얼굴을 똑바로 보며 말했다.

에르기아는 자신의 하체를 움켜쥔 사내를 멍하니 바라보았다. 이글거리는 눈동자는 이제 자제력을 잃고 있었다. 눈물로 붉어진 눈은 야수처럼 광기마저 띠고 있었다. 그 격렬함에 그녀는 몸을 떨었다. 진짜로, 항상 냉정하던 니엘이 자신을 사랑하고 있는 것이다. 그 냉정을 잃을 정도로. 달콤한 아픔이 치밀어 자신도 모르게 눈물이 흘렀다.

"니엘."

"아무리 아니라고 해도 이제는 놓아주지 않아, 나의 공주님."

그가 쉰 목소리로 다정하게 속삭이자 그녀는 눈물을 흘리며 투덜거렸다.

"바보 같은 소리 하지 마. 처음부터 나는 당신만을 사랑한다고 했단 말이야."

"내 것이 될 거지?"

그가 잔뜩 쉰 목소리로 속삭이자, 에르기아는 얼굴을 붉히면서 도전적으로 그를 쏘아보았다. 오늘 아침만 하더라도 그가 자신을 미워하지 않기만을 바라고 있었다. 그런데 지금은 그의 품 안에 안겨 있는 것이다. 황홀해서 죽어버릴 것 같아 그녀는 북받치는 울음을 참고 그의 얼굴을 끌어안았다.

"좋아해, 니엘. 처음 만났을 때부터 쭈욱."

니엘은 눈물이 뺨 위로 흘러내리는 것을 느꼈다. 너무나 행복해서 지금 이 순간이 믿어지지 않았다. 그녀가 자신을 혐오한다고 해도 강제로 취할 생각으로 여기까지 왔건만 그를 기다리고 있는 것은, 모든 것을 다 던져서 그를 원한다는 공주님이었다. 그녀의 허벅지에 새겨진 자신의 이름이 너무도 선명해 그는 꿈을 꾸고 있는 것 같았다. 이것이 꿈이라면 영원히 깨지 않기를 바라며 그는 자신의 입술에 맹목적으로 덤벼들고 있는 에르기아의 입술을 빨기 시작했다.

"당신을 여기서 가질 겁니다, 에르기아."

"응."

에르기아가 황홀한 듯 자신을 올려다보며 말했다.

니엘은 오래전 잃어버렸던 자신감이 돌아오는 것을 느꼈다.

끔찍한 흉터를 가지면서부터 잃어버렸던 그의 마음이 그녀의 눈길로 되돌아오고 있었다. 그의 흉터 따윈 에르기아에게는 아무것도 아니었던 것이다. 그녀는 그를 사랑하기 때문에.

'신이여! 그녀가 날 사랑해!'

그는 그녀의 가슴에 입을 맞추고 늑골 하나하나에 섬세하게 경의를 표했다. 그녀가 보여주는 순진한 반응과 붉게 물든 하얀 나신을 바라보며 그는 천천히 옷을 벗었다. 에르기아가 서툴게 자신의 옷을 벗겨주는 것을 즐겁게 바라보면서 그는 미소 지었다. 태어나서 이렇게 기쁜 적이 없었던 것만 같았다. 어릴 적 처음 망아지를 선물 받았을 때도, 기사 서임식을 받았을 때도 이렇게 기쁘지는 않았다. 사랑하는 여자가 자신을 사랑한다는 것은 정말로 너무나 근사한 기분이었다. 5년 전과는 다른, 좀 더 강렬한 기쁨이었다. 시커먼 절망 속에서 그는 빛을 본 기분이었다. 그는 자신의 몸을 만지며 신기해하는 그녀의 손가락에 입 맞추었다.

"단단해."

에르기아는 속삭이듯 말했다. 남자의 벗은 몸을 본 것은 처음이 아니었다. 전쟁터를 돌아다니며 갑옷을 벗은 기사들의 몸 따위는 얼마든지 보았다. 숙녀답지 않다고 다들 조롱하는 것도 그 때문인지도 모른다. 하지만 그녀는 니엘의 알몸을 보고는 얼굴을 붉히지 않을 수 없었다. 항상 상상하고 또 바랐던 그였기 때문에 눈앞에 있는 그가 믿어지지가 않았다. 어떻게 그가 자신과 같은 마음으로 그동안 그녀를 사랑해 왔다는 것일까. 그녀는 흉터 가득한 그의 등과 가슴에 입술을 대고 살짝 핥았다. 그가 움찔하는 것을 느끼며 그녀는 자신감을 가지고 두 손을 뻗어 그의 살갗을 어루만졌다.

"훨씬 대담해지셨군요."

쉰 목소리로 니엘이 속삭이자, 에르기아는 얼굴을 붉히면서도 대꾸했다.

"마녀가 되었잖아?"

말하는 동안에도 그녀의 손은 쉬지 않았다. 매끈했던 예전과 달리 채찍에 의한 참혹한 상처가 그의 상체 여기저기에 그대로 남아 있었다. 그 외에 검상도 있고 이런저런 흉터도 많았다. 그녀는 그 흉터 하나하나를 찾아내 손끝으로 음미했다. 이 모든 상처를 딛고 그는 그녀의 앞에 있는 것이다. 황홀할 정도의 강한 힘으로 그녀의 눈앞에 서 있었다. 그녀는 그의 가슴에 얼굴을 묻다가 유두에 입술을 대고 살짝 깨물었다. 그가 낮게 신음하자, 에르기아는 짓궂게 웃었다.

"에르기아."

괘씸하다는 듯한 눈으로 그가 나직하게 웃었다. 그의 손가락이 유두를 비틀며 공격하자 그녀는 깔깔대며 몸을 비틀었다. 그의 입술이 다시 그녀의 가슴과 목덜미에 거듭 다가오는 순간 아주 천천히 그녀는 그의 손가락이 자신의 여성을 더듬는 것을 느꼈다. 생소한 감촉에 몸을 뒤틀긴 했지만 미묘한 감각이 등줄기

를 타고 흘렀다. 달콤한 아픔과 열기가 그의 온몸에서 흘러 그
녀에게로 전해졌다.

"아!"

단단해진 그의 남성이 그녀의 허벅지를 찔렀다. 가슴이 두근
거리고 새삼스럽게 두려워졌다. 하지만 그녀는 물러서는 대신
그의 목을 단단히 휘감았다. 그리고 그의 어깨에 입술을 겹쳤
다. 다른 남자가 아니라 니엘이다. 고통을 참으며 바늘로 허벅
지를 찌르던 그 시절부터 그녀는 니엘 이외의 남자에게는 몸을
허락할 마음이 없었다. 그를 위해, 그를 위해 모든 것을 버렸다.

"좋아해, 니엘."

그녀가 그의 귓바퀴를 깨물며 속삭이자, 그는 천천히 그녀의
몸을 가르고 불타는 듯한 열기로 진입하기 시작했다. 그녀는 아
픈 것을 피하지 않았다. 피하는 것은 그녀가 원하는 바가 아니
었다. 언제나 그렇듯 그녀는 물러서고 싶지 않았다. 격렬한 통
증이 전신을 타고 흘렀다. 상상치도 못했던 연약한 곳을 공격해
오는 아픔에 그녀는 입술을 깨물었지만 그것도 잠시 그가 자신
의 뺨을 쓰다듬기 시작했다. 그의 녹회색 눈이 그녀를 내려다보
고 있었다.

"나는 기쁩니다, 에르기아."

그가 속삭이듯 말하며 부풀어 오른 아랫입술을 핥았다. 그가
집요하게 입술과 턱을, 그리고 목을 애무하자 그녀는 나른해지
는 몸을 느꼈다. 이런 아픔도 사실 별게 아닐지도 모른다. 화살

을 맞았을 때보다 아프지 않았다. 낙마했을 때도, 칼을 맞았을 때도 이것보다는 훨씬 더 아팠다. 그녀는 희미하게 미소 지었다. 게다가 다른 것은, 그녀를 다치게 한 것은 니엘이었지 적이 아니었다. 니엘은, 누구보다도 사랑하는 사람이다.

"나도…… 기뻐, 니엘."

그녀가 낮게 속삭이자, 그는 고통스러운 표정으로 그녀의 가슴을 움켜쥐었다.

"힘을 빼요, 에르기아. 많이 아픈가요?"

"괜찮아. 화살을 맞았을 때보다 안 아파."

그녀의 말에 그의 얼굴이 흐려졌다. 그는 그녀의 뺨에 키스하며 속삭였다.

"이제 그럴 일은 절대로 없을 겁니다. 당신이 상처를 입을 일은 이제 영원히 없어요."

아주 천천히 그가 움직이기 시작하자, 그녀는 몸을 떨었다. 하지만 아까와는 달랐다. 미묘한 고통과 간질이는 열기가 손끝으로 스며들었다. 그녀의 몸 안에 있는 것은 니엘이었다. 다른 사람이 아니다. 에르기아는 창백한 얼굴에 미소를 지었다.

"당신은 이제 내 것입니다. 내가 지켜줄 겁니다, 에르기아."

그가 속삭이며 그녀의 젖가슴을 물었다. 커다란 손이 그녀의 엉덩이를 움켜쥔 채 아무도 만지지 못했던 비밀스러운 곳을 애무하며 그가 맹세했다. 열기로 휘감긴 몸을 떨며 에르기아는 기쁘게 미소 지었다. 그렇다. 이것은 꿈이 아니었다. 사랑해 왔던 니엘이 그녀의 처녀를 가지고 갔다. 그와 결혼하지 못하더라도, 그의 정부로 끝나더라도 이 순간만은 행복하다. 그를 가진 것은 그녀였다. 왕도 막지 못했다. 이 순간 그는 그녀의 것이었다.

4장

수국은 사랑을 맹세한다

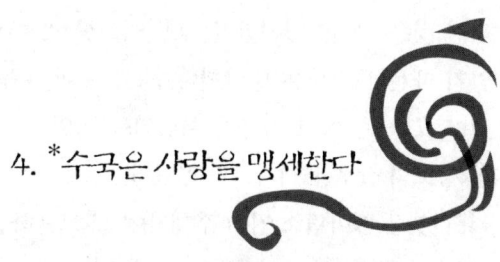

4. *수국은 사랑을 맹세한다

"이게 뭐지?"

코넨 왕이 부들부들 떨리는 손으로 니엘을 가리켰다. 그는 품 안에 안고 있던 에르기아를 뒤로 돌렸다. 잔뜩 흐트러진 옷매무시를 한 에르기아는 당황한 나머지 입만 벌리고 있을 뿐이었다.

"지금 내 눈앞에서 더러운 사생아 따위가 공주를 욕보이고 있는 거냐?"

"무, 무슨 말을 하는 거예요, 아바마마!"

니엘을 모욕하는 말에 에르기아가 마주 외쳤다. 그녀는 마치 니엘을 지키듯 손을 뻗으며 앞으로 나섰다. 드레스 앞섶이 흐트

_____
* 냉정. 거만. 무정. 소년의 꿈

러진 것은 사실이었지만 실제로 키스한 것 이외엔 아무것도 없었기 때문에 그녀는 당당했다. 그 정도야 누구든 하는 것이 아닌가. 그녀는 아직 청결한 처녀의 몸이었다. 왕에게 시선을 피할 정도의 잘못은 저지르지 않았다.

"니엘은 베아릭스 가의 후계자예요! 모욕하진 마세요!"

"웃기지 마! 이 더러운 년!"

갑자기 코넨 왕이 달려들어 에르기아의 머리채를 잡아 내동댕이쳤다. 에르기아는 힘없는 인형처럼 단숨에 바닥으로 고꾸라져 쓰러지면서 머리를 부딪쳐 그대로 기절해 버렸다. 그녀가 쓰러지자 니엘은 짐승처럼 신음을 터뜨리며 코넨 왕에게 달려들어 그의 팔을 움켜쥐었다.

"그만 하십시오!"

"놓지 못해! 이 더러운 사생아!"

"에르기아에게 함부로 하지 마십시오!"

눈빛을 번뜩이며 위협하듯 말하는 그에게 왕은 부들부들 떨면서도 이를 갈았다.

"이제야 그 이빨을 드러내는구나! 이 더러운 사생아 놈! 네놈이 아무리 숨겨도 그 더러운 이빨을 숨길 수는 없어! 그 잘난 얼굴을 이용해 왕위를 노려볼 심산이었더냐!"

그 순간 파직 하고 자유로운 왕의 손이 허공을 날았다. 그리고 살이 찢어지는 소름 끼치는 소리와 함께 피가 튀었다. 뒤에 서 있던 시녀들이 동시에 비명을 올렸다.

"꺄아아악!!"

피가 뚝뚝 흘러내렸다. 아니, 마치 물이 흐르듯 흘러 바닥으로 떨어졌다. 니엘은 피로 젖은 한쪽 얼굴을 아랑곳하지도 않은 채 왕을 노려보았다. 피를 뒤집어쓴 그의 모습은 더 이상 해사한 귀공자가 아니었다. 분노로 일그러진 얼굴과 뼈가 드러날 정도로 깊게 패인 상처에도 불구하고 이글거리는 녹회색 눈동자가 살기를 품고 이글거렸다.

"에르기아의 몸에 손대지 마!"

니엘이 음산하게 외치며 왕을 밀쳐 내자, 왕을 호위하고 있던 기사들이 일제히 검을 뽑아 들었다. 그러나 그들도 왕이 들고 있던 말채찍에 맞아 한쪽 얼굴에서 피를 줄줄 흘리고 있는 니엘과 그가 풍기고 있는 위압감에 함부로 달려들지는 못했다. 왕조차도 자신이 한 일에 놀라 굳어 있었던 것이다. 하지만 그러거나 말거나 그는 쓰러져 있는 에르기아에게 달려가 그녀의 몸을 안아 들었다. 피를 흘리며 기절한 에르기아의 모습에 니엘은 살기를 폭발시키며 왕을 쏘아보았다.

"자, 잘난 척할 것 없다! 애송이인 주제에! 널 도와주러 올 사람은 아무도 없어!"

"무슨 소리! 난 베아릭스 가의 후계자다!"

"공작위를 아직 계승한 것도 아니니 넌 여전히 그저 베아릭스의 애송이일 뿐이야!"

그 말에 니엘은 눈을 부릅떴다. 노대공이 죽은 지 얼마 안 되는 상황에서 왕궁으로 곧장 온 것이 잘못이었던 것일까. 그렇다고는 해도 그가 뒤를 이어 베아릭스 공작이 된다는 것은 전해진 수순이었다. 단지 공주에게 키스를 했다고 왕이 이렇게까지 날뛸 이유가 없었다. 불륜이며 패륜이 넘쳐 나는 궁정 안에서 미혼인 공주에게 미혼인 자신이 키스했다는 것이 어째서 왕이 길길이 뛸 죄악이 된단 말인가. 이글거리는 그의 눈을 마주 노려보며 왕이 고함을 질렀다.

"저놈이 감히 왕의 몸에 손을 댔다! 잡아라!"

"도대체 왜 이러는 거요!"

그가 이를 갈며 외치자, 검을 뽑아 들었던 기사들이 순간 당황했다. 유명한 검사로 알려진 그가 내뿜는 살기와 위압감은 유약한 왕이 당해낼 것이 아니었다. 코넨 왕은 퍼렇게 질린 채 순간적으로 뒤로 물러서고 말았다. 별궁의 시녀들과 시종들이 보는 가운데 니엘은 검을 뽑아 드는 대신 정신을 잃고 있는 에르기아를 침대 위에 눕혔다. 그리고는 다른 기사들이 내미는 검날에 몸을 맡긴 채 포박당했다. 그는 포박당하면서 생각했다. 이렇게나 피로 물든 모습을 에르기아가 보기 전에 기절해서 다행이라고.

하지만 그것은 아니었다. 3일간의 길고도 끔찍한 고문이 그를 기다리고 있었다. 고문실에 갇힌 채 벌거벗겨져 몇 백 번이고 채찍질당하고 인두로 지져졌다. 근육을 찢는 달군 쇳덩이와 짓이기는 돌덩이에 깔리고, 사지를 짓누르는 고문대에 몇 번이고 올랐다. 시간도 잊고, 장소도, 그리고 자기 자신이 누군지도 잊은 채 그저 왕에 대한 증오로 숨을 삼키는 그때에 그는 눈을 뜨고 들을 수 있었다. 이 비참한 광경을 가장 보여주고 싶지 않았던 장본인이 지르는 소리없는 비명을.

에르기아는 소리 높여 비명을 지르지 않았다. 그녀는 피비린내로 뒤범벅이 된 고문실 한가운데 서서 단지 두 주먹을 움켜쥔 채 새파랗게 질린 얼굴로 덜덜 떨고 있을 뿐이었다. 눈에는 눈물이 가득했지만 결코 울지는 않았다. 그녀는 입술을 깨물며 니엘의 모습을 결사적으로 살피고 있었다. 그 시선이 너무나 굴욕적이었다. 어린 소녀의 그 시선에 그는 오히려 더 아팠다. 그녀에게만은 이런 모습을 보이고 싶지 않았다. 그녀에게는 항상 아름답고 좋은 것만 보게 하고 싶었다. 가장 향기로운 냄새만 맡게 하고 싶었다.

"니엘……."

니엘은 그녀에게 보지 말라고 하고 싶었지만 결박당한 채 개처럼 얻어맞고 있던 그에게는 어울리지 않는 행동이었다.

"보았느냐? 공작의 후계자라고는 하지만 태생은 사생아인 자식과 통정하다니. 잘 보아라, 고귀한 왕실의 공주에게 감히 더러운 손을 들이댄 녀석의 말로를."

왕은 악마처럼 웃으며 어린 딸에게 속삭였다.

"그만 해요!"

파랗게 질린 소녀가 외쳤다. 고집 센 그녀가 두 손을 부여잡으며 애원했다.

"하지 마요! 니엘을 아프게 하지 마요! 아바마마, 제가 잘못했어요!"

"아무도 너에게 손댈 수 없어! 알아듣겠나? 저 더러운 놈의 얼굴을 짓이겨 줄 테다! 저 미끈한 면상으로 너를 유혹했겠지? 이 몸뚱이로 너를 유혹했겠지?"

내려치는 채찍, 달궈진 인두, 피와 살이 튀기는 소음은 어린 소녀에게는 너무나 잔혹한 광경이었을 것이다. 그녀는 비명을 올리며 마침내 울음을 터뜨렸다.

"안 돼! 안 돼! 뭐든지 아바마마께서 시키는 대로 하겠어요! 니엘을 살려줘요!"

난생처음 듣는 그녀의 울음소리는 너무나 처절해서 니엘은 절대로 잊을 수가 없었다. 자존심 강한 그가 사랑하는 소녀 앞에서 짐승처럼 발가벗겨진 채로 매를 맞는 것도 끔찍했으며 그녀의 애원으로 살아남은 것 역시 너무나 치욕스러웠다.

대부인 펜드릭스 백작이 죽어가는 그를 감싸 안고 베아릭스 영지로 도망치듯 달리지 않았더라면 그는 죽었을 것이다. 수도에서 추방된 그는 회복되는 데에만 거의 1년이란 세월이 소요되었다. 공작위를 계승한 그는 에르기아에게 연락을 넣으려 했지만 얼굴에 입은 흉터가 너무 끔찍해 그녀에게 차마 보일 자신이 없었다. 게다가 그녀 앞에서 짐승처럼 발가벗겨진 채로 고문당하던 그 치욕을 상상하자, 그는 더 더욱 연락을 할 수 없었다.

에르기아 역시 왕의 말대로 그에게는 전혀 연락을 하지 않았다. 아마 연락할 수도 없었을 것이다. 그렇게 그는 어둠 속에서 이를 갈며 시간을 보냈다. 그녀를 생각하며, 그리고 일그러진 얼굴에 익숙해지기 위해 안간힘을 쓰며 왕에게의 증오를 곱씹었다. 그리고 마침내 전쟁이 일어났다. 니엘은 기사들을 이끌고 나가 공을 세웠지만 에르기아가 보인 눈부신 성과에 비하면 대단한 것은 아니었다고 판단하고 있었다. 그랬기에 왕이 그를 사면한다며 왕성으로 들어설 것을 허락했을 때 의외라고 생각했다. 그러나 모든 사람들이 그의 얼굴을 보고 비명을 지르고, 혐오의 시선으로 바라보자 저도 모르게 이를 악물었다. 그에게 단 하룻밤이라도 같이 지내고 싶다며 연서를 뿌려대던 여자들은 모두 그와 얼굴을 마주하는 것만으로도 졸도하고 울부짖었다. 마침내 왕이 그의 얼굴을 보고 만족한 미소를 짓자, 니엘은 그가 왜 자신을 5년 만에 불러들였는지 깨달았다.

깎아낸 조각처럼 잘생겼던 그의 얼굴에 난 그 끔찍한 흉터는 뱀처럼 꿈틀거리며 그의 얼굴을 갉아먹고 있었다. 이제 그에게 빈말로라도 미남자라는 말을 할 사람은 없었다. 한때 왕성 제일의 미남자였던 에레니엘 에스레이드가 악마공작이 된 것이다. 그것이 바로, 왕이 바라던 바였다.

'알고 있다, 왕이 나와 에르기아의 결합을 가장 두려워하고 있다는 것을.'

그는 이를 악물었다.

베아릭스기사단과 흑기사단의 결합, 강한 남자의 전형과도 같은 니엘 본인, 그리고 국왕보다도 존경을 받는 에르기아. 그들이 결합하면 코넨 왕은 그걸로 끝장이었다. 용모에 대해, 잔인함에 대해 니엘에게 두려움을 가지는 자들은 있어도 그의 지위와 능력에 의문을 품는 자들은 아무도 없었다. 오히려 외국의 왕자들을 제외한다면 그 이상 가는 신랑감은 없었다. 하지만 문제는 어떤 여자가 보아도 그에게 매력을 느끼진 못할 거란 점이었다. 게다가 전쟁터에서 보인 잔혹함으로 그에겐 악마공작이라는 불명예스러운 별칭까지 붙어 있었다. 검은 머리에 거무스름한 피부, 끔찍한 흉터, 잔혹함, 게다가 사생아라는 출생까지 겹쳐 모두들 그를 악마공작이라 불렀다.

코넨 왕이 노린 것이 그것이라는 것을 알면서도 니엘은 그녀의 앞에 나서지 못했다. 그녀가 다른 여자들처럼 자신의 끔찍한 흉터에 놀라 혐오의 표정이라도 짓는다면 도저히 견딜 수 없을 것만 같았다. 그래서 편지조차 그녀에게 전하지 못했다.

'악마답지 못한 소심함이었지.'

니엘은 쓴웃음을 머금은 채 바로 옆에 누운 사랑스러운 소녀를 바라보았다. 어느새 새벽이 다가오고 있었다. 멀리서 새가 노래하는 소리가 들려온다. 싸늘한 공기를 밀치고 니엘은 상체를 일으켜 창밖을 바라보았다. 젖빛 하늘이 밝아지는 것을 보니 꽤나 시간이 지났나 보다. 태피스트리가 없는 탓인지 새삼 한기가 느껴졌다.

그가 눈을 붙인 것은 아주 잠시였지만 에르기아는 사랑을 나
눈 뒤에 녹초가 되었는지 깊은 잠이 들었다. 그는 피곤한 대신
힘이 넘쳐 나는 것을 느끼고 있었다. 이런 새벽은 처음이었다.
창녀를 안거나, 귀족의 레이디를 침실로 끌어들였을 때와는 전
혀 달랐다. 그의 흉터를 두려워하면서도 돈에 따르는 창녀들은
언제나 정사를 나눈 뒤에는 내쫓아 버렸기 때문에 새벽까지 여
자와 함께하는 일은 없었다. 그는 다리가 둥둥 떠 있는 것 같은
감각에 저도 모르게 킬킬 웃고 말았다. 이거야말로 첫사랑에 들
뜬 소년과 같은 꼬락서니가 아닌가.

"으음."

한기가 느껴져 그는 이불을 잡아당겼다. 이렇게 추운 방에서
에르기아가 잠을 자다니. 그는 기분이 상해 에르기아를 돌아보
았다. 단련된 남자인 그가 이처럼 추울 정도라면 가녀린 에르기
아는 오죽할까. 방 안에는 불기 한 점 없었다. 뜨거운 탕파도,
두툼한 카펫도 없었다. 이불조차도 낡아 빠진 면직으로 만든 것
이었다. 평민들이나 쓰는 싸구려다.

바로 옆에 따스한 살갗이 와 닿자 그는 한숨을 내쉬었다. 이
건 정말로 꿈이 아니었다. 그의 품 안에 있는 것은, 저 에르기아
였다. 5년간 악몽을 꾸면서도 잊을 수 없었던 그의 공주님이었
다. 첫날밤이 좀 과했던지 그녀의 얼굴은 피로로 물들어 있었
다. 잔뜩 긴장한 몸은 키스마크로 얼룩져 대단히 외설적이었다.

그가 남긴 흔적들이 그녀의 목덜미와 가슴에 잔뜩 남아 있었다. 부푼 입술은 키스로 흐트러져 가련할 정도로 혹사당한 흔적이 엿보였다.

그는 그래도 웃으며 그 입술에 자신의 것을 겹쳤다. 에르기아가 몸을 비틀며 그의 온기를 찾아 팔을 뻗자, 그는 기꺼이 그녀의 품 안에 안겨주었다. 더 더욱이 그녀의 입술에서 그의 이름이 나오자, 견딜 수 없이 기뻐져서 그만 흥분하고 말았다.

손끝을 그녀의 허벅지로 내리니 오돌토돌한 감촉이 닿았다. 놀랍게도 어린 소녀가 첫사랑을 맹세하며 문신을 새긴 그 장소다. 그는 녹아들 것 같은 감각에 사로잡혀 그 자리를 어루만졌다. 정말로 기뻐서 온몸이 녹아들어 버릴 것만 같았다.

『니엘.』

어떤 누구도 이처럼 격렬한 사랑을 받지는 못할 것이다. 소녀답게 수줍으면서도 전사처럼 대담한 사랑의 맹세였다. 그는 행복감에 눈시울이 붉어지는 것을 느꼈다. 지난 5년간의 지옥이 모두 허공 속에 스러져 갔다. 바보처럼 혼자서 구석에 처박혀 그녀를 원망하고 상상하며 제멋대로 연락도 끊어버렸다. 그녀가 다른 여자들처럼 그의 흉터에 구애받아 자신을 혐오할 거라고 상상했다니, 그 얼마나 바보스러운 일이었던가. 그의 에르기아는 그런 여자가 아니었다. 그녀라면, 아마 그가 만신창이가 되어도 얼싸안아 줄 것이다.

"니엘?"

그녀가 나른하게 속삭였다.

"여기 있습니다."

그가 이마에 키스하자, 에르기아가 멍하니 눈을 감은 채 중얼거렸다.

"이게 꿈이라면 난 계속 잘 거야."

"꿈이 아닙니다. 그러니까 누군가가 오기 전에 일어나긴 해야겠죠."

그가 킬킬대며 말하자, 그녀는 눈을 크게 떴다.

"세상에!"

그녀는 벌떡 일어나려다가 낯선 아픔에 몸을 움찔거렸다. 그런 그녀를 감싸 안으면서 니엘이 속삭였다.

"아프지 않아요?"

"그…….."

그녀는 자신이 알몸이라는 사실과 시트가 완전히 피투성이라는 사실에 놀라 멍하니 입을 벌렸다. 니엘도 시트가 피투성이가 되었다는 것을 깨닫고 눈을 크게 떴다. 어젯밤 적당히 자신의 셔츠로 그녀의 몸을 닦아주긴 했지만 시트가 이 정도로 엉망이리라곤 상상도 못했던 것이다. 두 사람은 얼굴을 마주한 채 아무 말도 하지 않았다. 에르기아는 새빨개진 채 얼른 이불로 몸을 가렸고, 니엘은 피로 얼룩진 시트를 멍하니 바라보고 있었

다. 에르기아의 몸은 니엘이 닦아주어 그나마 깨끗했지만 그 자
신의 하반신은 피로 얼룩져 있었던 것이다.

"이런, 이런."

그는 킬킬 웃다가 에르기아에게 한 대 얻어맞고는 멈추었다.
수치심에 잔뜩 상기된 그녀는 말할 나위 없이 매혹적이었기 때
문에 그는 그녀를 놀리는 대신 끌어안고 입술을 겹쳤다.

"기쁩니다, 에르기아."

"뭐가?"

"이 시트를 창문밖에 널어놓을 수 있을까요?"

"마, 말도 안 돼!"

그녀가 발끈해 외치자, 그는 그녀의 입술을 손가락으로 누르
며 속삭였다.

"들키고 싶습니까? 조용히. 이 시트는 제가 가져가겠습니다."

그가 정말로 일어나 침대의 시트를 걷어 접는 것을 보고 에르
기아는 기가 막혔다. 하지만 어쨌거나 정말 펠리시아가 오기 전
에 일어나야 하므로 그녀는 알몸을 애써 가린 채 드레스를 걸쳐
입었다.

"에르기아."

"응?"

"그 드레스 말고 온몸을 감싸는 것으로 입는 게 낫겠습니다."

그의 말에 에르기아는 쓰라린 살갗을 거울에 비춰보다가 깜
짝 놀라 그를 노려보았다. 키스로 인한 흔적이 언뜻 보아도 목

과 가슴에 네댓 군데는 있었던 것이다. 무슨 짓을 했는지 모두 다 알아차릴 것만 같은 상태였다. 게다가 부푼 입술과 흐트러진 머리칼은 누군가와 입술이 부르트도록 키스를 했다는 증거처럼 보였다.

얄밉게도 멀쩡해 보이는 니엘은 바지만 입은 채 내내 웃고 있었다. 그의 셔츠는 피로 얼룩져 있었기 때문인지 내버려 두고 튜닉만 걸친 뒤 적당히 가운을 걸쳤다. 그리고 피로 물든 자신의 셔츠와 시트를 집어 들었다.

"니엘, 그 시트를 어떻게 하려고?"

"간직해야죠, 첫날밤의 상징이니까. 하지만 당신의 거처에는 둘 수 없겠지요."

그의 말에 에르기아는 완전히 타오를 거 같은 뺨을 억누르며 욕설을 퍼부었다.

"제기랄! 놀리지 마! 호색한 같잖아?"

그녀의 말에 니엘의 얼굴이 굳었다.

"에르기아님, 그런 욕설이라니. 대체 그런 험한 말투를 어디서 배우신 겁니까?"

그의 말에 그녀는 움찔했다.

"절대로 그런 말은 하지 말아요. 대체 공주님인 당신이 그런 말을 하다니!"

그는 정말로 화가 난 듯 성큼성큼 다가와 그녀의 어깨를 움켜잡았다. 에르기아는 어쩔 줄 몰라 그를 올려다보았다. 고운 말씨를 쓰라고 충고한 사람은 여태까지 아무도 없었다. 아니, 예전 니엘 이래로 없었다.

"나, 나는……."

그녀가 풀이 죽자, 니엘은 굳어진 안색을 풀었다.

"이제부터 에르기아님이 전쟁터에 나갈 일은 없을 겁니다. 다 내가 알아서 합니다. 나는 당신을 지킬 겁니다."

그는 그녀의 손을 잡아 올려 거칠어진 손가락에 키스했다. 어두운 밤에는 몰랐지만 밝은 낮에 드러난 굳은살 박힌 험한 손에 에르기아는 창피해서 손을 감추고만 싶었다. 하지만 완고히 그녀의 손을 쥐고 있던 니엘은 한숨을 쉬며 그녀의 손가락을 만지작거렸다.

"절대 이 손에 피를 묻히거나 칼을 쥐게 하지는 않을 겁니다. 나의 공주님, 그런 일은 이제 내가 합니다. 알겠어요?"

"니엘."

가슴이 부풀어 오르는 것을 느끼며 에르기아는 얼굴을 붉혔다. 마치 예전 그녀가 아무것도 모르던 그때, 16살의 어린 시절로 돌아간 것만 같았다.

"공주님은 수를 놓거나 꽃을 가꾸기만 하면 됩니다. 더러운 것은 보지도, 만지지도 마세요. 그런 것은 다 나에게 맡기는 겁니다."

그는 그녀를 끌어안으며 맹세했다. 이 가냘픈 어깨에 왕국의 운명 따위를 걸게 한 것은 누구였던가. 바로 왕이다. 무력하면서도 잔인하고 패덕한 왕. 그런 왕 따위는 없어지는 것이 좋다. 그는 살기에 찬 눈을 허공으로 던졌다.

5년 전의 치욕은 잊을 수 없었다. 사랑하는 에르기아의 눈앞에서 말채찍으로 얻어맞으며 고문을 받았다. 공작의 후계자이자 기사인 그가 사랑하는 여자의 눈앞에서 짐승처럼 얻어맞고 피를 흘렸다. 그것만으로도 그는 왕을 증오했다. 더 더욱이나 그 왕은 에르기아를 인형처럼 두고 장기짝처럼 전쟁터에 내밀었다. 그녀는 가녀린 손을 흉터투성이로 만들고 피에 젖었다. 전쟁터에서 화살을 맞고 칼에 맞아 비명을 지르며 살인과 약탈의 한가운데에 서서 울부짖었다. 그게 다 누구의 탓인가. 왕의 탓이 아니던가. 그는 그녀에게 사랑을 맹세하면서 증오와 살의를 새파랗게 불태웠다. 왕은 죽는다. 그가 그 목을 잘라 성난 군중에게 던질 것이다. 그리고 그가 사랑하는 공주님은 여왕이 될 것이다. 그의 여왕이.

유리아스 펠하이드 남작은 귀찮은 듯 손을 털었다. 여자의 머리카락이 잔뜩 손에 붙어 있었다. 긴 갈색 머리카락이다. 연회가 끝난 날 아침은 언제나 그렇듯 너저분했다. 먹던 음식 냄새와 술, 그리고 여자들의 분 냄새가 진동한다. 정원 수풀 속에서 여자의 속옷 따위가 발견되는 것은 흔하고 기둥 사이로 서로 지분거리는 남녀들을 발견하는 것도 흔한 일이다. 유리아스는 흐트러진 금발 머리카락을 쓸어 올렸다. 그는 머리카락 하나라도 흐트러진 것은 좋아하지 않았다. 그 때문에 사방이 이렇게나 더러운 것은 참기 힘들었던 것이다.

"더러운 것들."

그는 침을 뱉었다. 어젯밤 연회에서 만난 여자는 그에게 열을 올리며 달려들었기 때문에 침대에 끌어들이는 것은 어렵지 않았다. 능숙한 침대 기술도, 요염한 몸짓도 꽤나 즐거웠기 때문에 아쉬움은 더 더욱이나 없었다. 하지만 그것은 그뿐, 오래전에 그렇듯 그는 여자에 대한 흥미를 오래 유지한 적은 없었다. 매혹적인 그의 이복 누이가 그를 유혹하고 제멋대로 침대에 끌어들인 뒤 아무렇지도 않은 얼굴로 시집가 버린 이래로 더 더욱이나 흥미를 잃었다.

그는 얼음을 깎은 듯 단정한 외모를 가지고 있었다. 금발에 푸른 눈. 어릴 때는 천사 같다는 말도 많이 들었다. 하지만 그가 결투란 미명 하에 몇 명의 사내를 죽여 버리자 그 말은 이미 사라진 지 오래였다.

"어이, 유리아스."

죽마고우인 멜딘이 셔츠의 매듭을 묶으며 복도 끝에서 나타났다. 왕궁의 복도는 어둡고 침침해서 한낮에도 음습한 냄새가 났다. 그는 그것이 왕에게 죽은 유령들의 탓이라고 생각하고 있었다.

"어젯밤은 즐거웠나 보군."

유리아스가 비꼬자, 멜딘은 연지가 묻은 목덜미를 문지르며 킬킬거렸다.

"아름다운 레이디가 부르는데 외면한다면 그건 도리가 아니지."

멜딘은 유리아스와 동갑이었지만 결벽증이 심한 그와 달리 무척 털털한 사내였다. 거무스름한 피부에 건장한 체구, 제멋대로 난 갈색 머리칼을 어깨까지 늘어뜨린 그는 누가 보아도 전형적인 전사였다.

"그건 그렇고 우리의 공작님은 어디 계신가?"

"어젯밤 종자 둘과 함께 돌아오시지 않았어. 나는 호이슨 자작들과 함께 계신다고 생각했는데 아니더군."

"그럼 역시 여자인가? 마음에 드는 여자를 발견하신 건가?"

흥미진진하다는 멜딘의 말에 유리아스는 미간을 찌푸렸다.

"설마."

"왜? 공작님에게 혹한 여자가 어둠 속에서 유혹했는지도 모르지. 우리 주인님은 너무 냉정하시다니까."

유리아스는 어젯밤 니엘이 보였던 격렬한 눈빛을 떠올렸다. 에르기아 공주를 향하던 그의 눈빛은 장난이 아니었다. 항상 냉정하던 그의 태도와는 거리가 멀었다. 피와 진흙으로 치장한 그 피의 마녀에게 그런 눈빛을 보내다니, 그로서는 믿을 수가 없었다.

"에르기아 공주와 공작님은 육촌지간이라 들었는데."

갑작스런 그의 말에 멜딘은 뻐근한 목을 주무르며 대꾸했다.

"그래. 4년 전인가 5년 전인가 공작님은 공주의 호위 기사였다고 하더군. 그런데 공주와 사랑에 빠졌고 그것을 안 왕이 공작을 고문했다고 하더군."

그 말에 유리아스는 흠칫했다.

"그럼, 그 흉터가?"

멜딘은 아아 하고 고개를 끄덕였다.

"몰랐었나? 우리들 사이에서는 꽤나 유명한 이야기야. 하긴, 너는 유학생 출신이니 그동안 궁정 출입을 안 해서 몰랐겠군. 에르기아 공주 앞에서 왕은 공작의 얼굴을 채찍으로 후려갈겼어. 그리고 왕성에서 추방당했지."

유리아스는 미간을 찌푸렸다.

"그 이래로 두 사람은 만나지 않았어. 에르기아 공주는 유폐당하다시피 해서 서쪽 궁에 머물렀고 공작은 추방령이 풀리지 않아 영지에 그대로 머물렀지. 고문당했을 때의 상처가 너무 커서 회복되기까지 무척 오래 걸렸었나 봐."

멜딘은 유리아스를 흘긋 보며 되물었다.

"왜? 공작님이 공주님과 밀회라도 했나?"

"그럴 리는 없어. 그 피의 마녀는 아주 흉측했어."

유리아스의 말에 멜딘은 쓴웃음을 지었다.

"그런 소리 마. 그녀가 아니었다면 이 나라는 이미 사라지고 없어. 피의 마녀가 아니었다면 로디지는 이미 누비아령이 되었을 거야."

"기사들이 그녀에게 충성을 맹세했던 그 순간 왕의 표정을 보았나?"

유리아스는 건들거리는 멜딘에게 신경 쓰지 않고 물었다. 멜딘은 주변을 스윽 돌아보더니 그의 옷깃을 잡아당겨 빠른 걸음으로 걷기 시작했다.

"이 친구야, 그런 말을 왕궁에서 하면 어쩌겠다는 거야? 적어도 왕궁에서 빠져나간 뒤에 하자고."

"알고 있어. 하지만 그런 말을 왕에게 가서 내뱉을 간 큰 인간은 창녀 이외엔 없을걸."

조롱하는 어조로 유리아스가 말하자 멜딘은 하는 수 없다는 듯이 수긍했다.

"그래, 맞아. 창녀나 광대 이외에 머리가 제대로 박힌 자들은 전부 에르기아 공주를 여왕으로 섬길 거야. 나 역시 그녀가 여왕이 되는 데 찬성이야."

"미쳤군. 나는 피에 미친 마녀를 여왕으로 섬기고 싶은 마음은 없어."

유리아스의 말에 멜딘은 그의 얼굴을 장갑으로 가볍게 두들겼다.

"입 닥쳐! 공주님을 그런 식으로 말하다니, 너야말로 이 나라의 사정을 정말 모르는군. 남부의 풍족한 향락에 빠져서 나라 상황이 어떻게 돌아가는지도 모르는 거냐?"

유리아스는 친구의 격분에도 아랑곳하지 않고 미소 지었다.

"여자 따위에게 충성을 바칠 마음은 없어. 여자는 그저 가랑이나 벌려주는 것으로 충분해."

"그건 네 창녀들에게나 해당되는 소리다. 나의 여왕께는 함부로 지껄이지 마."

살기로 번들거리는 멜딘의 얼굴을 보고 유리아스는 조금 놀랐다. 이 호탕한 친구가 진심으로 화를 내는 것을 본 것은 이번이 처음이었던 것이다.

"맙소사. 너, 진심이야?"

"물론 진심이지. 나는 에르기아 공주님이 여왕으로 등극하시기만을 기다리고 있는 중이야."

멜딘의 말에 유리아스는 혀를 찼다.

"바보 같군. 여왕을 진심으로 떠받들 자가 몇이나 될 거라 생각하나? 안 그래도 로디지에는 강력한 왕이 필요해. 피의 마녀라고는 해도 여자는 여자야. 그녀가 결혼이라도 하게 되면 왕권은 결국 다시 흔들리게 되어 있어."

"에르기아 공주님은 보통 여자가 아니야. 그녀는 전쟁터를 누빈 전사야. 누구든 그분과 함께 전쟁터에 나선 자라면 인정할 거야. 너 같은 녀석은 절대로 이해 못하는 거지."

"웃기지 마. 난……."

멜딘의 진지한 말에 유리아스가 막 뭐라 할 즈음이었다.

"여기들 있었군."

갑자기 들려온 말에 그들은 흠칫했다. 막 반역에 대한 이야기를 나누고 있던 참이라 상대가 누구든 변명의 여지가 없었던 것이다. 하지만 다행히도 나타난 것은 니엘이었다. 그는 두 명의 종자와 함께 흐트러진 차림새로 그들을 내려다보고 있었다. 희미한 여명 속에서 나타난 그는 회색 눈을 번뜩이면서 젊은 기사들을 탓했다.

"무슨 바보 같은 짓들을 하는 거냐? 왕궁에서 그런 소릴 지껄이다니."

"마이 로드."

재빨리 유리아스가 고개를 숙이자, 옆에 있던 멜딘은 머리를 긁적였다.

"공작님이어서 다행입니다. 어디 아름다운 레이디라도 발견하신 모양이군요."

멜딘의 말에 니엘은 희미하게 미소 지었다. 검붉은 흉터가 입가에서 눈가로 꿈틀거렸지만 묘하게 선명한 미소였다. 멜딘은 그의 표정에 놀라 조금 흠칫했다. 그가 아는 니엘은 웃음이라고는 전혀 없는 남자였던 것이다.

"아아, 진정한 레이디를 발견했지. 그나저나 이런 곳에서 떠들 이야기는 아니니 가자."

그가 몸을 돌려 걷기 시작하자 유리아스와 멜딘은 눈을 크게 떴다. 공작이 궁정에서 여자를 안은 것은 정말 오랜만의 일이었다. 게다가 연회에서라니 그건 정말 놀랄 만한 일이었던 것이다. 니엘은 다친 이래로 여자에게는 무척이나 냉소적이면서도 방어적이었다. 웃음기도 없이 싸늘하게 여자를 노려보는 그 태도에 어떤 귀부인도 공포에 질리지 않을 수 없을 정도로 매서웠다. 그런 그가 연회에서 처음 본 여자와 밤을 보냈다니.

"어떤 레이디였나요?"

멜딘이 다급하게 묻자, 니엘은 느긋하게 웃었다.

"그건 나중에 알게 될 거다."

"설마 하니 왕의 창녀들은 아니실 테고."

그의 말에 니엘의 눈빛이 싸늘하게 빛났다. 멜딘은 그 시선을 받고 어색하게 웃었다.

"어떤 레이디인지 제가 알면 안 됩니까?"

"그 레이디는 나의 약혼녀니까 나중에 알게 될 거다. 무례한 소리는 치워라."

그 말에 멜딘은 물론 유리아스마저 멍해졌다.

"약혼녀?"

유리아스는 황급히 그의 옆으로 다가가 물었다.

"공작님, 베켈 백작의 영양이었습니까?"

"아니."

"하지만 호이슨 자작은 베켈 백작과의 합작을 원했고⋯⋯."

유리아스의 말에 니엘은 오만하게 웃었다.

"닥쳐, 유리아스."

자연스럽게 뻗어 나오는 위엄에 유리아스는 할 말을 잃었다. 뒤에 서 있던 멜딘도 마찬가지였다. 니엘은 걸음을 멈추고 자신을 바라보는 유리아스를 내려다보며 싸늘하게 말했다.

"내 약혼녀는 내가 판단해. 베켈 백작은 나에게 스스로 와야 할 거야. 난 흥정은 하지 않는다."

낮게 깔리는 음성임에도 불구하고 유리아스와 멜딘은 압도당했다. 처음부터 에레니엘 베아릭스 공작에게는 사람을 압도하는 카리스마가 있었다. 처음 본 순간 만사에 시들하던 유리아스를 단숨에 휘어감았던 그 위압감은 그의 몸 안에 각인되어 그가 니엘에게 충성을 맹세한 이유가 되었다. 하지만 어딘가 모르게 불안정한 음산함에 유리아스는 조금은 불안하게 여기기도 했었다. 그러나 지금 보이는 니엘의 표정에서 음산함이라고는 조금도 찾아볼 수 없었다. 회색 빛 눈에서 뿜어 나오는 빛과 단련된 거구에서 흐르는 위압감은 제왕의 것이었다. 당당함과 함께 드러나는 절대자의 위엄이 그들을 숨막히게 했다.

"공작님."

멜딘이 완전히 굳어버린 유리아스를 밀치고 끼어들었다. 그의 눈썹이 묘하게 휘어져 있었다.

"그 약혼녀란, 어떤 분입니까? 공작님께서 직접 선택하실 정도의 레이디인가요? 지금 우리의 상황이 그다지 느긋한 편은 아닌 것을 알고 계실 텐데요."

멜딘의 대담한 말에 유리아스는 움찔했지만 니엘은 피식 웃었다. 그 웃음에 담긴 자신감에 그들은 공작이 변했다는 것을 느꼈다.

"내가 선택한 것이 아니라 그녀가 날 선택했지."

그는 여유로운 웃음을 머금은 채 고개를 까딱했다. 유리아스로선 단 한 번도 본 적 없는 여유만만한 웃음이었다. 그리고 놀랄 정도로 부드러운 미소.

"난 그녀를 위해 이 왕국을 가질 거다, 멜딘."

그는 그렇게 말하고 몸을 돌렸다. 멜딘이나 유리아스가 따라오든 말든 신경 쓰지 않겠다는 태도였다. 그의 뒷모습을 멍하니 바라보고 있던 멜딘은 유리아스를 돌아보았다. 유리아스는 입을 벌리고 어안이 벙벙한 표정으로 서 있었다. 갑자기 유쾌한 기분이 된 그는 크게 웃으며 유리아스의 어깨를 내려쳤다.

"멋진걸. 사랑스런 레이디에게 왕국을 바친다니."

그는 흥분에 들뜬 눈으로 유리아스의 목을 잡아당겼다. 그리고는 귀에 대고 속삭였다.

"과연 나의 주인께서 할 말씀이지 않은가."

유리아스는 멍하니 서 있다가 난폭하게 끌어안겨져 가볍게 이를 갈았다.

"여자를 위해 거사를 치른다는 건가? 말도 안 되는 소리!"

"진짜를 모르니까 네가 그렇게 삐뚤어진 게야."

멜딘은 킬킬거렸다. 그는 휘파람을 불더니 유리아스의 단정한 금발을 아무렇게나 잡아당겼다. 화가 난 유리아스가 그의 정강이를 걷어찼지만 재빨리 피해낸 멜딘은 킬킬대며 공작의 뒤를 따라 도망치듯 걷기 시작했다.

"냉담한 유리아스. 진짜 남자란 목숨 걸 상대를 확실히 알고 있어야 하지. 이리저리 재는 짓은 소인배나 하는 짓거리야."

"하! 이리저리 좌충우돌하는 멍청이에게 충고 따윈 듣고 싶지 않군."

5장

흐드러진 포인세티아를 건네며

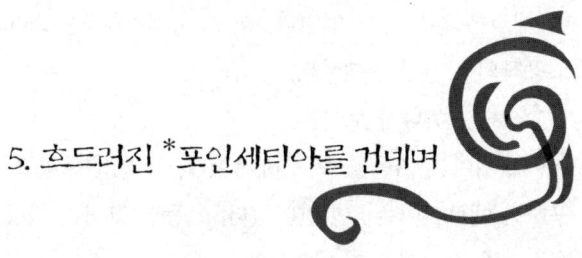

5. 흐드러진 *포인세티아를 건네며

    펠리시아는 에르기아의 짧은 머리에 베일을 씌워주며 잠시 망설였다. 그녀는 8년 동안 에르기아의 전속시녀였다. 금발에 갈색 눈, 평범하지만 아담하고 상냥한 목소리를 가진 펠리시아 게이트는 기사의 딸이었다. 그녀의 모친도 왕비처럼 일찍 죽었기에 그녀 역시 채 철이 들기도 전에 에르기아의 시녀가 되었다. 올해 23살인 그녀는 어린 시절을 함께 보낸 터라 에르기아에 대한 두려움은 없었다. 그뿐만 아니라 오히려 그녀를 가엾게 여기고 애정을 퍼붓고 있는 중이었다. 피의 마녀라 불리고, 끔찍하게 토끼 시체를 몸에 문질러도 펠리시아의 에르기아에 대

---

* 나의 사랑은 타오르고 있습니다. 축복

한 애정은 흔들림이 없었다. 아주 오래전부터, 그녀의 부친이 노공작의 기사였을 때부터.

"오늘은 좀 나아 보여?"

에르기아는 거울을 보며 재촉했다. 드레스를 입고 화장을 요구하는 에르기아는 5년 만이었다. 그동안 그녀는 화장은커녕 드레스조차 걸치려 하지 않았었다.

"나아 보이다니요, 아주 아름다워요!"

펠리시아는 한숨을 내쉬며 속삭였다.

"하지만 그…… 머리가 너무 짧지. 역시 말이야. 아무래도 머리는 자르지 않았어야 했는데."

투정하듯 말하며 짧은 머리칼을 잡아당기는 에르기아는 너무나 아름다웠다. 그 모습에 미소하며 펠리시아는 진주 화관으로 베일을 고정시켰다. 오늘 에르기아는 믿어지지 않을 정도로 여성스러웠다. 이 갑작스런 변화가 혹시나 어젯밤의 연회와 관련이 있을까. 그리고 4년 만에 에레니엘 베아릭스 공작과 만난 것도 혹시 관계가 있을까 싶어 그녀는 좀이 쑤셨다. 하지만 에레니엘 베아릭스 공작은 변해도 너무 변했었다. 설마 하니 그런 그를 보고 에르기아가 이처럼 들떴을까. 궁금했지만 과묵한 그녀는 묻기보다는 그녀의 목까지 올라오는 비단 드레스에 단추를 끼워주는 데 열중했다.

"오늘 조찬에는 참석하지 않으실 건가요?"

"응, 하지 않아. 하지만 그래도 모처럼 공주다운 옷맵시를 하고 있는 게 어떨까 싶기도 해."

그녀가 킥킥대자, 펠리시아는 홀린 기분으로 그녀를 내려다보았다. 거울 앞에 앉은 에르기아는 그녀가 아는 공주님이 아닌 것만 같았다. 이런 식으로 즐겁게 웃다니.

"공주님, 대체 어제 무슨 일이 있었던가요?"

"글쎄."

킬킬거리는 그녀의 뺨은 붉어져 있었다. 눈은 행복감으로 빛나고 항상 창백하기만 했던 얼굴은 볼연지로 화사했다. 입술에 연지를 칠하자마자, 에르기아는 베일을 다듬으며 노래를 부르기 시작했다. 허밍뿐이었지만 그녀가 정말로 즐거워하고 있다는 것이 분명해 펠리시아도 함께 기쁨을 맛보았다.

"아침 식사를 대령할게요. 오늘은 듬뿍 드셔야겠군요."

"응."

"오늘 새벽 대련을 걸렀다고 오스틴 경이 말씀하시던데 늦잠이라도 주무셨나요?"

"그래."

펠리시아는 들떠 있는 그녀를 바라보면서 피식 웃었다.

"그러고 보니 기쁜 소식이 하나 있어요, 공주님."

"기쁜 소식?"

"노스워드의 2왕자이신 데릭 오네스님이 오실 거라네요. 오늘 오후쯤 도착하실 겁니다. 공주님에게 청혼을 하기 위해서요."

그 말에 에르기아의 손이 멈췄다. 그녀는 눈을 커다랗게 뜨고 펠리시아를 돌아보았다.

"뭐라고?"

"아시잖아요? 노스워드의 미남 왕자님께서 청혼을 하시러 직접 오신다고요. 뭐, 표면적인 이유는 로디지의 승전 축하 사절이라고는 하지만 모두들 청혼을 성사시키기 위해 공주님을 만나러 온다는 것은 다 짐작하고 있어요."

"말도 안 돼!"

그녀가 하얗게 질린 채 벌떡 일어서자, 펠리시아는 당황했다.

"왜 그러세요? 차라리 누군가와 혼인을 하면 전하에게서 벗어날 수 있을 거라고 하셨잖아요? 노스워드의 왕자님이라면 전하께서도 뭐라 하실 수 없을 텐데요."

"제기랄! 하필이면 이런 때에!"

그녀는 주먹을 쥐고 욕설을 퍼부었다.

"그런 태도를 보여선 안 돼요. 공주님께서 그런 불경한 말투를 쓰시다니."

펠리시아가 야단을 쳤지만 에르기아는 제정신이 아니었다. 어젯밤 겨우 니엘과 사랑을 확인했는데 새로운 청혼자라니. 만약 이 일로 니엘과 멀어지게 된다면 어떻게 하나? 물론 왕이 새삼스레 청혼을 받아들일 리는 없다고 생각하지만 혹시 모른다. 진짜로 왕이 노스워드의 압력을 이기지 못해 받아들이기라도 한다면.

'안 돼!'

그녀는 손톱 끝을 깨물었다. 그녀는 왕위 계승 서열 1위의 왕녀였다. 만약에 데릭 왕자와 결혼하게 된다면 자칫 로디지 전체가 노스워드에 합병될 우려가 있었다. 노스워드는 국력이 약한 나라가 아니었다. 이번에 약간의 구원병을 보내주긴 했지만 병사가 아니라 구원물자만 도착했었다. 그것만이라도 어디냐고 감지덕지하긴 했어도 에르기아는 잘 기억하고 있었다. 노스워드의 왕비이자 그녀의 이모인 세실리아는 노공작의 사후 에르기아에 대해 애정 따위는 전혀 품고 있지 않았다. 만약 애정을 가지고 있었다면 그동안 에르기아를 그렇게 놔두었을 리가 없고, 노스워드에서 구원병력 대신 식량이 오지는 않았을 것이다. 야심만만한 그녀는 에르기아와 데릭 왕자를 결혼시킬 것이다. 잔혹하지만 유약한 왕이 세실리아 왕비를 이길 가능성이 있을까.

"공주님?"

"데릭 왕자가 도착하는 게 언제라고 그랬지?"

방금 전까지 홍조를 띠던 뺨을 굳히고 그녀가 묻자, 펠리시아는 당황한 얼굴로 답했다.

"오늘 오후로 알고 있어요. 수행 기사들 중 일부는 이미 도착해 있고요. 전하께서는 환영하는 의미로 오늘 밤 연회를 여신다고 했대요."

"또?"

그녀가 눈썹을 추켜세우자, 펠리시아는 싱거운 웃음을 머금었다.

"그럼요. 환영 연회는 어쩔 수 없는 거예요. 우리는 전쟁에서 이겼잖아요."

"이기긴, 우린 그저 그들을 내쫓았을 뿐이야. 전쟁터는 로디지의 국토에서 이루어졌어. 잔뜩 황폐된 땅 위에 겨우 살아남은 주제에 연회는 무슨 빌어먹을 연회야?"

그녀의 말에 펠리시아는 당혹한 얼굴로 뺨을 감쌌다.

"그럼 이긴 게 아니에요, 공주님?"

"아니지. 이걸 이겼다고 하나? 배상금도 얼마 얻지 못했어. 어쩌면 가능한 한 누비아의 깊숙한 영토까지 진격했어야 했는지도 몰라."

투덜거리던 에르기아는 한숨을 내쉬었다.

어차피 전쟁은 이렇게 끝났다. 병력도, 국력도 모자란 이 상황에 그나마 막아낸 게 기적 같은 일이었다. 주변의 모든 나라들의 악의 어린 시선도 무시할 수는 없었다. 그녀는 한숨을 내쉬며 매미날개 같은 베일을 만지작거렸다. 은은한 분홍빛 수가 놓여진 그녀의 베일은 어머니의 유품이었다. 그녀에게 남겨진 어머니의 유품은 지금 몇 개 남아 있지 않았다. 유산으로 남겨진 보석들은 전부 처분해 군자금으로 마련했고, 금빛 은빛 수놓은 비단 드레스 중 고가의 것은 이미 팔아치운 지 오래였다. 그나마 몇 개의 베일과 두 벌의 드레스가 그녀가 가진 전부였다.

진정 공주라고 하기엔 너무나 초라했다. 왕은 그녀에게 신경을 쓰지 않았다. 하기야 왕에게는 돈을 써야 할 창녀들이 너무 많았으니까.

"왕자가 온다고 해도 왕자 앞에서 입을 드레스조차 없어."

그녀의 말에 펠리시아는 눈물이 흐르는 것을 억지로 참았다. 그녀의 말대로 공주답게 꾸밀 보석도, 드레스도 없었다. 거울을 들여다보며 에르기아는 애써 명랑하게 말했다.

"하지만 니엘은 내가 보석으로 꾸미지 않아도 아름답다고 했으니 상관없어."

그 말에 펠리시아는 눈물을 닦다 말고 눈을 크게 떴다.

"니엘? 설마 하니 에레니엘 베아릭스 공작님을 말씀하시는 건가요? 그분을 만나셨어요?"

"응, 만났어."

화악 뺨을 붉히는 에르기아를 보며 펠리시아는 눈을 크게 떴다. 믿어지지 않는 일이지만 두 사람은 만나서 나름대로 해후를 했던 모양이다. 에르기아가 그를 내내 그리워했다는 것을 알고는 있었지만 그래도 저 끔찍하게 변한 베아릭스 공작을 기쁘게 바라볼 줄은 펠리시아로서는 상상도 못했다.

"공주님, 공작님은…… 어떻던가요?"

"어떻긴, 여전히 아름답지!"

깔깔대며 웃는 그녀의 말에 펠리시아는 멍청해졌다. 아름답다니. 지옥에서 온 악마처럼 변한 베아릭스 공작이 아름답다니.

에르기아가 머리가 어떻게 된 것은 아닐까.

"저기, 전 많이 변하셨다고 생각했지만……"

펠리시아가 우물거리며 말하자, 에르기아는 입술에 바른 연지를 살짝 손가락으로 어루만지며 명랑하게 말했다.

"정말 멋지게 변했지. 물론 5년이 흘렀으니까."

황홀한 표정을 짓는 에르기아의 얼굴 어디에서도 거짓은 없었다.

펠리시아는 자신이 혹시 공작을 잘못 본 것일까 싶어 당황했다. 궁정의 시녀들은 물론 다른 귀부인들도 모두 베아릭스 공작의 얼굴이 끔찍하게 변해 버렸다고 수군거리는 것을 들었었다. 왕의 모진 고문에 그의 잘생긴 얼굴은 지옥에서 온 악마처럼 변했으며 일그러진 눈빛에서는 음산한 증오만이 소용돌이치고 있다고 다들 떠들어댔다. 물론 그의 휘하에 있는 기사들은 그의 무시무시한 변모에 오히려 두려움을 느끼고 절대충성을 맹세하고 있다고 듣긴 했지만 귀부인들은 물론이고 모든 여자들은 그를 무서워했다. 새까만 머리에 증오로 번들거리는 얼음 같은 눈동자는 물론이고, 얼굴의 반을 갈가리 찢어놓은 그 검붉은 흉터는 그저 변했다고 말하기에는 역부족이었다. 5년 전 모든 사람들을 매료시켰던 궁정제일의 미남자는 악귀처럼 변해 버렸던 것이다. 그런데 에르기아는 〈여전히 멋지다〉라고 말하고 있었다.

'혹시 정신이 어떻게 된 것은 아닐까?'

펠리시아는 불안하게 그녀를 바라보았다. 아무리 공작에 대한 사랑이 지극하다고는 해도 어디로 보나 〈악마공작〉이 아름답고 멋지다고는 할 수 없었던 것이다. 어둠 속에서 혹여 잘못본 것은 아닐까?

그때 누군가가 문을 두드렸다. 펠리시아가 문을 열고 나가보니, 낯선 남자가 커다란 상자를 든 두 명의 하인을 뒤에 지고 서 있었다. 낯선 남자는 누군가의 시종인지 사교적인 미소를 지으며 고개를 살짝 숙여 보였다.

"에르기아 공주님께 온 물건입니다."

"어디서 온 누구시죠?"

공주에게 선물을 보내는 사람들은 여태껏 없었기에 그녀는 미간을 찌푸리고 의심의 시선으로 남자를 바라보았다. 깃털로 된 아름다운 모자를 살짝 들어 올리며 남자는 경쾌하게 말했다.

"저는 베르나르 덩컨이라 합니다. 베아릭스 공작께 봉직하고 있는 자입니다. 이 물건은 공작께서 공주님께 보내는 선물이랍니다."

"베아릭스 공작께서?"

어찌 되었든 간에 베아릭스 공작이 에르기아에게 해될 물건을 보낼 리는 없다라고 생각했기 때문에 펠리시아는 조금 안심했다.

"공주님, 지금 베아릭스 공작께서 선물을 보내오셨답니다."

그녀가 막 고하자마자 에르기아는 벌떡 일어서서 문가로 달려왔다. 문가에 선 그녀가 들어오라고 시종에게 손짓하자, 화사한 미소를 지은 시종은 커다란 상자를 든 하인들과 함께 방 안으로 들어섰다.

"어서 와요."

들뜬 음성으로 에르기아가 말하자, 시종은 베일을 쓴 공주에게 깊이 고개를 숙이며 예를 취했다. 무릎을 꿇고 고개까지 숙인 최대한의 예의를 갖춘 인사였다. 오랜만에 레이디로서 인사를 받은 에르기아는 기쁨의 미소를 감추지 않았다.

"저는 에레니엘 에스레이드 베아릭스 공작님께 봉직하고 있는 베르나르 덩컨이라 합니다. 작위는 아직 없으나 덩컨 자작가의 장남으로서 몇 년 후쯤 자작이 될 겁니다. 로디지의 자랑이신 에르기아 공주님을 뵌 것을 영광으로 생각합니다."

아직 스무 살이 채 못 된 시종은 동경에 찬 시선으로 그녀를 올려다보고 있었다.

"고마워요, 베르나르 덩컨."

에르기아는 붉어지는 뺨을 어쩔 줄 몰라 하며 마주 인사했다. 니엘의 시종이라는 것만으로도 그녀는 충분히 이 청년에게 호의를 느끼고 있었다.

한편 베르나르는 공주님의 방 안을 슬그머니 살피며 놀라고 있었다. 아무리 전시 중이었다고는 해도 왕녀의 방이라고는 믿어지지 않을 만큼 초라했다. 덩그마니 큰 방 안에 비싼 물건이라고는 하나도 없었다. 그나마 값이 나갈 물건은 무늬도 이미 사라지고 없는 낡아 빠진 카펫이 전부였다. 찬기운을 막는 태피스트리도, 커튼도 없는 마치 감옥처럼 음산한 방이었다. 그 모습을 보던 그는 공작의 선물이 이해가 갔다.

"이것은 공작께서 보내신 물건입니다."

그가 손짓을 하자 덩치 큰 두 명의 하인들은 지고 있던 상자의 뚜껑을 열었다. 그 순간 펠리시아는 탄성을 토했다. 황금색으로 반짝이는 드레스가 상자 안에서 드러났던 것이다. 상자 앞으로 다가간 펠리시아는 상자에서 튀어나오는 드레스들을 보고 너무 놀라 어쩔 줄을 몰랐다. 보석으로 치장된 드레스들은 공주의 지위에 어울릴 호사스런 물건들이었다. 무려 다섯 벌이나 되는 드레스가 들어 있었다. 진주로 만든 단추와 마노의 단추, 호박 단추가 달린 이 드레스들은 눈이 튀어나올 정도로 비싼 것들이 분명했다.

"세상에! 모두 공주님께 잘 어울릴 것들이에요!"

검은 머리에 검푸른 눈동자를 가진 키 큰 그녀에게 어울릴 은은한 푸른 드레스와 금빛, 은빛으로 어우러진 드레스들은 다른 여자보다 머리 하나는 더 큰 그녀에게 맞춘 것이 분명했다. 펠리시아는 너무나 기뻐서 팔짝팔짝 뛰다시피 했다. 시종이 웃는 얼굴로 보고 있는 것도 모르고 그녀는 그 드레스들을 호들갑스럽게 방 안에 펼쳐 놓았다. 에르기아는 어안이 벙벙한 얼굴로 멍하니 있을 뿐이었다.

"이것은 공작님께서 보내신 서신입니다."

베르나르가 에르기아에게 편지를 건네자, 그제야 정신을 차린 에르기아는 두근거리는 가슴을 억누르며 편지를 열었다.

『사랑하는 나의 공주님.
안녕히 주무셨습니까? 당신을 떠나온 지 얼마 되지 않았지만 눈앞에는 오직 당신만 보일 뿐입니다. 너무 그리워서 아침 식사도 하기 전에 공주님께 필요한 물건들을 조금 보냅니다. 그것들은 모두 당신을 그리며 모은 것들입니다. 아시다시피 내가 아무 여자에게나 선물을 보낼 만큼 관대한 성격이 아님을 공주님도 아실 겁니다. 내가 보낸 옷들을 공주님이 입고 나타나 준다면 그것만큼 기쁜 것은 없을 겁니다.
당신의 니엘.』

에르기아는 눈물이 나오는 것을 억지로 참았다. 너무 기뻐서 온몸이 부들부들 떨렸다. 그녀는 펠리시아가 펼쳐 놓고 있는 물건들을 멍하니 바라보았다. 속옷을 만들기 위한 얇은 비단 몇 필과 드레스에 어울릴 베일들, 그리고 앙증맞은 작은 상자에서 쏟아져 나오는 구두며 머리핀 등 장신구들은 그녀를 기쁘다기보다는 정신없게 만들었다. 그때 펠리시아가 갑자기 눈이 동그랗게 된 채 에르기아에게 작은 보석 상자를 내밀었다.
"보세요! 세상에! 이건 전부 왕비님의 보석들이에요!"
"아!"

에르기아는 눈물을 흘렸다. 니엘이 보내온 상자 속에는 그녀가 군자금을 위해 팔아넘겼던 어머니의 보석들이 담겨져 있었다. 호박으로 만든 브로치와 황금으로 만든 팔찌, 사파이어 목걸이, 귀고리들, 진주 목걸이와 화관, 그리고 무엇보다 아꼈던 에메랄드 반지까지 전부 고스란히 돌아왔다. 니엘이 정말로 그녀를 사랑하고 있다는 것은 분명했다. 하룻밤 사이에 이것들을 전부 다 모았을 리는 없다. 그는 진정 그동안 그녀를 한 번도 잊지 않고 있었던 것이다. 에르기아는 눈물을 흘리며 보석 상자를 끌어안았다. 이런 고마운 선물은 정말로 처음이었다. 아무도 그녀에게 이런 섬세한 배려를 해준 사람은 없었다. 보고 있던 펠리시아는 소리 내어 엉엉 울음을 터뜨렸다.

모두 울음을 터뜨리자, 베르나르는 당황했다. 그 역시 공주님이 군자금으로 왕비의 유물을 팔았다는 이야기를 듣긴 했지만 피의 마녀라 불리는 이 강한 공주님이 정말로 연약한 소녀처럼 울음을 터뜨릴 줄은 몰랐던 것이다. 그는 동정의 시선으로 그들을 바라보다가 애써 헛기침을 했다.

"저, 선물은 아직 남아 있습니다. 천천히 보시고, 공주님께선 공작께 답신을 써주시지 않겠습니까?"

"아, 미안해요. 당신의 일을 잊고 있었군요."

에르기아는 정신을 차리고 활짝 웃었다. 눈물을 닦으며 그녀는 책상 앞으로 다가가 양피지를 꺼내 들었다. 낡은 펜촉을 애써 다스리며 답신을 쓰려니 눈물이 앞을 가려 쓸 수가 없었다.

그녀는 잠시 동안 망설이다가 짧게 쓰기로 했다.

『사랑하는 니엘.

 너무나 감사한 선물을 받아 눈물밖에는 흐르지 않네요. 정말로 고마워요. 고맙단 말밖에는 할 수가 없어요. 당신을 마음 깊이 사랑하고 있어요.

 당신의 에르기아.』

 눈물이 뚝뚝 떨어지는 것을 참으며 에르기아는 양피지를 접어 베르나르에게 건넸다. 베르나르는 눈물에 젖은 베일을 보며 애써 웃음을 지었다. 정말로 가여운 공주님이었다. 그는 자부심을 느끼면서 그 편지를 고개 숙이며 받아 들었다.

 "공주님께 존경의 키스를 바쳐도 되겠습니까?"

 난데없는 시종의 말에 에르기아는 멈칫했다. 존경이라니. 궁정에 와서 그 단어를 들은 지가 얼마나 오래되었는지 까마득했다. 전쟁터에서와 달리 모두들 그녀를 〈피의 마녀〉라며 경원시했었다. 에르기아는 당혹감을 감추며 그를 똑바로 보았다. 청년의 눈은 순진한 열정으로 가득 차 있었다.

 "그래요, 베르나르."

 그녀가 미소 짓자, 청년은 달려들어 그녀의 손등에 키스를 하고 나서 정중하게 그녀의 드레스 자락에 또 한 번 키스했다. 그 순진한 몸짓에 그녀는 마음이 따스해지는 것을 느꼈다.

"베르나르, 당신 덕에 정말로 기뻐지는군요. 오늘 당신이 가져온 모든 것들에게 너무나 감사해요."

"저야말로 공주님, 경애하는 공주님을 뵙게 되어 그지없는 영광입니다."

청년의 말에 그녀는 수줍은 미소를 지었다. 정말 그의 시종답게 그녀를 기쁘게 할 소리만 늘어놓았다.

그가 돌아간 뒤 에르기아는 멍하니 보석 상자를 쓰다듬으며 펠리시아가 떠드는 소리를 듣고 있었다.

"정말 근사한 드레스예요! 전에 가지고 계신 것보다도 더 멋져요! 이것 좀 보세요. 이 비단신은 공주님께 딱 맞겠는걸요. 드레스도 고칠 곳은 전혀 없어 보여요. 당장 입어도 될 것 같네요. 어쩜 공작께선 어떻게 공주님에게 딱 맞춰서 보낼 수가 있었을까요!"

은으로 만든 작은 보석 상자는 작은 루비가 박혀 있는 아름다운 물건이었다. 어머니의 보석들을 안고 있으려니 희미한 어머니에 대한 기억들이 밀려들어 왔다. 병약하지만 다정했던 어머니는 그녀가 10살 될 무렵 돌아가셨지만 그 추억들은 남아 있었다. 사실 어머니가 살아 있었을 무렵에는 아버지인 왕도 저렇게 방탕하거나 사악하지는 않았었다.

"세상에, 섬세하기도 하지."

짙푸른 수레국화가 새겨진 카펫을 보고 펠리시아는 감탄하고 있었다. 멍하니 있던 에르기아는 그 말을 듣고 돌아보았다.

"마치 공작님이 이 방에 와보신 거 같아요. 세상에, 정말 많이도 보내셨네. 옷감 좀 보세요, 공주님. 린넨은 물론이고 비단을 몇 필이나 보내셨어요. 이것이면 공주님의 속옷을 몇 벌이나 만들 수 있어요. 커튼도 달고요, 카펫도 새로운 것으로 갈지요! 어머나, 태피스트리도 두 개나 들어 있어요! 꺄아! 깃털을 넣은 이불도 있어요. 어떻게 아셨을까! 이불도 낡아서 형편없었는데!"

에르기아는 뺨을 붉힌 채 멍하니 그것들을 바라보았다.

니엘은 그녀의 방을 자세히 보았던 것이 틀림없다. 그렇지 않고서야 낡아 빠진 카펫과 태피스트리도 없는 차가운 방을 위한 물건들을 보낼 수 있을까. 그는 그것들을 자세히 보고 있다가 그녀에게 필요한 것들을 보낸 것이다. 자신의 초라함에 수치심을 느낀 에르기아는 뺨을 붉히고 고개를 떨구었다. 정말로 창피했지만 그의 섬세함에 기쁘기도 했다.

"드레스를 입어보실래요?"

들뜬 음성으로 펠리시아가 말했다. 그녀는 에르기아가 입고 있는 드레스와 새로 온 드레스를 번갈아 보더니 허둥지둥 서둘렀다.

"응, 갈아입을게."

에르기아는 기쁨에 들뜨며 조용히 말했다.

"베르나르, 공주님은 어떠시던가?"

니엘은 점심을 막 끝내자마자 돌아온 베르나르에게 물었다.

베르나르는 아직 에르기아를 직접 만났다는 황홀경에서 빠져나오지 못했는지 몽롱한 얼굴이었다. 시종의 들뜬 얼굴에 혀를 차며 그가 재차 묻자, 베르나르는 들뜬 얼굴로 말했다.

"네, 건강하십니다. 보내신 선물을 받으시고 너무나 기뻐서 눈물을 흘리시더군요. 돌아가신 왕비님의 보석 상자를 안고 우시는데 제가 가슴이 다 아플 지경이었습니다, 마이 로드."

그 말에 니엘은 침묵했다.

죽은 왕비의 보석이나 드레스까지 팔아치울 정도란 소식을 그가 들었을 때는 전쟁 중이었다. 그가 베아릭스 공작인만큼 그의 베아릭스기사단은 흑기사단과 섞여 있었다. 원래는 베아릭스기사단이 곧 흑기사단이었지만 세월이 흐르는 동안 젊은 그를 따르는 기사들과 전통대로 에르기아에게 충성을 맹세한 기사들로 나뉘었다. 물론 니엘은 에르기아를 사랑했으므로 자신 이외의 주인을 모시는 노기사들에 대해 별다른 감정은 없었다. 흑기사들도 니엘에 대해서는 나쁜 감정이 있을 리가 없었다.

그들이 에르기아를 따르긴 하지만 그들 역시도 베아릭스기사단의 일원이었기 때문에 에르기아와 그의 명령이 상충되지 않는 한 기꺼이 그의 명령을 들었다. 그래서 그들은 그녀에게 왕비의 보석을 처분하고 카펫이나 태피스트리를 팔아치우라는 명령을 들었을 때, 제일 먼저 그것들을 가지고 니엘에게로 왔던 것이다. 늙은 세이기어 경은 눈물을 머금은 채 왕비의 보석들을 보였다.

"어찌해야 할까요? 공작님?"

"내가 사면 된다."

그는 무뚝뚝하게 말했다.

"내가 사면 간단히 해결되지. 어차피 이 보석들은 베아릭스 가의 보석들이야. 내가 아니면 누가 산단 말인가?"

그의 말에 기사들은 안도했다. 그 뒤를 이어 니엘은 그녀가 팔아치운 물건들을 모두 거둬들였다. 그리고 그것들을 자신의 내실에 채워두었다. 간혹 그녀가 그리울 때면 그는 그것들을 바라보며 위안을 삼았다. 그리고 카펫이나 태피스트리도 없이 겨울을 나는 가련한 공주님을 상상하며 이를 갈았다. 오죽하면 공주가 소소한 물건들까지도 전부 팔아치울 정도로 가난한 나라가 된 것일까. 이 모두가 결국은 왕의 실책 때문이었다. 그 물건들을 볼 때마다 그는 왕에 대한 증오를 새삼 곱씹었다.

"답신을 주셨습니다."

베르나르가 상념에 빠진 그에게 편지를 내밀었다. 그것을 받아 든 니엘은 양피지 속에 담긴 〈사랑하는 니엘〉로 시작되는 편지에 미소를 지었다. 정말로 어젯밤은 꿈이 아니었던 것이다. 그녀는 사랑한다고 말했고, 그것은 그의 상상보다도 훨씬 더 깊은 사랑이었다. 여자들이 흔히 말하는 그런 가벼운 단어가 아니었다.

그가 즐거운 듯 미소 짓는 것을 베르나르는 놀라 훔쳐보았다. 이 무시무시한 주인이 공주의 편지 한 통에 짓는 미소는 그가 여지껏 보아왔던 주인의 성격상 있을 수 없는 일이었다. 흉터 때문에 일그러진 얼굴은 그가 웃음 지으면 더 끔찍하게 변했다. 그래서 그는 되도록 웃지도 않는 무표정한 얼굴이 되었던 것이다.

그때 황급히 유리아스와 멜딘이 뛰어들어 왔다. 그 뒤를 이어 급한 걸음으로 따라 들어온 것은 니콜라스 호이슨이었다. 그들은 가벼운 차림으로 서재에 앉아 있는 그를 보고는 고개를 숙이고 인사했다.

"공작님."

"마이 로드."

"무슨 일로 뛰어왔는지 알고 있어."

그는 베르나르에게 나가 있으라고 손짓하고는 세 명의 심복들에게 앉으라 권했다. 세 명의 청년들은 침착한 공작을 바라보며 자리에 앉았다. 별로 나이 차이도 나지 않는 자들이었지만 니엘은 그들보다도 훨씬 연상으로 보였다. 아마도 지난 고난 때문에 노숙해진 탓인지도 모른다. 니엘은 그지없이 잘생긴 유리아스를 흘긋 보며 무심코 웃었다. 어젯밤까지만 해도 그는 유리아스의 미끈한 얼굴을 질투했었다. 그런데 지금은 그의 잘생긴 얼굴을 보고도 아무렇지 않았다. 자신의 마음이라고는 해도 이렇게나 달라질 수가 있는지 그 자신도 신기하기만 했다.

그의 시선을 받은 유리아스는 조금 어리둥절했지만 그의 시선이 말을 꺼내라는 지시일 거라고 지레짐작하고는 입을 열었다.

"오늘 데릭 왕자 일행이 도착했습니다. 오늘밤에는 그 축하 연회가 열린다고 갑자기 왕명이 내려졌습니다."

"알고 있어."

니엘은 느긋하게 말했다.

"승전 축하 사절이라고는 해도 분명히 데릭 왕자는 구혼자 중 한 사람입니다. 노스워드의 세실리아 왕비는 에르기아 공주님과 왕자를 결혼시키기로 결심한 게 분명합니다."

호이슨 자작이 냉정한 목소리로 덧붙였다.

"서둘러야 합니다. 코넨 왕도 그 압력을 더 이상 피할 수가 없을 테니까요. 자칫하면 간악한 왕이 공주를 해할 수도 있습니다."

"어쩌면 미치광이 왕이 데릭 왕자를 해칠 수도 있겠죠. 그렇게 되면 노스워드와 전면전입니다."

"데릭 왕자는 범상한 왕자가 아닙니다. 소문에 의하면 꽤나 훌륭한 수완을 가지고 있다고 합니다. 그가 만약 에르기아 공주님의 마음을 사로잡아 왕에게 칼을 들이대게 한다면 이 로디지는 말 그대로 송두리째 노스워드에게로 넘어갈 것입니다. 그것만이 아닙니다. 왕에게서 벗어나겠다고 공주님이 노스워드로 심복인 기사들을 이끌고 가게 된다면요? 만약 이때 공작께서 왕을 쓰러뜨린다고 해도 이번에는 다시 노스워드와 결합한 공주와 전쟁을 벌이게 됩니다. 최악이지요."

니엘은 잠자코 그 이야기를 듣고 있었다. 어젯밤만 해도 그 이야기를 듣고 그는 잔뜩 초조해 있었다. 하지만 지금은 아니다. 그는 미소 지을 수 있었다.

"그렇지만 에르기아 공주가 전혀 움직이지 않는다면?"

그의 말에 세 사람은 입을 다물었다. 그들로서는 공작의 반응이 좀 색달랐던 것이다. 그들은 조심스럽게 물었다.

"공작님?"

"에르기아 공주가 그렇게 생각이 짧은 여자였다면 전쟁터에서 그토록 승전을 거듭할 수가 있었겠나?"

그 반문에 호이슨 자작은 고개를 끄덕였다.

"하긴……."

"하지만 왕에 대한 원한이 있으니 왕자와 손을 잡을 가능성이 있을 겁니다."

"바보 같은 소리. 에르기아 공주가 로디지를 노스워드에게 넘길 가능성을 조금이라도 고려할 리는 없어. 그대들은 공주가 어떤 사람인지 근본적으로 모르는 것 아닌가?"

유리아스는 공작의 여유에 조금은 당황했다. 하지만 그의 말대로 그들은 공작의 기사지 공주의 기사는 아니었다. 베아릭스

기사단이 분열되어 있는 것을 가장 불안하게 여기고 있는 것은 그들이었다. 베아릭스기사단에게 있어서 공주의 존재는 아주 거북한 돌멩이 같은 것이었다. 그녀가 없다면 베아릭스기사단은 단 한 명의 주인을 모실 수 있었다. 하나, 전통이라는 굴레에 사로잡혀 고참인 노기사들은 여자인 공주를 주인으로 섬기고 있었다. 비록 왕위 계승자라고는 해도 베아릭스기사단 전체로 봐서는 결코 바람직한 일은 아니었다. 원래 왕을 모시는 왕실기사단이 따로 있는 이 상황에 베아릭스기사단이 양분된다는 것은 지극히 어리석은 일이었던 것이다. 베아릭스기사단은 오로지 베아릭스 공작, 에레니엘 단 한 사람에게 충성을 바쳐야 한다고 하는 것이 그들의 생각이었다.

"에르기아 공주님을 믿는다고는 해도 왕이 어디로 튈지는 아무도 모릅니다."

호이슨 자작이 두꺼운 입술을 내밀며 조용히 말했다. 과묵한 자작은 말할 때마다 입술이 조금 튀어나오는 것이 버릇이었다. 어쩌면 두꺼운 입술을 가지고 있어서 그런 걸지도 모른다.

"왕이 공주를 해하려 한다면, 공주가 손을 내밀 상대는 역시 노스워드입니다."

"왜 노스워드에 그녀가 간다고 생각하나? 육촌인 내게 올 거라고는 생각지 않는 건가?"

비꼬듯이 니엘이 말하자, 호이슨 자작은 움찔했다. 그뿐만이 아니라 유리아스도 당황했다. 놀라지 않는 것은 멜딘뿐이었다.

그는 의미심장한 미소를 지으며 니엘을 바라보고 있었다.

"공주와 가장 가까운 혈연은 이제 로디지 안에서는 나밖에 없지. 게다가 나는 베아릭스 공작이자, 공주를 제외한 단일 세력으로는 가장 큰 세력을 가진 사람이야. 내게 공주가 온다면 노스워드로서도 손을 내밀 이유가 없게 되는 거야."

그의 눈이 차갑게 빛났다.

"내가 왕을 제거한다고 해도 에르기아가 내 곁에 있다면 말이야."

"가장 이상적인 상황이 에르기아 공주가 공작과 혼인하여 여왕으로 등극한다는 것이라는 것을 모르는 사람은 없습니다. 하지만 공주는 그동안 남자를 멀리한 피의 마녀로 소문이 자자하지 않습니까?"

조심스레 호이슨 자작이 말하자 옆에 있던 멜딘이 킬킬 웃었다.

"하지만 공작님과 공주님은 연인 사이였다구."

그 말에 호이슨 자작은 싸늘한 시선을 그에게 보냈다. 5년 전 공작과 공주가 연인 사이였다는 소문이 돌긴 했지만 공주는 그동안 단 한 번도 공작에게 시선을 보낸 적이 없다는 것은 그 자신이 더 잘 알고 있었다. 전혀 왕래가 없던 두 사람과 사촌 사이인 매력적인 왕자, 그 둘 사이에서 어느 쪽이 승리할 것인가는 에르기아 공주만이 알고 있다.

"……."

게다가 모두들 말은 꺼내지 않지만 공작의 외모는 크게 손상된 상태였다. 악마라고까지 불리는 상황이다. 그런 외모의 공작과 매력적인 미남으로 소문난 데릭 왕자를 비교한다면 어느 쪽이 우세할 것인가. 친밀감이라고 하는 부분에 있어서는 데릭 왕자 쪽이 오히려 앞설지도 모르는 일이다.

"내 얼굴이 이 모양이라서 여자를 꼬실 수 없다는 것인가?"

니엘은 재미있다는 듯 웃었다. 불쾌하지 않은 것은 아니지만 그래도 어젯밤과는 달리 여유가 있었다.

"오늘 밤 연회에서 그녀가 누굴 택할지 두고 보게."

그는 품 안에서 에르기아의 편지를 꺼내 가장 과묵한 호이슨 자작에게로 건네주었다. 편지를 펼쳐 본 그의 눈이 커지자, 니엘은 크게 웃고 싶은 기분이 들었다. 자작은 궁금해서 안달하는 유리아스에게 그 편지를 돌렸고 유리아스와 멜딘은 동시에 그 편지를 보고 소리를 질렀다.

"세상에!"

"저, 정말입니까, 공주님이 공작님을 사랑하고 있다는 것이?"

멜딘이 기쁜 얼굴로 외쳤다.

"그래. 어젯밤 내가 누구와 같이 있었다고 생각하는 거야? 나와 어울릴 여자가 그녀 이외에 누가 있겠나?"

그의 말에 멜딘은 그럴 줄 알았다는 듯이 웃음을 터뜨렸다.

"그렇지요! 공작님과 공주님, 두 분이 혼인하여 이 로디지를 이끄는 것이 가장 최고의 방법입니다. 역시 공주님께서도 공작님을 생각하고 계셨군요."

그의 말과는 달리 유리아스는 미간을 살짝 찌푸렸다.

"이거, 진심일까요? 공주는 무엇보다 전쟁터에서 능란한 전술을 펼쳤던 분입니다. 공작님을 이용한다는 술책일지도 모릅니다."

그 말에 니엘은 얼굴을 굳혔다. 저 에르기아가 자신을 이용하기 위해 허벅지에 문신을 새기고 처녀를 바쳤단 말인가? 그건 말도 안 되는 이야기였다.

"웃기는 소리, 그녀는 내가 잘 알아."

그의 싸늘한 말에 유리아스는 입을 다물었다. 하지만 호이슨 자작은 입을 다물지 않았다.

"아니, 일리가 있습니다. 하지만 아무리 정략이라고는 해도 공주가 공작님을 택한 것은 변함없는 사실입니다. 공주가 실제로 공작님과 혼인하여 로디지를 계승하겠다고 결심하셨다면 그것만큼 기쁜 일은 없습니다."

그 말에 답답하다는 듯이 멜딘이 가슴을 쳤다.

"원, 벽창호들 같으니. 너희들은 사랑을 믿지 않는 거냐? 공주님이 공작님을 사랑한다는 것은 당연하지 않은가?"

그들의 말에 니엘의 마음도 조금 흔들렸다. 그의 용모는 어떤 여자든지 마음이 식을 정도로 심하게 망가진 상태였다. 이런 얼굴을 사랑할 수 있다는 것은 설사 모친이라고 해도 쉬운 일은 아닐 것이다. 하지만 니엘은 다시 기억을 되살려 보았다. 흉터

가득한 그의 알몸을 손끝으로 더듬던 그녀의 눈동자에는 혐오의 기색이라곤 조금도 없었다. 그저 황홀한 듯 미소 지으며 자신을 올려다보고 있던 그 검푸른 눈동자는 너무나 순진무구했다. 게다가 그녀의 허벅지 안쪽에 새겨진 문신은 어떠한가. 거칠게 새겨진 그의 이름은 그녀의 허벅지에 확실히 새겨져 있었다. 어떻게 해도 그 문신은 지워지지 않을 것이다. 어떤 여자가 자신의 허벅지에 단지 정략만으로 남자의 이름을 새기겠는가.

"그래, 그것만으로도 충분하지. 그것만으로도 그녀는 내 것이라는 증거가 돼."

니엘은 싸늘하게 웃으며 중얼거렸다.

6장

분홍색 카트레야는 활짝 피었네

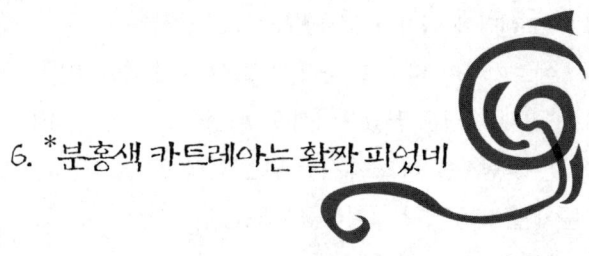

6. *분홍색 카트레아는 활짝 피었네

"공주님, 오늘은 정말로 아름다우시군요!"

놀란 어조로 세이기어 경이 탄성을 질렀다. 그뿐만이 아니었다. 그녀의 주변에 있던 기사들 전부가 그녀를 경이의 시선으로 바라보고 있었다. 아닌 게 아니라 그녀는 평소와는 전혀 달리 드레스를 걸치고 있었다. 공주라는 지위에 어울리는 황금빛 드레스에 진주 목걸이를 걸고 있는 그녀는 키가 큰 만큼 대단히 우아했다. 진주 화관을 쓰고 베일을 드리운 그녀에게 피의 마녀라는 별명은 어울리지 않았다. 너무나 순결해 보이는 그 모습은 오히려 순백의 신부에 가까웠다.

---

* 당신은 아름답습니다

"오랜만에 여자다운 차림새예요."

에르기아가 킥 하고 웃자, 오스틴 경이 혀를 찼다.

"이제 전쟁은 끝났으니까요. 아름다운 공주님께선 그에 어울리는 차림새를 하고 계시면 되는 겁니다. 게다가 오늘은 구혼자들이 몰려들 테니 기대하십시오."

"구혼자는 바라지 않아요."

그녀가 냉담하게 말하자 젊은 기사들 중 한 명이 조심스레 말했다.

"오늘 도착한 노스워드의 데릭 왕자가 곧 방문할 것입니다. 왕께서 직접 마중을 나가긴 했지만 역시 데릭 왕자가 보러 온 사람은 공주님이니까요."

"알고 있어요."

사실 에르기아도 데릭 왕자가 보고 싶기는 했다. 10여 년 전에 한 번 본 적이 있는 데릭 왕자는 그녀의 외사촌 오빠였다. 지금 26살인 그는 매력적인 왕자로 소문이 자자한 데다가 요 2년간 계속해서 청혼해 오는 구혼자이기도 했다.

"그 외에 커드리스의 왕자도 있습니다. 물론 데릭 왕자보다는 썩 매력적이지 않기 때문에 영향력은 별로 없는 것 같습니다만 커드리스의 밀란 테이스 왕자는 왕위 계승 서열이 1위인 태자니까요."

"커드리스의 태자가 직접 온다는 건가요?"

그 말에는 에르기아도 조금 놀랐다. 그녀가 알기에 커드리스의 태자인 밀란 테이스는 얼마 전 태자비를 잃었다. 올해 34살인 그는 병약한 국왕을 대신해 이미 국정을 담당하고 있는 수완가였다. 하지만 그는 어릴 때 낙마로 인해 다리를 전다는 극단적인 약점이 있다고 들었다.

"커드리스와 누비아의 사이는 워낙에 나쁘니까요. 게다가 커드리스는 요번에 아예 누비아를 끝장내려는 움직임까지 보이고 있는 듯합니다."

"커드리스의 국왕이 병석에 누워 있는 상태라 전쟁이 벌어질 것 같지는 않았는데."

"태자가 건재하니 그건 가능할지도 모르겠습니다. 그래서 그들로서는 강력한 우방이 필요한 것이겠지요. 만약 공주님이 그와 혼약을 한다면 커드리스는 로디지와 함께 원수를 갚는다면서 당장에 누비아를 침공할 겁니다."

"흐음, 구미가 당기는 생각이네요."

에르기아의 말에 세이기어 경은 콧수염을 비틀었다. 못마땅해서 그러는 모양이었다.

"공주님, 하지만 그 작자는 절름발이에 재혼이란 말입니다. 게다가 나이가 34살밖에 안 된 주제에 곧 대머리가 될지도 모른다는 소문이에요."

"마누라를 독살했다는 이야기까지 있죠."

옆에서 오스틴 경이 끼어들었다. 그는 험험 헛기침을 하면서 젊은 기사들을 향해 한탄했다.

"역시 로디지 인은 로디지 인과 혼인하는 게 최고입니다. 게다가 왕께서 어떤 결단을 내릴지도 모르고요."

"그게 문제입니다."

침묵을 지키고 있던 펠티어 경이 입을 열었다. 그는 신중한 성격이었기 때문에 에르기아도 그의 말은 존중하고 있었다.

"왕은 공주님이 데릭 왕자와 혼인하는 것을 원치 않고 있습니다. 물론 결혼 자체를 반대하고 있지요. 하지만 이번에는 데릭 왕자의 구혼을 물리칠 구실은 없습니다. 공주님은 올해 벌써 20세를 넘기셨으니까요. 게다가 전란도 끝났습니다."

"그래, 전란이 끝났으니 어서 결혼하셔야지! 그래서 왕자를 얻어야 하고말고!"

오스틴 경이 끼어들어 박수를 치자, 에르기아는 짜증을 냈다.

"조용히 좀 해요, 오스틴 경. 펠티어 경은 어서 계속 말하고요."

"그래서 차선책으로 왕이 커드리스의 왕자와 결혼시켜 아예 커드리스로 보내 버릴 생각을 할지도 모른다는 겁니다. 커드리스는 멉니다. 남부에 속해 있는 나라인만큼 되돌아오기가 쉽지 않지요."

"……"

에르기아는 그 말에 눈앞이 깜깜해졌다. 정말로 왕이 자신을 커드리스로 시집보내 버리면 로디지와는 끝장일지도 모른다.

"하지만 어차피 계승자는 공주님뿐인걸!"

오스틴 경이 빈정거리자, 옆에 있던 젊은 기사가 조용히 끼어들었다.

"소문에 의하면 왕의 후궁에 있는 여자들 중 임신한 여자가 있다고 합니다."

"뭐, 뭐야!"

놀란 사람들이 일제히 그를 쳐다보자 시선을 받은 기사는 부끄러운 듯 헛기침을 하며 말을 이었다.

"이름은 잘 모릅니다. 밝혀지지 않았습니다. 아무래도 평민 출신인 시녀 같은데 정확한 이름이나 지위가 밝혀진 바는 없어요. 비밀에 싸여 있다고나 할까요. 아무래도 전란 중에 바쳐진 여자 중 하나일 듯싶습니다."

"세상에. 그건 헛소문일 거야! 방탕한 생활을 그렇게나 한 왕의 씨앗이 튼튼할 리가 있나!"

오스틴 경이 바락 외치자, 펠티어 경은 급히 그의 옷자락을 잡아당겼다.

"잠깐만. 그건 단지 소문인가, 아니면 진실인가? 어디서 나온 소식이지?"

그 말에 젊은 기사는 얼굴을 조금 붉혔다.

"실은 제가 흠흠, 시녀 하나를 만나고 있습니다. 그런데 그 시녀의 말이, 왕이 건드린 여자 중에 시녀가 있는데 그 시녀가 처녀였다는 겁니다. 왕은 흥분해서 그 시녀를 몇 번이나 범했고, 결국 임신하게 했다고 하더군요."

"시녀라, 그럼 더 신빙성이 있을 수가 있지. 왕의 창녀 중 하나라면 믿어지지 않지만 깨끗한 시녀라면 가능성이 있거든."

기사들이 중구난방으로 떠드는 가운데 에르기아는 입을 다물고만 있었다. 그 시녀가 누군지는 모르지만 자신의 동생을 배고 있다 하니 묘한 기분이 들었다. 사실 왕이 건드린 여자가 한둘이 아닌데 그중 여태껏 임신이 안 되었다는 것 자체가 희한한 일이었다. 그래서 모두들 왕이 이제는 임신시킬 능력을 잃은 것은 아닌가 하고 생각하고 있었다. 그런데 아이라. 또 다른 왕손의 탄생이라.

"진짜일까?"

에르기아가 망연히 묻자, 외설스러운 말을 서로 주고받던 기사들은 흠칫하며 모두 입을 다물었다. 그때 가만히 있던 펠티어 경이 입을 열었다.

"그렇다면 보통 일이 아닙니다, 공주님. 만약 공주님 이외의 새로운 후계자가 생긴다면 왕은 공주님을 해하려 들 것은 분명한 사실이죠. 어서 조치를 취해야 합니다."

에르기아는 현기증이 나려는 것을 간신히 참고 기사들을 돌아보았다. 설마 하니 진심으로 부왕이 자신을 해하려 할까? 비록 왕실의 왕위 다툼이라는 것이 아무리 더럽다 한들 자신의 딸을 직접 죽이려 하진 않을 것이다.

'아니, 어쩌면 실제로 죽이려 할지도.'

에르기아는 5년 전 자신의 목덜미를 핥으며 위협하던 부왕을 떠올렸다. 그는 달아오른 쇠꼬챙이로 니엘의 몸을 찌르면서 위협하듯 으르렁거렸었다. 그녀는 거칠어진 손끝을 멍하니 바라보았다. 아무리 싸워도, 고난을 이겨도 슬픔은 계속해서 찾아들었다. 부친을 조심해야 하는 자신의 한심한 처지에 기가 막혔다.

"결혼을 어서 하셔야 합니다, 공주님."

갑작스런 펠티어의 말에 그녀는 고개를 번쩍 들었다.

"어서 혼약자를 정하십시오. 그리하여 이 혼란을 빨리 정리하는 겁니다."

펠티어의 말에 그녀는 니엘의 얼굴을 떠올렸다. 그렇다. 이 상황을 타개할 방법은 그녀가 어서 결혼을 하는 것이다. 베아릭스 공작인 니엘과의 혼인은 모든 것을 해결해 준다. 그는 로디지 인이고, 또한 로디지에서 가장 부유하며 가장 강력한 기사단을 보유한 남자였다. 그리고 무엇보다도 그녀가 결혼하고 싶어 하는 단 한 명의 남자였다.

"그렇군요."

그녀는 미소 지었다. 만약 어젯밤에 이런 이야기를 들었다면 그녀는 미쳐 버릴 지경으로 초조했을 것이다. 하지만 지금은 아니었다. 니엘은 그녀를 사랑하고 있었다. 그리고 그녀도 그를 사랑한다. 그리고 그들이 결혼하면 모든 고난은 끝날 것이다. 이 얼마나 멋진 해피엔딩일까.

"오늘 밤 연회에는 제 구혼자들이 모여들 거란 말이죠?"

그녀가 여유롭게 미소 짓자, 기사들은 멍한 표정을 지었다.

"그럼 오늘 밤 모든 것을 결론짓지요."

아침부터 왕궁은 소란스러워지기 시작했다. 왕궁의 요리사들
은 모처럼의 연회에 팔을 걷어붙이고 바쁘게 일했다. 시녀들은
제각각 화려하게 치장한 채 손님맞이에 열중했다. 손님들 중 상
당수가 왕궁 안에 머물 귀빈들이었기 때문에 그녀들의 움직임
은 더욱 바빴다. 전쟁 중에는 항상 우중충하던 궁 전체가 탈바
꿈하기 시작했다. 낡고 먼지나는 태피스트리는 햇볕 속에서 먼
지를 내뿜어 말쑥한 모습을 갖추었고, 카펫 또한 같은 길을 걸
었다. 대 연회장의 바닥과 무도회장의 넓은 홀도 수십 명의 하
인들이 동원되어 쓸고 닦아냈다. 항상 어슬렁거리던 사냥개들
과 광대들도 청소를 위해 쫓겨났고, 시시덕거리던 하인들은 들
뜬 시녀들의 속살을 훔쳐보기 위해 이리저리 뛰어다녔다.

그러나 에르기아의 거처 서쪽 별궁만은 그럭저럭 조용했다.
작은 정원을 가꾸는 늙은 정원사는 공주를 위해 꽃을 꺾었고,
기사들은 갑옷에 광을 내도록 종자들을 부렸다. 어젯밤과는 달
리 오늘 밤은 외국 손님들이 오는 연회였다. 화려하지는 못해도
초라한 몰골을 보이고 싶지는 않은 게 사람들의 생각이었다.

펠리시아는 다른 사람들보다 더 바빴다. 그녀는 공주의 방 안
을 공작이 준 선물들로 화사하게 바꾸고 있었다. 아침부터 옷감
을 잘라 커튼을 만들고 청소를 했다. 그녀는 쉬지 않고 일해서

마침내 화사한 카펫과 우아한 태피스트리에 어울릴 방 안을 한 나절 만에 만들어냈고, 그녀 자신의 업적에 감사하면서 에르기아의 목욕 시중을 들었다.

에르기아 역시 오랫동안 다른 사람의 손 없이 자신의 일을 해오던 탓에 펠리시아가 방 꾸미기에 열중하는 동안 혼자서 머리를 빗고 옷을 갈아입었다.

"공주님, 손님이 오셨습니다."

호위 기사 중 하나가 조용히 고했다.

"누군가요?"

"베아릭스 공작이십니다."

그 말에 그녀가 벌떡 일어나 문가로 달려갔다. 문을 바삐 여니 니엘이 시종 한 명과 함께 서 있었다. 터질 듯 두근거리는 가슴을 부여잡고 그녀는 니엘을 황홀한 듯이 올려다보았다.

"니엘!"

"공주님."

그는 미소 지으며 고개를 숙여 보였다. 그지없이 우아한 모습이었지만 한편으로는 지독하게도 야만적인 표정이었다. 그 일그러진 얼굴을 마주하자 펠리시아의 얼굴에서 혈색이 사라졌다. 무리도 아니다. 웃으면 더 끔찍해지는 것이 니엘의 얼굴이었다. 에르기아의 뒤에 선 펠리시아는 공포심을 감추지 못하고 고개를 얼른 숙이며 외면했다. 그녀로서는 이 무시무시한 남자가 소중한 공주님 곁으로 오지 말았으면 했지만 그 속도 모르는 에르기아는 활짝 핀 꽃처럼 그를 반겼다.

"어서 들어오세요."

그가 들어서자 방 안이 꽉 찬 것 같았다. 에르기아는 얼굴을 붉히고 안절부절못하면서 그를 세심하게 관찰했다. 어젯밤과 달리 그는 우아한 청록색 비단 가운에 흰 셔츠, 검은 빌로드의 튜닉을 걸치고 있었다. 보석은 터키석 브로치가 전부였다. 키가 워낙에 커서 그런지 허리에 찬 검 역시 롱 소드였는데 거추장스럽지도 않은지 자연스럽게 움직이는 모습이 에르기아에게는 눈부시게 보였다. 밝은 햇빛 아래 보이는 그의 녹회색 눈동자는 평소와는 달리 너무도 온화해서 에르기아는 가슴이 두근거렸다. 대담했던 어젯밤을 생각해 보니 너무 부끄러워져서 그녀는 그만 시선을 슬쩍 피하고 말았다.

니엘은 우아하게 의자에 앉더니 바뀐 방 안을 둘러보았다. 새로운 카펫과 새로운 태피스트리, 그리고 은은한 아이보리 빛의 커튼, 무엇보다도 화사하게 혈색이 도는 에르기아의 모습이 그를 기쁘게 했다. 그녀는 그가 보낸 푸른빛의 드레스를 입고 있었는데 그 위에 사파이어 목걸이를 걸고 있었다. 짧은 검은 머리카락은 아직 채 다듬지 않은 채 베일도 쓰지 않아서 소년 같은 모습을 고스란히 드러내고 있었다. 하지만 장밋빛으로 물든 뺨이며, 그를 보고 기쁨에 찬 표정 풍부한 눈동자가 그녀를 지극히 여성적으로 보이게 했다. 그녀는 하룻밤 사이에 눈부시게 달라져 있었다. 어젯밤 연회에서 보았던 그 금욕적인 갑옷 위로 엿보이던 그런 창백한 얼굴과는 천양지차였다. 그를 대하는 에르기아의 태도는 연인을 대하는 여인 그 자체였다. 수줍은 듯한 태도와는 달리 눈빛은 그지없이 유혹적이었다. 하룻밤 새에 이렇게나 달라질 수가 있을까. 니엘은 숨을 삼켰다. 정말로 그녀는 그만을 위해 존재하는 여자처럼 보였던 것이다.

"니엘?"

그녀의 반짝이는 눈빛을 보자, 그는 억누를 수 없는 열기를 다시 느꼈다. 어젯밤에 나눈 사랑은 정말 꿈같은 것이었다. 많은 여자를 안아본 그로서도 그런 만족은 느껴본 적이 없었다. 처녀인 에르기아가 그에게 그렇게나 강렬한 쾌락을 안겼다는 게 놀라울 따름이었다.

"방이 많이 바뀌었군요."

"다 니엘이 보내준 물건 덕분이죠."

에르기아는 그의 윤기나는 검은 머리칼을 탐욕스럽게 바라보며 대답했다. 둘만 있을 때와는 달리 정중한 그 어투가 니엘은 우스웠지만 내색하지는 않았다. 어쨌거나 공주답게 예의를 지키겠다는 태도가 아닌가.

그 정중한 어투와는 달리 에르기아는 당장이라도 그의 머리칼을 만져 보고 싶어 죽을 지경이었다. 어젯밤에는 그의 머리카락이 그렇게까지 검고 윤택한지 몰랐었다. 분명히 만지면 실크처럼 매끄러울 것 같았다. 단정하게 면도를 끝낸 그의 턱과 입술도 그녀는 자세히 들여다보았다. 저 입술이 자신에게 입 맞추었다고 생각하자 얼굴이 화끈 달아올랐다. 너무 넋을 잃고 보고 있었는지, 니엘이 피식 웃었다. 그가 눈치 챈 것 같아서 에르기아는 고개를 푹 숙였다.

'너무 밝힌다고 생각하는 것 아닐까.'

그녀는 애써 침착하게 말했다.

"뭔가 마실 거라도?"

"아니, 됐습니다. 그저 선물이 마음에 들었는지 확인하고 싶어서 온 겁니다."

그는 그렇게 말하고 아까부터 고개를 들지 않고 있는 펠리시아 쪽으로 시선을 돌렸다. 펠리시아는 창백해진 얼굴로 시선을 바닥에 두고 있었는데 그 모습만 보아도 그녀가 겁에 질려 있다는 것을 빤히 알 수 있었다. 니엘은 노기가 일었지만 억지로 참았다. 그녀의 잘못이라고 하기에는 자신의 얼굴이 대단히 끔찍한 것은 사실이었기 때문이다. 궁정의 시녀가 이런 참혹한 상처를 보았을 리가 없다. 보았다고는 해도 니엘처럼 고의적으로 얼굴을 망치기 위해 입힌 상처를 가진 사람은 본 적이 없었을 것이다. 왕은 그의 얼굴을 망치기 위해 의도적으로 채찍질을 했다. 차라리 검상이었다면 이런 식으로 흉터가 남지는 않았을 것이다.

"펠리시아?"

에르기아가 이상한 듯이 불렀다.

"포도주라도 내오지 그래?"

그녀가 명하자 펠리시아는 한숨을 삼키며 조용히 뒤로 나갔다. 그녀는 애써 니엘을 보려 하지 않았다.

"어쨌든 선물은 너무나 감사했어요."

에르기아는 어색한 분위기를 바꾸려고 말을 하다가, 마침내 니엘의 시종과 펠리시아가 나가는 것을 눈으로 확인하고는 기다렸다는 듯이 벌떡 일어났다. 니엘은 그녀가 벌떡 일어서자 왜 그러냐는 듯 눈으로 물었다. 에르기아는 머쓱해졌다. 자신은 그를 만지고 싶어 안절부절못하고 있는데 그는 여전히 태연자약하기만 하다. 그녀는 가만히 앉아 있는 니엘을 맹렬하게 노려보았다. 그 표정에 그가 쿡쿡 웃기 시작했다. 그 태도에 화가 난 에르기아가 그의 정강이를 가볍게 걷어차자, 마침내 그는 크게 웃음을 터뜨렸다.

"이리 와요."

그가 재촉하듯 두 팔을 벌리자 그녀는 어린애처럼 그의 품 안으로 몸을 던졌다.

"하하하하!"

그가 웃음을 터뜨렸다.

"왜 웃어?"

투정하듯 그녀가 웃는 그의 얼굴을 자기 쪽으로 잡아당기며 물었다.

"공주님이 너무 귀여워서 그렇지요."

"에르기아라고 불러줘."

"에르기아."

그는 다정하게 속삭였다. 이렇게 자신의 품 안으로 스스로 달려드는 여자는 없었다. 다들 펠리시아와 같은 반응을 보이는 게 보통이었다. 하지만 에르기아는 정말로 그를 황홀하다는 듯이 바라봐 준다. 그를 보고 싶어, 만지고 싶어 견딜 수 없다는 듯 순수하게 바라보는 것이다. 그 시선만으로도 그는 정화되는 기분이었다. 아니, 세상에서 제일 잘난 사내가 된 것만 같았다.

"정말 아름다워."

그는 손가락으로 그녀의 눈가를 만지작거렸다. 그녀의 눈동자는 짙은 사파이어처럼 빛을 내고 있었다. 그 눈가에 어린 기쁨을 음미하면서 니엘은 부드럽게 웃었다. 보기만 해도 즐거워지는 사람이라는 것은, 아마도 그녀를 두고 말하는 것 같았다.

"그 드레스 잘 어울립니다, 에르기아."

"응. 니엘도 검은색이 잘 어울려."

그녀는 시선을 내리깔며 속삭였다. 어느새 그녀는 그의 무릎 위에 앉아 있는 상태였다. 그녀의 향기가 느껴지자 그는 조용히 턱을 잡아 입술을 겹쳤다. 어제와는 달리 부드럽고 온화한 키스였다. 그들은 서로 마주 보며 미소했다.

"내 흉터가 싫지 않습니까?"

"싫어. 하지만 니엘은 그런 상처가 있어도 아름다운걸."

그녀가 손가락으로 뺨을 만지작거리며 속삭이자 니엘은 쿡쿡 웃었다. 아무래도 에르기아는 정신이 이상한 게 분명하다. 이런 흠이 있는 남자가 아름답다니.

"아팠지?"

그녀가 젖은 목소리로 작게 물었다. 그 말에 그는 흠칫 몸을 굳혔다. 5년 전의 그날, 그 끔찍한 순간들이 갑자기 스쳐 지나갔다. 왕이 그를 고문한 것은 3일 정도였다. 그럼에도 불구하고 그의 몸에는 끔찍한 흉터들이 그대로 자리 잡았다. 단지 3일간이었는데도 그는 그 시간이 억겁이 될 정도로 길었다.

그의 눈가에 담긴 고통을 깨닫고 에르기아는 숨을 멈추었다. 그녀는 그의 흉터에 입을 맞추며 속삭였다.

"내가 대신 아팠으면 했어."

"말도 안 되는 소리!"

"나 때문에 다친 것이잖아? 내가 없었다면 그런 일을 니엘이 당할 이유는 없었어."

그녀의 말에 니엘은 한숨을 내쉬었다.

"그건 왕의 잘못이지 에르기아의 잘못은 아닙니다."

"하지만 내가 있지 않았다면 다치지 않았겠지."

고집 센 그녀의 표정에 그는 애써 입가를 누그러뜨렸다.

"그렇게 말한다면 내가 우리 뾰족한 공주님에게 반한 게 잘못이지 않겠습니까?"

에르기아는 얼굴을 붉히며 웃었다. 종소리처럼 울리는 그 목소리에 니엘도 그녀를 끌어안고 코를 비볐다. 그 친밀한 표현에 그녀는 그의 입가에 쪼듯이 키스하면서 속삭였다.

"나랑 결혼해 줄 거야?"

그 말에 그는 순간적으로 눈을 크게 떴다. 그의 반응에 에르기아는 조금 불안해하며 낮게 속삭였다.

"싫어? 역시 나같이 선머슴 같은 애는 아내로 맞기 싫은 거야?"

"싫을 리가……."

그는 나오지 않는 목소리를 억지로 쥐어짰다. 의표를 찔려 너무 당황해 버린 탓이다.

그는 그녀를 안은 팔을 풀고 품에서 작은 상자를 꺼냈다. 에르기아가 불안과 기대가 반반쯤 섞인 눈으로 그를 보고 있는 동안 그는 상자를 열어 그 안의 내용물을 에르기아 쪽으로 내밀었다.

"아."

그녀는 눈을 크게 떴다.

커다란 다이아몬드와 루비로 장식된 목걸이와 반지가 놓여져 있었다. 하트를 닮은 다이아몬드가 오색찬란한 광휘를 내뿜으면서 오만스럽게 자태를 드러냈다. 그 주변을 둘러싼 루비는 비둘기 핏빛을 머금고 요염하게 빛났다. 그 휘황한 빛깔 때문에 에르기아는 순간적으로 당황했다.

"베아릭스 공작부인만이 하는 보석입니다."

그가 낮게 속삭였다. 그 말에 에르기아는 눈물을 글썽이고 말았다.

"청혼하러 온 것은 내 쪽이었지요, 에르기아. 청혼은 남자가 해야 합니다."

그는 반지를 꺼내 그녀의 손가락에 끼워주었다. 그 반짝이는 반지를 멍하니 들여다보고 있던 그녀가 그를 향해 물었다.

"정말로 청혼하는 거야?"

"물론이지요, 나의 공주님. 당신을 얻기 위해 나는 오랫동안 참았습니다."

그는 이글거리는 눈으로 그녀를 내려다보며 속삭였다.

에르기아는 멍하니 그와 반지를 번갈아 보다가 두 팔을 벌려 그를 힘껏 끌어안았다. 어제만 해도 그녀는 모든 것이 다 끔찍하게 싫었었다. 부왕의 실정과 전쟁, 사람들의 손가락질로 모든 것이 다 피곤했었다. 그런데 바로 오늘 가장 바라던 것을 손에 넣은 것이다. 눈물이 하염없이 흘러나왔다. 전쟁 중에는 한 번도 흐르지 않던 눈물이 절로 흘러 뺨을 적시고 옷깃을 적셨다. 꿈이라면 깨고 싶지 않았다. 어머니가 돌아가신 이래, 니엘과 헤어진 이래 이렇게 행복한 적은 없었다. 그녀는 그의 목을 끌어안고 입술을 겹쳤다. 흐느끼는 소리가 목 안에서 절로 흘러나왔지만 니엘 역시 감격에 겨워 그녀를 놓지 않았다.

"사랑해."

그녀가 떨리는 음성으로 말했다. 그녀의 빨개진 코를 바라보며 니엘도 속삭였다.

"나 역시, 내 사랑하는 꼬마 공주님."

그때 문소리와 함께 펠리시아가 포도주 잔을 들고 들어오다가 깜짝 놀라 멈춰 섰다. 그녀는 니엘의 품 안에 안겨 있는 에르기아를 보며 낮게 비명을 올렸다.

"공주님!"

"펠리시아, 방금 니엘이 내게 청혼했어."

에르기아가 자랑하듯 손가락을 들어 보였다. 파랗게 타오르는 다이아몬드의 광채가 그녀의 손가락에서 빛나자, 펠리시아는 당혹했다. 너무나 기뻐하고 있는 에르기아와 마치 지옥에서 온 야수처럼 눈을 번뜩이고 있는 니엘. 두 사람이 너무나 안 어울려서 그녀는 뭐라 할 말을 잊었다. 왼쪽 얼굴만 본다면 니엘은 확실히 아름다운 얼굴이었다. 하지만 오른쪽의 참혹한 흉터는 그 모든 균형을 깼다. 어떻게 그리도 교묘한 상처인지 눈가에서부터 입가에 이르는 그 참혹한 흉터는 그의 입가도, 눈가도 일그러지게 만들어 버렸다. 게다가 붉은 기가 도는 그 흉터는 예리한 것으로 벤 것이 아니라 살갗을 찢어낸 탓에 주름과 함께 오른쪽 얼굴 전체가 사악한 웃음을 짓고 있는 것처럼 보였다. 정말로 지옥에서 온 악마공작이라는 별명이 어울릴 정도로 사악한 모습이었다. 펠리시아는 불길한 예감으로 몸을 떨면서 축하의 말을 건넸다.

"추, 축하드립니다, 두 분."

하지만 펠리시아의 창백한 얼굴만 보아도 그것이 진심이 아니라는 것을 알 수 있었다. 에르기아는 몰랐지만 니엘은 그것을 눈치 챘다. 그는 만약에 에르기아에게 이상한 소리라도 지껄인다면 당장에 그녀를 죽여 버리리라 결심했다. 다른 사람은 몰라도 에르기아만은 잃어버릴 수 없다. 그녀에게 그의 험담 따위를 늘어놓는 시녀는 필요없었다.

"오늘 밤 연회에서 만나요, 에르기아."

그가 낮게 속삭이며 아쉽게 그녀의 손을 놓았다. 에르기아는 그의 손을 잡아당겨 손바닥에 키스하면서 웃음 지었다.

"더 있다 가면 안 돼?"

순간적으로 그녀는 이글거리는 니엘의 눈동자와 마주쳤다. 예전의 청명한 눈동자와는 전혀 다른 욕망으로 물든 그의 눈동자는 그녀를 섬뜩하게 만들 정도였다. 하지만 에르기아는 그것이 좋았다. 그가 그런 눈을 한다는 것은 정말로 자신을 원한다는 증거였다. 그 어떤 남자도 자신을 그렇게 바라보지는 않았다. 공포나 경외감 따위는 이제 지긋지긋했다. 두근거리는 가슴은 금방 기대감으로 가득 찼다. 그녀는 충동적으로 그를 끌어당겨 입술을 겹쳤다.

니엘도 그만 신음을 터뜨리며 그녀의 허리를 끌어안고 말았다. 그가 그녀의 입 안으로 침입해 들어오자 에르기아는 열렬히 환영했다. 그녀가 그의 등과 허리, 그리고 엉덩이까지 더듬자 니엘은 그만 웃음을 터뜨리며 그녀의 가슴에 얼굴을 묻었다.

두터운 가운 속에 숨겨진 단단한 몸을 기억해 내자 에르기아는 강렬한 소유욕에 사로잡혔다. 온몸이 부들부들 떨릴 정도로 그가 갖고 싶어 견딜 수가 없었다. 예전에는 그런 감정을 몰랐던 터라 이런 감정을 품은 자신이 무서울 지경이었다. 하지만 니엘의 눈과 마주치자 두려움은 곧 가셨다. 그 역시 자신과 비슷한 심정이라는 것을 곧장 알아차렸던 탓이다.

"쿡."

두 사람은 마주 보며 웃었다.

"당신을 만지고 싶습니다."

그가 그녀의 귓가에 대고 속삭였다. 혀끝이 귓가에 닿자 그녀는 부르르 떨었다.

"나도 당신을 만지고 싶어."

에르기아도 질 수 없다는 듯 속삭였다. 그 말에 니엘은 큰 소리로 웃음을 터뜨렸다. 그는 마치 그녀가 소녀라도 된 듯 덥석 끌어안고는 들어 올렸다. 그가 그녀를 안고 빙글빙글 돌리자, 에르기아는 방울새처럼 웃었다. 그 모습을 펠리시아는 어쩔 줄 몰라 하며 바라보고 있었다.

7장

붉은 글라디올러스를 내미는 그대

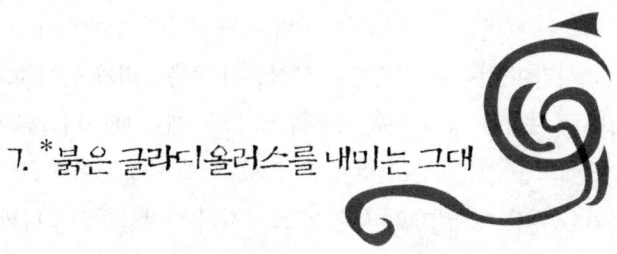

7. *붉은 글라디올러스를 내미는 그대

　노스워드의 데릭 오네스는 에르기아를 기다리고 있었다. 그
만이 아니고 그의 옆 자리에는 다른 구혼자인 커드리스의 밀란
테이스도 함께였다. 대개 연회의 꽃은 연회의 중간에 등장하게
되어 있었다. 아직은 막 해가 졌을 때였기에 연회는 이제 막 시
작이었다. 광대들과 무희들이 연회장을 뛰어다니며 흥을 돋우
느라 바쁠 때 요리사들은 하인들을 부려 음식을 산처럼 쌓아놓
았다. 사과를 문 새끼 통돼지구이와 오리와 꿩 훈제 요리, 선지
를 넣은 순대와 푸딩이 구수한 냄새를 내며 테이블 위를 메웠
다. 제철 과일들과 오랫동안 왕궁 창고에 갇혀 있던 포도주와

---

* 조심하라. 주의하라

맥주는 테이블 위를 돌아다니며 손님들의 잔을 채웠다.

시간이 갈수록 깔깔대는 무희들의 웃음소리가 높아지고 구경하는 사람들 역시 잔뜩 흥분해 버렸다. 때가 때이니만큼 화사한 드레스를 입은 여자들은 많지 않았다. 그녀들은 아직 극심한 전란을 겪은 지 얼마 되지 않은 로디지의 사람들이었으니까. 그래도 유혹적인 웃음을 뿌리고 다니는 아리따운 여자들은 매혹적이었다.

그런 사람들을 지켜보고 있던 데릭은 옆에 앉은 남자, 밀란 테이스에게 말을 걸었다.

"에르기아 공주에 대해서 얼마나 알고 있소?"

데릭은 노스워드 왕실 특유의 붉은 머리칼을 하고 있었다. 불타는 듯한 붉은 머리에 초록색 눈, 그리고 유난히도 넓은 어깨는 노스워드 왕족의 특징이었다. 그 외에도 그는 누가 봐도 놀랄 만큼 잘생긴 얼굴을 하고 있었다. 노스워드의 국왕이나 세실리아 왕비 모두 단정한 용모로 유명한 만큼 그 역시 여자들이라면 한눈에 반할 만한 용모의 소유자였던 것이다. 게다가 그는 왕자답게도 교양과 무술, 양쪽을 모두 겸비하고 있었다.

"흠, 피의 마녀라는 별칭은 확실히 알고 있지만 잘은 모르오. 검은 머리에 검푸른 눈동자라는 것은 알고 있지만."

커드리스의 밀란 테이스는 잘생긴 데릭과 나란히 앉은 것을 다소 후회했지만 새삼스레 자리를 바꿀 생각은 하고 있지 않았다. 그는 데릭보다 연상인만큼 여유가 있었다. 그는 소문처럼 대머리도 아니었고, 절름발이도 아니었지만 다들 사람들은 그의 머리카락 수나 그가 어떻게 걷는가에 주목하고 있었다. 그런 모습이 그는 재미있기도 하고 짜증스럽기도 했다.

"소문에 의하면……."

데릭은 호기심 어린 눈으로 밀란을 보며 입을 열었다.

"대머리라고 하시던데?"

다소 무례한 질문이었기 때문에 밀란의 뒤에 있던 호위 기사들이 발끈했다.

"무례하오!"

그들이 막 검자루를 쥐자 데릭의 호위 기사들도 일순 긴장했다. 하지만 밀란은 여유로운 자세로 손을 흔들어 만류했다.

"그만. 별로 놀랄 것도 없소이다. 내가 어릴 때 열병을 앓았는데 그때 머리칼이 한 줌이나 빠진 적이 있었소. 그 때문에 그런 소문이 돈 모양이지. 보시다시피 머리 숱이 적은 편은 결코 아니지만."

데릭은 밀란의 옅은 금발을 바라보았다. 금발에 옅은 갈색 눈동자. 키는 작다고는 할 수 없지만 그렇다고 해서 크지도 않았다. 단단해 보이는 어깨를 가지고 있지만 결코 늘씬한 체구는 아니었다. 오히려 땅딸하다고 할 수도 있을 정도였다. 그렇다고는 해도 결코 남자로서 흉하지는 않았다. 오히려 느긋한 입가와 반짝이는 눈 때문에라도 묘하게 매력적인 남자였다. 게다가 대단히 평범한 용모를 가졌음에도 불구하고 그는 왕자로서의 여유 탓인지 무게감이 있었다. 왕을 대신해서 이미 정사를 돌봐온 지 7년이 넘었다고 하니까 그는 이미 일국의 국왕다운 면모를 갖추고 있는 셈이었다.

"그럼 다리를 절고 있다는 소문은?"

거침없이 질문하는 데릭에게 밀란은 쓴웃음을 지었다. 이 젊은 왕자는 정말로 건방지다고 해야 할지, 아니면 거침없다고 해야 할지 알 수 없는 데가 있었다.

"2년 전에 낙마를 해서 다리가 부러진 적이 있었소. 잘 낫지 않아 한동안 고생했는데 그 탓인지 소문이 그렇게 돌게 되더군. 더 궁금한 것 있소?"

"흠, 그런데 대체 왜 그런 소문이 아직도 남아돌았던 거요?"

이번에 질문을 던진 것은 로디지의 왕이었다. 코넨 케티스 왕은 여전히 주색으로 창백해진 얼굴에 취기가 남은 채 의자에 기대앉아 있었다. 그의 주변으로 세 명의 화사한 미녀가 포진하고 있었지만 누가 보아도 귀부인이라고는 할 수 없었다. 젖가슴을 반쯤 내놓은 그녀들은 속옷은 입지도 않았는지 엷게 비치는 가운에는 속살이 들여다보일 정도였다. 데릭은 얼굴을 조금 붉혔지만 밀란은 여전히 태연한 얼굴로 말을 이었다.

"제가 그다지 바깥출입을 하지 않았던 탓이겠지요."

"허. 일국의 태자에게 그런 소문이 돌 정도로 공식 석상에 자주 나타나지 않았다는 건 뭔가 문제가 있는 것은?"

왕이 비꼬듯 묻자 호위 기사들은 노기를 품었다. 그들이 살기를 뿜어대기 전에 밀란은 느긋하게 대답했다.

"태자비가 병중이었기 때문에 그 간호로 바빴지요."

"흐음. 그럼 태자비가 독살되었다는 소문은?"

그 말에는 데릭조차 안색이 변했다. 그런 말을 함부로 묻는다는 것은 누가 봐도 대단히 무례했던 것이다. 아닌 게 아니라 나름대로 참고 있었던 듯 밀란의 호위 기사들이 발끈해 살기를 뿌리기 시작했다. 검을 쥐고 있던 한 기사는 검집에서 검을 반쯤 뽑아냈을 정도였다. 하지만 왕은 느릿하게 말했다.

"내 딸에게 구혼해 온 남자에게 그런 나쁜 소문이 붙어 있다는 것은 나로서도 꽤나 불쾌한 일이오. 게다가 에르기아는 단 하나밖에 없는 내 후계자이기도 하거든."

그의 말에 밀란은 고개를 숙였다.

"옳으신 말씀. 이해합니다, 국왕 폐하. 제 태자비는 독살된 게 아니라 병사했습니다. 아이를 가졌다가 그만 유산되는 바람에 병이 깊어졌지요."

그의 얼굴이 흐려졌다. 슬픈 얼굴을 한 그에게 뭐라고 다그칠 수는 없는 분위기인지라 어지간한 코넨 왕도 입을 다물었다.

"그나저나 아름다운 공주님은 언제 보여주실 겁니까?"

언제 슬픈 얼굴을 했느냐는 듯 태연하게 밀란 왕자가 물었다.

"곧 나올 거요."

왕이 태연하게 대답할 즈음, 데릭은 아까부터 찾고 있던 사람을 찾아냈다.

"에레니엘!"

그가 벌떡 일어나며 말하자, 옆 자리에 있던 밀란도 시선을 돌렸다. 왕 역시 시선을 그쪽으로 돌렸다. 데릭은 사람들 사이를 헤치고 기둥 근처에 서 있던 남자에게 다가섰다. 그는 세 명의 기사들과 함께 막 홀을 빠져나가려는 참이었다. 흑발에, 남보다 머리 하나는 더 큰 장신의 사내는 검은 망토와 자줏빛 튜닉을 입고 있었다. 전체적으로 어두운 의상 탓인지 은빛을 연상케 하는 녹회색 눈빛이 도드라졌다.

"오랜만이군."

"그렇군. 좋아 보이네."

"인사도 안 하고 어딜 가려는 거였어?"

"바람을 쐬러 나가려던 참이었지, 정원에."

오랜만에 친척을 만난 것치고는 냉담한 어조다. 물론 동맹국의 왕자를 만난 것이라 해도 냉담하긴 마찬가지인 반응. 데릭은 눈가를 찡그렸다.

5년 전 니엘의 작위 계승식 때 초대되었던 데릭 왕자는 그 참혹한 모습에 말을 잃을 정도였었다. 그리고 증오로 이글거리는 그의 분위기에 압도되어 한마디도 건넬 수도 없을 지경이었다. 육촌인데다가 새로이 베아릭스 공작이 된 그와 친분을 쌓고 싶었던 데릭으로서는 크게 당황했다. 다른 사람도 아닌 왕에게 당한 상처이기 때문에 복수를 한다는 것도 마땅치 않다. 게다가 타국의 왕이다. 모친인 세실리아 왕비는 그에게 혹시 생각이 있

다면 노스워드로 오라고 전언을 보냈지만 그는 단번에 거절했
었다. 증오와 광기가 어른거리는 그에게는 아무리 낙천적인 데
릭으로서도 정말 난감해서 어떻게 손을 내밀 수도 없었다. 덕분
에 전쟁 동안 그가 악마공작이라고 불린다는 이야기를 듣고도
놀라지 않았다. 그라면 분명히 악마공작이 되고도 남았을 것이
다.

"소개, 안 해줄 건가?"

데릭이 나가려는 그의 뒤를 쫓으며 물었다. 니엘의 좌우에 선
세 명의 남자는 모두 만만치 않아 보이는 사내들이었다. 호사스
러운 옷으로 몸을 휘감은 주제에 온몸에선 피 냄새가 났다. 아
마도 전쟁터를 누비던 자들일 거라고 데릭은 짐작했다.

"아아."

니엘은 걸음을 잠시 멈추고 데릭을 돌아보았다. 싸늘한 눈빛
이 데릭의 전신을 훑었다. 그 시선에 그는 조금 흠칫했다. 명백
한 적의가 드러났던 것이다.

데릭은 문득 이 자리에 자신들밖에 없다는 것을 깨닫고 조금
당황했다. 어두운 정원으로 나와 이미 대 무도회장과는 멀어졌
다. 멀리서 음악 소리가 들려오긴 했지만 어두운 정원은 키가
낮은 관목들과 부서진 대리석 조각들로 가득 차 이미 인기척이
라곤 느껴지지 않았다. 차가운 달빛이 희미하게 드리워진 정원
은 인기척이 별로 없어 황량했다. 아직은 추운 날씨라 정원으로
나오는 사람들이 별로 없는 듯했다.

"니엘……."

평소라면 모를까 오늘의 니엘은 어쩐지 굉장히 위험하다는 느낌이었다. 하지만 설마 하니 연회에서 타국의 왕자이자 육촌 동생인 자신을 어떻게 하리라는 생각은 들지 않았다.

'그나저나, 변했구나!'

여전히 냉혹해 보이는 눈매나 끔찍할 정도로 일그러진 옆얼굴은 그대로였지만 전체적으로 증오의 색깔이 엷어져 있었다. 대신 압도적인 왕자(王者)의 냄새가 흘렀다. 자신감과 위압감, 눈에 보일 정도의 카리스마가 전신에 흘러넘치고 있다.

'원, 제기랄. 코넨 왕이 왜 그렇게까지 이 남자를 부수려고 버둥거리는지 알 만하네.'

데릭은 속으로 중얼거렸다. 어떤 왕도 이런 남자가 주변에 있다면 도저히 가만히 참고 있을 수 없을 것이다. 지배자의 냄새가 풀풀 나는 것은 왕 하나만으로 족한 것이니.

"이쪽은 내 부관인 유리아스 펠하이드 남작, 그리고 멜딘이다. 멜딘은 내 작위 계승식 때 보았을 테고, 이쪽은 니콜라스 호이슨 자작."

그가 두려움을 느낀 것을 눈치라도 챘는지 냉담한 태도로 니엘이 입을 열었다.

"아아, 난 데릭 오네스. 따져 본다면 에레니엘의 육촌 동생이니까."

그가 사람 좋게 히죽 웃어 보였지만 상대다운 상대를 해주는 것은 멜딘뿐이었다.

"아아, 전하, 오랜만입니다. 그리고 소개해 주지 않으셔도 다들 알고 있답니다."

그가 걸쭉한 목소리로 웃으며 손을 내밀자, 데릭은 악수를 하며 다른 두 사람을 바라보았다. 그림처럼 잘생긴 금발의 미남자는 냉담한 표정이었고, 다른 무표정한 남자는 입술을 내민 채 고개만 숙여 목례한다. 어쩐지 꽤나 환영받지 못하는 분위기라 생각하면서 데릭은 혀를 찼다.

"냉담하네. 그래도 형제국의 왕족에게 이렇게 냉담해도 되나?"

그가 투덜거리자, 금발의 미남자가 냉혹하게 올려붙였다.

"아아, 형제국이 파탄지경에 이르렀는데도 아무것도 해주지 않았으니까요."

그 말에 데릭은 머쓱해졌다. 하긴 동맹국이라 해도 전쟁 때 원군을 보내주지 않은 것은 사실이다.

"그건, 어쩔 수 없는 사정이 있었다고."

변명하면서도 데릭은 노스워드의 왕자로서 그는 원군을 보내지 않은 것을 다행이라고 생각하고 있었다. 안 그래도 누비아의 침공 즈음해서 휠트란이 수상했었다. 그들이 군비를 증강하는 것은 바로 노스워드를 노리고 있는 것이 틀림없다고 여겨지던 때였다. 물론 아무리 연맹이니 뭐니 해도 칼 끝 앞에서는 무의미해진다는 것은 분명한 사실이다.

"이미 전쟁은 끝났지."

니엘이 조용히 말했다. 팔짱을 끼고 있던 그는 적의를 드러낸 부관에게 탓하는 듯한 시선을 보냈다. 그것만으로도 유리아스는 흠칫하며 고개를 숙여 보였다.

'이거 참. 굉장히 어려워졌군.'

데릭은 혀를 찼다. 원래 니엘은 대하기 쉬운 성격은 아니었다. 하지만 그래도 5, 6년 전에는 냉정해도 어딘가 온화한 구석이 있었다. 그 때문인지 여자들에게는 인기가 넘쳐 났고 다른 동료들에게도 신뢰를 주는 남자였다. 하나, 지금은 같이 있는 것만으로도 압박감을 느낄 정도다.

문득 그가 자신의 부하들에게 물러가 있으라고 손짓했다. 그 손짓하는 태도가 굉장히 자연스러워서 데릭은 문득 그가 마치 왕 같다고 생각하며 흠칫했다. 로디지에는 이미 왕이 있다. 니엘이 비록 베아릭스 공작이긴 해도 왕은 아니었다. 하지만 지금은 누가 봐도 어느 쪽이 왕다운지 분명했다.

"에르기아 공주에게 청혼을 하러 온 거라 들었는데."

그가 조용히 묻자 데릭은 순순히 고개를 끄덕였다.

"맞아. 어마마마께선 이제 그만 늑대의 손에서 보물을 되찾아 오고 싶어하시니까."

그 말에 니엘은 비웃듯 입가를 일그러뜨렸다.

"이제 와서?"

그 말에는 데릭도 조금 찔렸다. 에르기아의 사정이 대단히 나쁘다는 것은 그 역시 소문을 들어 익히 알고 있었다. 무엇보다 지금 왕의 주변을 둘러싸고 있는 창녀들만 보아도 충분히 알 수 있는 일이지만.

"이제 그만 손을 떼는 게 좋을 것 같군."

"뭐?"

"세실리아 왕비께 공주님에 대해서는 관심을 그만 가져 달라고 말하는 거야, 데릭 왕자."

뜻밖의 말에 데릭은 눈을 크게 떴다. 그는 에레니엘이 오히려 공주를 구출하기 위해서라도 자신과의 결혼을 추진시키고 싶어하는 건 아닐까 하고 생각하고 있었던 것이다. 그가 아는 니엘은 에르기아 공주를 무척이나 아끼고 사랑하고 있었다. 하지만 그가 보기엔 니엘이 에르기아와 새삼스레 다시 만나 이루어진다는 것은 무리였다. 무엇보다 공주와 결혼하기엔 너무 흉물이 되어 있었던 것이다.

"어마마마에게 반감을 갖는 건 그만둬. 너도 영주니까 알겠지만 그때는 병사를 보낼 상황이 아니었어. 우리도 형편이 좋지 않았다고. 하지만 내가 에르기아와 결혼하게 되면 그녀도 자연스럽게 코넨 왕의 그늘에서 벗어나는 것이니 좋지 않아?"

데릭은 부드럽게 말했다. 니엘이 코넨 왕을 얼마나 증오하는지 잘 알고 있기 때문에 그는 니엘이 이 결혼에 찬성하리라고 확신하고 있었다. 끔찍한 용모가 된 니엘은 공주와 결혼할 수 없다, 그러니 자신과 결혼해서 공주가 떠나면 니엘이 왕에게 복

수를 할 수 있을 터였다. 물론 데릭은 그가 왕을 죽여 버린다고
해도 상관없었다. 어차피 왕이 죽으면 왕위 계승은 에르기아에
게 넘어온다. 그리고 에르기아와 결혼한 데릭이 로디지의 빈 왕
위를 차지하는 것이다. 물론 그 왕위를 에르기아가 차지해 여왕
이 되어도 상관은 없었다. 데릭 자신은 왕관에 대해서 그다지
욕심은 없었으니까.

"나는 정말로 왕관에는 그다지 흥미가 없어. 에르기아가 여왕
이 되고 당연히 네가 섭정이 되는 거야. 나는 그저 여왕의 부군
으로서 사냥이나 하고 살아도 상관없어. 내 성격은 잘 알고 있
지 않아?"

일이 그렇게 된다면 니엘로서도 별 불만은 없을 터였다. 베아
릭스 공작가는 로디지 남부의 반 이상을 차지하는 대영주였고,
이미 그의 영지는 왕의 영향권에서 벗어난 곳이었다. 그런 그로
서는 차라리 공주와 데릭이 혼인하여 로디지 왕가를 안정시키
는 것이 오히려 좋을 것이다. 지금처럼 왕이 폭정을 하고 있는
중에는 더 더욱이.

"네가 여왕의 부군이 된다? 내가 섭정이 된다고? 그건 네 생
각이지."

차갑게 코웃음 친 니엘은 천천히 팔짱을 낀 채 데릭을 쏘아보
았다. 그 차가운 시선에 당황한 데릭은 눈을 크게 떴다.

"그건 무슨 뜻이지, 에레니엘? 공주가 나와 혼인하는 게 가장
좋은 방법 아닌가?"

"어째서 내가 그게 가장 좋은 방법이라 생각해야 하지?"

니엘은 쓴웃음을 지었다.

데릭은 아예 그가 에르기아의 결혼 상대가 되리라고는 생각조차 하고 있지 않은 게 분명하다. 추물이 되었기 때문이다. 끔찍해진 이 면상으로는 에르기아 공주의 부군이 되기엔 어울리지 않는다고 데릭도 생각하고 있는 모양이었다. 섭정? 그 정도로 그가 만족할 거라 생각하고 있다니. 물론 얼마 전까지만 해도 그 역시 그녀가 자신을 사랑해 줄 거라고는 상상도 못했었다. 그렇기에 그녀를 강간해서라도 갖고 싶었었다. 그러나 지금은 다르다.

"네가 그녀와 결혼한다면 결국은 노스워드가 끼어들겠지. 그런 바보 같은 짓을 할 생각은 없어. 무엇 때문에 피를 흘리며 누비아와 싸웠다고 생각해? 만약에 순순히 너와 에르기아가 결혼하게 된다면 말 그대로 로디지의 영토를 반쯤은 노스워드에 할양한 것이나 다름이 없어."

그의 말에 데릭은 코웃음을 쳤다.

"말도 안 돼! 나야말로 내 형님의 영향권에 있고 싶은 생각은 없어!"

"하지만 그게 사실이지. 너는 내가 섭정이 되면 된다고 하지만 실제로 네가 왕이 되지 않는다면 당장에 노스워드에서 항의가 들어오게 되겠지. 노스워드 인을 왕으로 놔두고 뭐가 되겠어?"

"그건 아냐! 형님은 끼어들 수 없어!"

화를 내긴 했지만 그는 더 이상 말을 이을 수 없었다. 차남인 데릭에게 있어서 영원한 딜레마는 그것이었다.

분명히 사람들에게는 데릭이 더 훌륭한 재능을 가졌다고 알려져 있었지만 왕위 계승자는 장남인 록 페이스였다. 록 페이스는 데릭처럼 검술이 뛰어나지도 못했고 사람들에게 인기가 높은 것도 아니었다. 오히려 몸은 허약한 편이고 자주 병상에 눕는 편이었다. 하지만 머리만은 좋다. 게다가 네 살 아래인 데릭을 항상 어린애 취급 하면서 이리저리 휘두르기 일쑤였다. 어릴 때는 형이기 때문에 참았지만 지금에 와서는 더 이상 참기 어려울 지경이었다. 무엇보다 데릭은 이미 성인이다. 만약 록 페이스가 왕위에 오른 이후에도 그가 내내 대공위를 받고 남게 된다면 분명히 그를 제멋대로 휘두르려고 할 것이 틀림없었다. 옷을 입는 것, 사람들과 만나는 것 하나하나까지 일일이 참견하는 탓에 데릭은 숨이 막힐 지경이었다. 어차피 그는 외교적인 정략결혼으로 타국의 공주와 결혼하게 될 것이 뻔했다. 이번 청혼은 데릭이 주장한 것이지만 결국 세실리아 왕비와 록 페이스의 결정이었다. 하지만 데릭은 이번 기회에 로디지의 에르기아와 결혼함으로서 노스워드와는 손을 끊고 싶었다.

"여전히 순진하군. 록 페이스는 냉혹한 작자야."

니엘은 비웃듯 말했다.

"뭐?"

"자신보다 신망이 높고 잘난 동생이 밑에 버티고 있으면 형으로서, 태자로서 힘든 것은 당연지사지. 아직도 형제간의 우애에 환상을 가지고 있는 건가?"

혀를 차듯 그가 말하자, 데릭은 발끈했다.

"함부로 말하지 마!"

"이봐, 데릭. 육촌 동생."

갑자기 니엘이 그의 멱살을 잡아끌었다. 바로 코앞까지 얼굴이 와 닿자 데릭은 크게 당황했다. 일그러진 한쪽 얼굴은 머리카락에 가려 잘 보이지 않았지만 이글거리는 듯한 눈은 여전했다. 증오와 광기로 이글거리는 눈을 마주하자, 그는 숨이 막힐 것 같았다. 정말로 이 남자는 자신을 증오하고 있었다.

"조용히 노스워드로 돌아가 현실을 직시해. 언제까지 노닥거릴 참이야? 록 페이스는 이미 네 수족들을 잘라놓고 있어. 네가 로디지에 가서 아예 안 돌아오기를 바라는 것은 단순히 장난이 아니지. 왜 네가 아직까지 결혼을 못하고 있다고 생각하는 거야?"

"닥쳐."

데릭은 자신의 멱살을 잡은 손을 밀쳐 내려고 했지만 얼마나 세게 그를 움켜쥐고 있는지 내칠 수가 없었다.

"네 형이자 노스워드의 태자는 네 생각보다 훨씬 더 냉혹한 인물이야. 네가 어리광을 피우고 있는 동안 궁정의 대신들 대부분을 손아귀에 넣었어. 네가 사냥이나 즐기고 있는 동안 네 수

족이 될 젊은 무관들은 전부 외지로 내보냈지. 지금 네 곁에 남아 있는 것은 네 형의 수족들뿐이야. 너는 쾌활하고 매력적인 왕자지만 그것은 그뿐, 록 페이스의 손아래서만 아름다운 왕자님일 뿐이라구."

"닥쳐!"

데릭은 그를 밀쳐 내는 순간 주먹을 날렸다. 하지만 니엘은 금세 피해 버렸다.

"적당히 해, 니엘! 대체 무슨 생각을 하고 있는 거야? 네가 악마공작이라 불린다는 이야기는 들었지만 이런 식으로 사람을 괴롭힌다는 건 몰랐다!"

"괴롭힌다고?"

니엘은 피식 웃으며 팔짱을 끼었다. 어느새인지 그의 부관들의 기척은 깨끗이 사라져 있었다. 꽃향기가 점점 진해지는 라일락 아래에서 그는 정말 악마처럼 웃었다.

"나는 네가 여기까지 와 있는 게 정말 네 의사인지 알고 싶었을 뿐이야. 계속해서 명랑한 왕자로서 네가 남아 있을 수 있는지 그것도 궁금하고."

"뭐든 다 아는 것처럼 지껄이지 마. 무례하다!"

데릭은 분노를 억눌렀다. 약점을 찔린 것이 더 더욱 아팠다.

"아직 어린애로군, 데릭. 그런 약한 마음으로 에르기아 공주와 네가 결혼하게 된다면 너는 분명히 노스워드의 입김에 휘말려 이 나라를 망쳐 버릴 게 분명해. 로디지에는 강한 왕이 필요해."

그 말에 그는 퍼뜩 정신이 났다. 데릭은 눈을 부릅뜨고 악마처럼 오만하게 서 있는 니엘을 멍하니 바라보았다.

"설마, 니엘……."

그는 한기를 느끼며 몸을 바로 했다.

"왕위를 노리고 있는 건가?"

"글쎄."

"바른대로 말해. 너는 로디지의 왕관을 노리고 있는 거야?"

"내가 왕이 된다고 해도 별로 놀라울 것은 없겠지."

아무렇지도 않게 대답하는 그를 데릭은 멍하니 바라보았다.

왕. 검은 머리에 악마처럼 웃는 이 눈앞의 남자가 왕이 된다는 것이 이상하게 느껴지진 않았다. 오히려 너무 어울려서 등줄기가 스산해졌다. 황폐해지고 약해진 로디지에 이렇게나 강한 남자가 왕이 된다면 분명 로디지로서는 좋을지도 모른다. 데릭은 그런 생각을 해버린 자신에게 당황했다. 하기야 이 자존심 강한 남자가 코넬 왕에게 그런 심한 짓을 당하고도 가만히 있을 리가 없었다. 분명히 그는 5년 전부터, 계속해서 이를 갈며 증오로 몸을 떨며 왕위를 노리고 있었을 것이다.

"너, 그래서……."

데릭은 애써 심호흡하며 자세를 바로 했다.

"에르기아를 어떻게 할 참이야?"

"어떻게라니?"

그는 비꼬인 웃음을 머금었다.

"어, 얼굴을 망친 복수를 할 참인 거냐? 설마 에르기아에게 복수라도 할 참이야?"

"글쎄."

"너, 복수하기 위해 무슨 음모를 꾸미고 있는 거야?"

"음모라니, 어처구니가 없군."

희미하게 냉소를 머금은 니엘의 얼굴은 희미한 달빛에 비쳐 더 더욱 끔찍해 보였다. 한쪽 얼굴은 놀랄 정도로 아름답고, 다른쪽 얼굴은 잔뜩 일그러진 악마의 얼굴이다. 웃음을 지으면 더 더욱 섬뜩했다. 데릭은 공포감을 느꼈다.

"너, 너를 괴롭힌 것은 코넨 왕이지 에르기아가 아냐. 에르기아와 너는 절대로 어울리지 않아."

그 끔찍한 얼굴을 하고 에르기아와 결혼하겠다고 나선 니엘을 데릭은 도저히 이해할 수 없었다. 왕자란 외모가 중요한 법이다. 아무리 지위가 높아도 추악한 자는 공주의 배필이 될 수는 없을 터였다. 다른 것도 아닌 공주의 부마가 될 자가 이렇게나 끔찍한 모습을 하고 있어서야 말이 되지 않는다.

"에르기아를 불행하게 만들 참이야? 너는 안 된다구!"

데릭의 그 말에 니엘은 주먹을 세차게 쥐었다. 그는 잔뜩 비틀린 기분에 사로잡혀서 음산하게 속삭였다.

"네가 알 바 아냐. 그리고 에르기아의 일은 에르기아에게 맡기라구."

그 오만한 어투에 데릭은 발끈했다.

"함부로 말하는군. 에르기아의 생각도 들어봐야 하는 것 아니 겠어? 나는 에르기아 공주의 사촌 오빠인데다가 우방국의 왕자 야. 나와 결혼하는 쪽이 그녀에겐 훨씬 이득이라고 봐. 무엇보 다 굳이 왕을 해하지 않고도 자연스럽게 계승할 수 있으니까. 게다가 내가 훨씬 더 어울려."

데릭이 금발을 쓸어 올리며 이죽거리자 니엘은 차갑게 웃었 다.

"내가 이 모양 이 꼴이라서?"

"알고 있다면 나서지 마! 그 얼굴로 어떻게 감히 에르기아를 탐할 수가 있는 거야? 예전에 그녀와 사랑했다면 더 더욱이나 나서선 안 되는 것 아니야? 그녀를 더 이상 불행하게 만들지 마!"

더 이상 불행하게 만들지 말라고? 니엘은 들끓는 분노를 참 기 위해 이를 악물었다. 지금 눈앞에서 지껄이고 있는 매끈한 면상을 당장이라도 갈아버리고 싶었다. 감히, 그에게 너는 추하 니까 나서지 말라고 말하고 있는 것이다. 감히, 에레니엘 베아 릭스 그에게.

"어리석은 소리. 에르기아는 이미 내 것이다."

그 말에는 데릭도 흠칫했다.

"뭐라고?"

"에르기아는 몸도, 마음도 이미 내 것이야. 머리끝부터 발끝 까지 모두 다. 그러니까 어쭙잖게 그녀에게 접근하지 마. 내가 용납지 않겠어.”

“너! 너 에르기아에게 손을 댔어?”

발끈해진 데릭이 그에게 달려들었지만 흥분한 탓인지 니엘이 후려치자 금세 나자빠지고 말았다. 완력의 차이가 워낙에 심했던 것이다. 하지만 데릭도 바보는 아니었다. 그는 검자루를 쥔 채 재빨리 튕겨 일어나 검을 뽑아 들었다. 챙 하고 금속성이 울리는 가운데 데릭이 이를 갈며 외쳤다.

“그 애에게 손을 대다니! 네, 네놈은 정말 최악이다! 그래도 널 믿었는데!”

“주제넘군.”

“뭐라고?”

“에르기아가 몇 년 동안이나 고통 속에 빠져 있도록 내버려 둔 네가 할 말이 아니란 말이야!”

니엘의 눈이 이글거렸다.

“피가 튀기는 전쟁터에 나간 에르기아다! 전쟁 통에는 군비를 마련하기 위해 드레스까지 팔았어! 그동안 너희들은 무엇을 했나? 군량 조금이 전부였어! 피의 마녀라고 매도당하기까지 하면서 진창 속을 뒹굴게 했어!”

니엘은 멍하니 선 데릭의 멱살을 단숨에 휘어잡아 목을 졸랐다.

“그러고도 사촌이라며 나설 수 있나? 응? 말해 봐라, 데릭 오네스!”

으르렁거리며 눈을 파랗게 빛내는 그를 보며 데릭은 공포를 느꼈다. 숨이 막히는 것을 둘째 치고 이렇게나 살기로 달려드는 남자는 처음이었다. 그는 헐떡이며 니엘의 다리를 간신히 걷어차 멱살을 풀었다.

"그, 그래서? 그래서 그런 짓을 했어? 에르기아는 너를 얼마나 따랐는데!"

데릭은 조인 목을 주무르며 콜록거렸다.

"네, 네놈은 짐승이다. 에레니엘 베아릭스! 그래서, 그래서 에르기아를 범했단 말이야? 솔직히 말해. 왕위를 갖고 싶었다고, 코넨 왕에게 복수하고 싶었다고!"

"그래, 복수하고 싶었다. 그의 목을 잘라 내던지고 싶지. 물론."

니엘은 피식 웃으며 대꾸했다.

"그 빌어먹을 놈의 앞에서 에르기아와 결혼할 거야. 비참하게 일그러지는 그 얼굴에 대고 침을 뱉어줄 테다. 그리고 왕이 되겠어. 나를 경멸하던 그자를 짓밟고, 그렇게나 내게 내주지 않으려 했던 에르기아를 품에 안고 왕이 될 거다."

이를 갈며 한 마디 한 마디 쏘아내는 니엘의 얼굴은 증오로 일그러져 있었다. 짓이겨진 한쪽 얼굴이 잔혹하게 꿈틀거리며 악마처럼 이를 드러냈다. 검은 머리칼 속에 가려진 그 반쪽의 얼굴은 악마 그 자체였다. 데릭은 순간적으로 그 악의에 숨이 막혀 소리도 내지 못했다. 아름다웠던 육촌이 이렇게 되리라곤 상상해 본 적도 없었던 것이다.

"나는 왕이 될 것이다. 나만큼 왕에 어울리는 남자는 없어."

그는 데릭이 헐떡이든 화를 내든 신경 쓰지 않고 웃음 지었다. 하얗게 이를 드러내며 웃는 모습은 피를 갈구하는 야수처럼 보였다. 당장이라도 데릭의 목덜미를 물어뜯을 듯한 그 표정에 데릭은 완전히 얼어버렸다.

"에르기아에게 심한 짓을…… 하지 마."

데릭은 간신히 그 말만 내뱉었다. 그러나 그 말을 하기 무섭게 니엘은 적의로 번뜩이는 눈빛을 파랗게 빛냈다.

"참견하지 마. 에르기아는 충분히 행복해. 그녀는 날 사랑하거든."

"거짓말. 너 같은 걸 그 애가 사랑할 리 없어! 어떤 여자도 너 같은 자를 사랑할 리 없다구! 이 악마 같은 놈!"

데릭이 그렇게 외치는 순간, 니엘의 눈이 번뜩였다. 그는 더 이상 참을 수 없다는 듯 허리의 검을 뽑아 들고 그대로 데릭을 향해 내려쳤다.

"안 돼!"

비명 소리가 어둠 속을 울렸다. 니엘은 검을 든 채로 얼어붙었다. 어둠 속에 황금빛 드레스를 입은 에르기아가 서 있었다. 황금빛 베일에 호박 화관을 쓰고 그가 선물한 다이아몬드 목걸이를 걸고 있었다. 우아한 허리에는 호박과 황금으로 장식된 허리띠가 빛났다. 한 번도 보지 못했던 성장한 모습. 그러나 그녀의 얼굴은 하얗게 질려 있었다.

"에르기아……."

그는 신음처럼 내뱉었다.

8장

노란 크로커스를 꽂은 채로

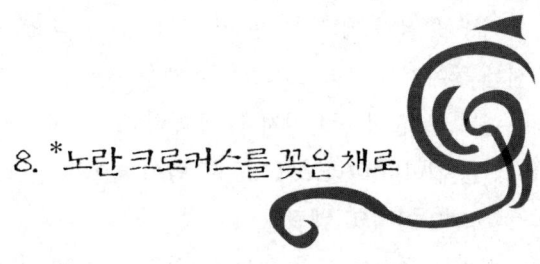

8. *노란 크로커스를 꽂은 채로

"그 빌어먹을 놈의 앞에서 에르기아와 결혼할 거야. 비참하게 일그러지는 그 얼굴에 대고 침을 뱉어줄 테다. 그리고 왕이 되겠어. 나를 경멸하던 그자를 짓밟고, 그렇게나 내게 내주지 않으려 했던 에르기아를 품에 안고 왕이 될 거다."

니엘이 한 말이 귓전에서 빙빙 돌고 있었다. 그녀는 방금 듣고, 본 것이 거짓이었으면 했다. 그의 살기에 찬 음성과 증오로 불타는 눈동자. 데릭을 산산조각 낼 듯 달려들던 그 무시무시한 광경. 끔찍했다.

---

* 나를 믿어주세요. 신뢰해 주세요

파랗게 질린 에르기아는 애써 침착성을 되찾았다. 그녀는 자신을 뚫어져라 바라보고 있는 니엘을 애써 못 본 척하며 위엄있는 태도로 걸어와 쓰러져 있는 데릭의 앞으로 와 섰다. 니엘이 자신을 얼마나 바라보고 있는지 뺨이 뚫어질 것만 같았다.

"오랜만이에요, 데릭."

떨리는 음성으로 간신히 인사하자, 데릭은 멍한 얼굴로 그녀를 올려다보았다. 일어날 생각조차 없는 것 같기에 그녀는 손을 내밀었다.

"아."

흙투성이가 된 채로 데릭은 엉거주춤 일어나 먼지를 털었다.

"오, 오랜만이다. 흉한 꼴을 보였군."

"몇 년 만인지 모르겠군요. 여전하네요."

"너, 너는 굉장히 아름다워졌구나."

"빈말도 여전히 잘하네요."

에르기아는 딱딱하게 굳은 뺨에 억지로 힘을 주었다. 목소리가 떨리고 있다는 것은 알고 있었지만 니엘 앞에서 떨리는 모습을 보여주긴 싫었다. 그녀는 억지로 손을 내밀어 데릭에게 인사할 기회를 주었다. 데릭이 그녀의 손등에 키스하자 에르기아는 당장이라도 칼로 찌를 것 같은 니엘의 시선에 숨이 막혔다.

'도망가지 마.'

그녀는 속으로 속삭였다.

"에르기아."

니엘이 그녀의 등 뒤에서 나직하게 불렀다. 가슴이 철렁했다. 에르기아는 입술이 떨리는 것을 느끼며 데릭에게 도움을 요청했다. 데릭은 눈치 챘는지 그녀의 손을 당겨 자신의 옆으로 이끌었다.

"홀까지 내가 에스코트하지. 비록 흙투성이지만."

"고마워요."

그녀가 인사하자, 니엘이 등 뒤에서 다시 중얼거리듯 불렀다.

"에르기아."

당장이라도 터져 나갈 듯 억눌린 음성이었다. 그녀는 이를 악물고 니엘을 돌아보았다. 그는 당장이라도 달려들어 물어뜯을 듯한 야수의 얼굴을 하고 있었다. 눈빛은 파랗다 못해 하얗게 빛났다. 어둠 속에서 보는 그의 눈동자는 진정 야수의 눈동자였다.

"니엘, 나중에…… 이야기해."

그녀는 숨이 멎을 것 같은 고통을 억누르며 말했다.

"나중이라니, 언제?"

그가 한 걸음 다가서서 힐난하듯 물었다. 그 태도에 울컥한 그녀는 버럭 소리를 질렀다.

"무례하네요, 베아릭스 공작!"

그녀의 음성에 그의 눈빛이 흔들렸다. 에르기아는 데릭이 잡아준 손을 꽉 움켜쥐었다. 끔찍한 기분이었다. 자신의 부왕에게 복수하기 위해 자신에게 접근했단 말인가? 그녀가 사랑해 왔던 남자가? 왕위를 갖기 위해서?

'이건 다 꿈이라고. 꿈이라고!'

그녀는 입술을 깨물며 돌아섰다. 그가 자신을 잡아먹을 듯 노려보고 있었지만 한 번도 돌아보지 않았다. 그녀는 데릭의 팔에 의지한 채 홀로 들어섰다.

"괜찮아?"

데릭이 낮게 물었다. 그는 부들부들 떨고 있는 에르기아의 손을 꽉 쥔 채로 잡아당기고 있었다. 홀 안으로 들어가자 모든 사람들의 시선이 그들에게로 쏠렸다. 비록 흙이 조금 묻긴 했어도 데릭은 여전히 왕자다운 풍모를 가지고 있었고, 에르기아의 새 드레스는 황금빛으로 근사하게 빛을 냈다. 베일이 사각 소리를 내며 홀의 불빛에 비치자, 그녀의 목에 걸려 있는 다이아몬드 목걸이가 빛을 발했다. 그 휘황한 빛에 사람들이 여기저기서 감탄성을 올렸다. 왕조차도 놀란 듯 눈을 크게 떴을 정도였다.

"어서 와라, 에르기아."

데릭에게서 에르기아의 손을 건네받은 코넨 왕은 파리한 그녀의 얼굴을 슬쩍 바라보더니 만족스런 얼굴로 속삭였다.

"오늘 대단히 아름답구나. 처음 보는 보석인걸."

코넨 왕이 탐욕스런 얼굴로 목걸이를 훑어보는 것을 느끼자 에르기아는 소름이 끼쳤다. 세상에 어떤 아버지가 딸이 한 목걸이를 탐욕스럽게 바라볼 수 있단 말인가.

"드레스도 훌륭하군. 누가 선물이라도 했더냐?"

나직나직하게 물어오는 그 목소리에 담긴 탐욕과 시기에 그
녀는 할 말을 잃었다. 사실 그 자리에 있는 누구보다도 그녀의
드레스는 훌륭한 것이었다. 3년간 드레스를 입지도 않고 지내왔
던 에르기아를 잘 알고 있는 사람들은 모두들 쑥덕거리고 있었
다.

　"있던 거예요."

　그녀는 말라붙은 목을 축이고 싶어 죽을 지경이었다. 니엘도,
왕도 모두 다 끔찍했다. 두 사람이 증오로 서로를 죽이고자 하
는 것도 끔찍스러웠다. 왜 서로 이렇게까지 해야만 하는 것일
까.

　"안녕하시오, 에르기아 공주."

　코넨 왕의 에스코트로 좌석까지 오자, 옅은 금발의 사내가 고
개를 살짝 숙이며 인사해 왔다. 남색의 튜닉을 걸친 그는 이 자
리에 있는 누구보다도 여유로워 보였다. 에르기아가 누굴까 하
고 생각하는 순간, 왕이 소개했다.

　"네 구혼자 중 한 사람인 커드리스의 밀란 태자란다. 오늘 너
를 보러 직접 오셨지."

　에르기아는 자신을 흥미진진한 얼굴로 바라보고 있는 남자를
잠시 살폈다. 밀란 왕자는 데릭과는 전혀 다른 얼굴이었다. 평
범한 얼굴이지만 눈빛만은 묘하게도 여유작작해 코넨 왕보다도
오히려 왕다운 위엄이 흘렀다.

　'왕을 대신해 직접 나라를 다스린다는 말이 거짓은 아닌가

보다.'

에르기아는 나름대로 판단하면서 숨을 삼켰다.

"정말 아름다운 공주님이시군요. 놀랐습니다."

그는 빙글 웃으며 손을 내밀었다.

"춤을 청해도 될까요?"

에르기아는 잠시 망설이다가 그의 손을 잡았다. 밀란은 미소 지은 그대로 그녀의 손을 잡은 채 홀 중앙으로 나아갔다. 춤을 춰본 지 정말 오래되었기 때문에 그녀는 전혀 자신이 없었다.

"춤을 잘 못 춰요. 안 춘 지 한참 되었으니까요."

"그렇군요. 하지만 굉장히 가볍게 걸으시는걸요."

그의 웃음 띤 얼굴에 에르기아는 조금 긴장이 풀렸다. 아까부터 바짝 굳어 있느라 어깨가 아플 지경이었다. 음악이 흐르고 천천히 스텝을 밟기 시작하자, 그녀는 뻣뻣하긴 해도 그럭저럭 춤출 자신이 생겼다. 아무래도 춤이란 것은 한 번 익히면 잊기 쉬운 것은 아닌 모양이다. 점점 박자에 맞춰 그녀의 드레스가 흔들리기 시작하자, 홀 안은 황금빛 물결로 가득 찼다. 그녀의 짧은 머리카락이 베일에 가려졌기 때문인지 누가 보아도 그녀는 아름다운 처녀로 보였다. 다소 창백한 안색이 걸리긴 했지만 윤곽이 뚜렷한 이목구비와 커다란 검푸른 눈동자와 풍만한 가슴까지, 키가 큰 만큼 훨씬 더 늘씬하게 보였던 것이다. 한참 그녀의 등장에 숨죽이고 있던 사람들에게서 감탄성이 터져 나왔다.

"그런데."

조용히 스텝을 밟으면서 밀란이 입을 열었다.

"에레니엘 베아릭스 공작, 악마공작도 공주님께 구혼을 해왔나요?"

그의 이름이 나오자, 에르기아는 하마터면 그의 발을 밟을 뻔했다. 하지만 애써 무마하고 그녀는 조용히 대답했다.

"모르겠어요."

"흠, 지금 저를 당장이라도 죽여 없앨 듯한 눈으로 보고 있군요."

밀란이 미소를 머금으며 그녀의 귓가에 대고 속삭였다.

"대단히 위압적인 남자군요. 이 자리에 있는 누구보다도."

밀란의 의미심장한 말에 에르기아는 그의 등 너머로 니엘의 모습을 찾아냈다. 아닌 게 아니라 그는 자신의 추종자들 사이에 우뚝 서서 홀에서 춤추는 그녀를 쏘아보고 있는 중이었다. 밀란의 말 그대로였다. 정말로 위압적인 모습이었다.

새까만 머리카락을 늘어뜨리고 자줏빛의 튜닉을 걸친 그는 허리에 찬 롱 소드 이외에 장신구라고는 걸치지 않고 있었다. 그럼에도 불구하고 이 자리에 있는 누구보다도 눈에 띄었다. 그의 뺨에 있는 흉터는 긴 머리로 살짝 가려져 있어 아름다운 왼쪽 얼굴만 드러나 있었다. 하지만 그의 눈 속에서 새파랗게 빛나는 격렬한 감정은 사람들을 겁에 질리게 할 정도였다. 어느 누구보다도 눈에 띄고, 어느 누구보다도 강해 보이는 남자.

"······!"

에르기아는 무심코 자리에 앉아 있는 코넨 왕을 돌아보았다. 왜 왕이 니엘을 그처럼 증오하는지 그녀는 그제야 깨달았다. 에레니엘 에스레이드 베아릭스. 그는 왕보다도 훨씬 왕처럼 보였다. 코넨 왕이 왕관을 쓰지 않고 있다면 어느 누구도 그를 왕이라고는 생각지 않을 것이다. 그에 비해 니엘은 아무 장신구도 하지 않았지만 홀로 왕처럼 보이는 남자였다.

'맙소사······.'

그랬기에 왕은 그를 싫어했다. 너무나 왕다운 남자여서 그를 싫어한 것이다. 그녀는 멍하니 니엘이 외쳤던 그 말을 되새겨 보았다.

"나는 왕이 될 것이다. 나보다 더 왕에 어울리는 남자는 없어!"

그녀는 신음을 터뜨렸다. 빌어먹게도 그 말은 정말로 진실이었다. 그보다도 더 왕에 어울리는 남자는 없다. 이 자리에 있는 데릭이나 눈앞의 밀란 왕자보다도 훨씬 왕다운 남자. 누가 보아도 제왕의 냄새를 풍기는 남자. 절로 기사들이 복종하게 되는 남자.

"에르기아 공주님?"

밀란이 창백한 얼굴이 된 그녀를 살짝 불렀다.

"네? 아, 죄송해요."

그녀는 정신을 차리고 그의 손에 다시 몸을 맡겼다. 곡은 이미 다 끝나가고 있었다. 밀란 태자는 흥미로운 눈으로 그녀를 바라보며 물었다.

"왜 결혼하지 않으셨습니까?"

"할 새가 없었지요."

그녀는 애써 침착하게 대답했다. 설마 하니 부왕이 결혼시켜 주지 않았다고는 말할 수 없었다. 게다가 그녀는 니엘 외의 남자와 결혼하고 싶은 생각도 없었지 않은가.

"흠, 저런. 전란 때문이군요."

그는 고개를 끄덕이더니 궁금한 듯 물었다.

"마음에 둔 사람이 있습니까?"

그녀는 대꾸하지 않았다. 얼마 전만 하더라도 그녀는 큰 소리로 니엘이라고 외칠 생각이었다. 하지만 그의 마음이 자신이 아니라 왕위에 있다는 것을 알아버리고서는 아무런 대답도 할 수가 없었다. 모든 것이 다 끔찍스럽게 느껴졌다.

곡이 끝나자마자 데릭이 그녀의 손을 잡았다. 에르기아는 데릭의 손을 잡고 다시 홀 중앙으로 나섰다. 밀란 왕자가 조용히 자리로 돌아가는 것을 보다가 그녀는 데릭의 목을 살짝 올려다보았다. 붉은 기가 아직도 남아 있었다.

"빨갛게 되었네요."

"음. 자국이 아직 남았어."

데릭이 씁쓸한 얼굴로 속삭였다. 그는 슬쩍 몸을 떨었다. 방금 전에 죽을 뻔했다는 것을 기억해 낸 모양이었다.

"니엘이 그렇게까지 무시무시하게 달려들 줄은 몰랐어."

"나도 마찬가지예요."

그녀가 씁쓸하게 말하자 데릭이 진지한 얼굴로 물었다.

"정말로 니엘과…… 연인 사이가 되었어?"

"……"

그녀가 대답하지 않자 데릭은 안타까운 표정으로 한숨을 내쉬었다. 그녀는 데릭의 손을 꽉 쥔 채로 작게 물었다.

"정말 이 결혼을 록 페이스 오빠가 추진한 건가요?"

"추진이 아니야. 나 역시 생각하고 있었다고. 어마마마도 계속해서 얼른 너를 결혼시켜야 한다고 했었고. 전쟁 때 군량만 보낸 것은 휠트란이 심상치 않았기 때문이지 너를 생각지 않았던 것은 아니라고."

"알고 있어요."

그녀는 멍하니 중얼거렸다. 알고는 있었다. 하지만 그렇다고 해서 노스워드가 냉담했다는 것을 잊지는 않았다. 최소한 기사 몇을 보내서 체면치레를 할 수도 있었을 것이다. 하지만 노스워드는 그렇게 하지 않았다.

등 뒤로 여전히 니엘이 노려보는 시선이 느껴졌다. 그로서는 에르기아를 제대로 속여넘기지 못해 억울한 것인지도 모른다. 하기야 21살이 되도록 연애는커녕 친구조차 제대로 없는 단순

한 그녀를 유혹해 내기란 어려운 것이 아니었을 것이다. 아니, 유혹해 낼 필요도 없었다. 그녀 자신이 그에게 달라붙었으니 말이다. 니엘로서도 놀랐겠지. 처녀인 주제에 잔뜩 굶주린 것처럼 탐욕스럽게 달려든 자신이 얼마나 우스웠을까. 맹목적으로 그가 사랑한다고 한마디 한 것에 놀라 허겁지겁 달려든 자신이 얼마나 어리석어 보였을까.

"왕은 무슨 생각을 하고 있지?"

데릭이 중얼거리듯 물었다.

"나도 몰라요."

그녀는 코넨 왕이 몸을 굽히며 밀란 왕자와 이야기하는 광경을 지켜보며 멍하니 대꾸했다. 모든 것이 다 꿈같았다. 그에게 청혼받은 것도, 그가 왕위를 노려 자신에게 접근한 것도 다 이상한 광경으로 보였다. 하지만 문득 니엘이 다른 여자와 이야기를 나누는 장면이 보이자, 정신이 번쩍 들었다. 니엘은 금발의 화사한 미녀와 이야기를 나누는 중이었다. 그녀는 다정한 듯 미소를 지으며 니엘의 팔뚝에 손을 얹고 있었다. 순간 에르기아는 인두로 가슴을 지지는 듯한 아픔을 느꼈다. 그녀는 에르기아와 정반대로 아담한 체구에 사랑스러운 얼굴의 미녀였다. 크림처럼 달콤해 보이는 하얀 피부에 윤기가 흐르는 꿀빛 금발, 요염한 빛깔이 도는 도톰한 입술로 뭔가 그에게 속삭이고 있었다. 니엘도 별로 싫지는 않은지 그녀가 자신의 팔뚝에 손을 대는데도 가만히 이야기를 듣고만 있었다. 그 광경에 에르기아는 휘청거리고 말았다.

"에르기아!"

데릭이 놀라 그녀를 부축하는 순간, 그녀는 맹렬하게 치솟는 살기에 이를 악물었다. 그러고 보니, 니엘에게 여자가 많다는 것은 유명한 사실이었다. 그가 궁정에 한 번 나타나면 무수히 많은 여자들이 벌떼같이 몰려들어 사랑을 속삭이지 않았던가. 5년 전에만 해도 그녀는 그 때문에 질투로 제정신이 아니었었다. 그런데 니엘이 진심으로 자신을 원하는 게 아니라는 것을 알게 된 지금, 대체 어떻게 하면 좋을까.

"빌어먹을⋯⋯!"

그녀가 이를 갈며 내뱉는 말에 데릭은 충격을 받았는지 흠칫했다. 그의 안색이 변하는 것을 보며 에르기아 또한 흠칫했다. 상대는 데릭이다. 노스워드의 왕자님. 대체 그가 어느 귀부인에게서 욕설을 들어보았겠는가. 그녀는 씁쓸하게 웃었다.

"데릭, 나는 보통 여자들과는 달라요. 이미 달라졌다고요."

"에르기아, 세상에 그런 말을⋯⋯!"

그는 명백히 충격을 받은 얼굴이었다. 그런 그를 모른 척하고 그녀가 막 홀 밖으로 나오려는 순간, 갑자기 그녀의 손을 누군가가 잡아챘다.

"아!"

니엘이었다. 그가 당장이라도 물어뜯을 듯한 얼굴로 으르렁거리며 데릭을 밀쳐 냈다.

"춤추는 것을 거절하지는 않겠지?"

데릭은 에르기아를 흘긋 보았다. 만약 에르기아가 거절한다면 그 자리에서 결투라도 해서 막아줄 심산인지 그의 눈가에 순간적으로 살기가 스쳐 지나갔다. 하지만 에르기아는 니엘과 이야기를 하고 있던 금발 미인을 흘긋 보고는 그의 손을 마주 잡았다.

"좋아."

데릭은 정말이냐고 묻는 듯 그녀의 얼굴을 들여다보았다. 그녀가 막 어떤 표현을 하기도 전에 니엘은 황급히 그녀를 홀 안으로 밀고 들어갔다. 음악이 조금 요란스럽게 변했다.

"왜 나와 이야기를 하려 하지 않지?"

그는 아까까지만 해도 정중했던 태도를 집어치우고 있었다. 아마도 그녀에게 들킨 것에 당혹한 모양이라고 에르기아는 냉소했다. 그렇겠지, 왕을 죽이려는 남자가 왕의 딸에게 정중할 필요가 있겠는가.

"나에게 할 이야기가 있나요, 베아릭스 공작?"

그녀는 냉담하게 말하며, 그의 어깨 너머로 아까의 그 금발 미인을 살폈다. 금발 미인은 자신과 흡사하게 생긴 금발의 남자와 같이 이야기를 하고 있었다. 그녀는 그 금발의 남자가 니엘의 측근이라는 것을 깨닫고 물었다.

"저 사람은 누구?"

"누구?"

그는 으르렁거리는 듯한 목소리로 뒤를 돌아보았다.

"유리아스? 내 부관이야."

"그의 옆에 있는 금발 미인은?"

"유리아스의 여동생, 테레지아."

그의 말에 에르기아는 불편한 심정을 억누르고 애써 냉담한 척 입을 다물었다. 하지만 니엘은 뭔가 눈치 챘는지 킥 하고 웃더니 조롱하듯 물었다.

"왜? 그녀가 어떻기에?"

"아니, 미인이어서 물어봤을 뿐이야. 낯선 얼굴이기도 하고."

"남부의 아가씨지. 유리아스의 가문은 남부도시의 유서 깊은 가문이야. 펠그람에서 유학하고 돌아온 지 얼마 안 되는 모양이더군."

그의 자세한 설명에 부아가 난 에르기아는 입을 다시 다물었다. 아니, 대체 무슨 말을 해야 할지도 알 수 없었다. 그에게 직접 왕위를 위해 나에게 청혼했느냐고 묻기도 어리석었다. 그렇다. 이 모든 것은 그녀의 어리석음 때문이었다. 이 자리에 있는 모든 구혼자들은 그녀를 보고 청혼한 게 아니다. 결국 로디지의 왕위 계승자인 그녀를 원해서 이 자리에 있는 것이다. 만약 그녀가 왕위 계승자가 아니었다면 그들은 그녀에게 청혼하지 않았을 것이다. 니엘도 다를 바 없었다. 방금 본 꿀처럼 달콤해 보이는 금발 미인에게 달려들었을 것이 분명했다. 상대가 다른 사람이었다면 그녀도 납득했을 터였다. 하지만 상대는 니엘이다.

유일하게 사랑받고 사랑하고 싶은 상대. 그런데 그가 원하는 것이 자신이 아니라 왕위라니, 그것만으로도 끔찍했다. 비명을 지르고 싶었다.

'하지만 니엘이 청혼한 상대는 그녀가 아니라 나지. 그리고 나와 결혼하지 않으면 그는 왕이 될 수 없어.'

그렇게 외쳐 봐야 다친 마음은 치유되지 않았다. 그녀는 한숨을 삼키고 그의 품 안에서 춤추는 데 열중하기 시작했다. 문득 그의 손가락이 그녀의 허리를 살짝 힘 주어 끌어당기는 것을 깨닫자 그녀는 화끈거리는 것을 느끼고 당황했다. 별로 예의에 어긋나는 자세는 아니었다. 단순히 춤을 추고 있는 것뿐이다. 그럼에도 불구하고 그에게서 열기가 느껴졌다. 자신의 몸도 점점 뜨거워지고 있다는 것을 느낄 정도다. 그의 손가락이 등줄기를 살짝 훑으며 지나갔다. 순간 허리가 지끈거리는 열기를 품기 시작했다. 젖가슴이 단단해지는 것이 느껴졌다.

"방으로 돌아가."

니엘이 살짝 속삭였다. 거친 음성이었다.

"말도 안 되는 소리. 이 연회는 내 구혼자들을 위해 연 연회야. 그러니까 나는 여기에 참석하지 않으면……."

"돌아가."

그가 다시 한 번 손목을 쓰다듬으며 속삭였다. 팔 안쪽으로 찌르르 하고 열기가 퍼졌다. 에르기아는 너무나 당황해서 당장이라도 춤을 멈추고 싶었지만 모든 사람들의 시선이 집중되어 있는 상황이라 그럴 수가 없었다.

"뭐 하는 거야?"

다급해진 음성으로 그녀가 묻자 니엘이 비웃듯이 입가를 일그러뜨리며 말했다.

"설마 하니 아까 당신이 내게 청혼한 것을 잊지는 않으셨겠죠, 사랑스런 공주님?"

"……그건, 당신이 나를 속이기 전의 일이야."

찢어지는 가슴을 부여잡고 에르기아가 낮게 대답했다. 숨이 막혀서 저도 모르게 쉰 목소리가 나왔다.

"난 속이지 않았어. 설마 나를 못 믿어?"

그가 조롱하듯 물었다. 번쩍이는 눈동자가 당장이라도 그녀를 갈가리 찢을 듯한 분노를 머금고 있었다. 그 눈을 똑바로 보며 에르기아는 입술을 깨물었다.

"만약 돌아가지 않는다면 이 자리에서 쓰러뜨리고 그 예쁜 드레스를 찢어버릴 생각입니다, 나의 공주님."

그 빈정거리는 어투에 그녀는 적지 않게 상처를 입었다. 그리고 그보다 더 화가 치밀었다. 막 그녀가 뭐라 외치려는 순간, 왕이 다가왔다.

"베아릭스 공작."

코넨 왕은 나른한 미소를 지으며 손을 내밀었다.

"내 딸과 춤을 출 수 있게 해주었으면 좋겠는데. 우리 에르기아의 구혼자들이 아직 많이 기다리고 있다네."

"그렇군요."

니엘은 완벽한 가면이라도 뒤집어쓴 듯 담담하게 말했다. 에르기아는 두 사람 사이에 보이지 않는 불꽃이 튀기는 것을 지켜보았다. 나이 차이가 그렇게 나는데도 누가 봐도 니엘 쪽이 압도적이었다. 검은 망토가 그의 거구를 휘감고 있었지만 은빛의 망토를 걸친 왕보다도 더 눈에 띄었다. 그는 발톱을 갈고 있는 야수였고, 코넨 왕은 늙어가는 여우였다. 나란히 서자 그 차이는 너무나 확연해서 에르기아가 가슴이 아파질 지경이었다.

"저 더러운 사생아 놈은 안 돼."

조용히, 그러나 단호하게 이를 드러내며 코넨 왕이 말했다. 그는 에르기아의 손을 잡고 춤을 추면서 경멸의 기색을 숨기지 않고 여전히 노골적으로 그녀를 바라보고 있는 니엘 쪽을 돌아보았다.

"저놈은 절대로 안 돼. 저 끔찍한 얼굴을 봐. 저런 괴물과 결혼한다는 것은 말도 안 돼."

"아바마마."

"나는 밀란 태자를 추천한다. 그러면 노스워드의 시끄러운 할망구를 상대하지 않아도 돼. 지참금도 필요없다고 하더군. 오히려 황금 3백 캘론을 보내겠다고 했어."

"……."

"너의 시끄러운 기사단을 데려갈 수도 있을 게다. 그놈들을 이끌고 가도 밀란은 두 손 들어 환영한다고 하더라. 정말 특이

한 취향이야. 칼을 휘두르는 여자를 아내로 삼고 싶어하다니."

　그녀는 입술을 깨물었다. 다른 사람도 아닌 아버지였다. 그 아버지가 자신을 비웃고 경멸하고 있는 것이었다. 게다가 그녀가 검을 쥐고 앞으로 나설 수밖에 없는 상황을 만든 것도 다름 아닌 그 자신이 아니었던가. 다른 이라면 몰라도 아버지는 그녀에게 이래선 안 되었다. 그녀는 울고 싶은 것을 억지로 참으며 시선을 아래로 내렸다. 니엘에게 배신을 당한 지금, 부왕에게서는 비웃음을 당했다. 다른 수백의 기사들에게 감탄을 받으면 뭘 할까. 가장 인정을 받고, 사랑받고 싶어하는 존재들에게는 오히려 멸시당하는 것을.

　그녀는 멍하니 니엘의 모습을 찾았다. 니엘은 이번엔 붉은 머리의 미녀와 이야기를 하고 있는 중이었다. 그 붉은 머리의 미녀는 그의 어깨에 머리를 기대며 교태를 부리고 있었다. 화가 나는 것을 넘어, 이젠 서글퍼졌다.

　'아무리 노력해도 안 되는 거야. 힘을 가져도 소용이 없어. 내가 가지고 싶은 것은 아버지의 사랑과 니엘뿐이었어. 하지만 그 둘 다 안 돼. 페테릭스, 당신의 말은 틀렸어. 사랑을 얻기 위해서 힘이 필요하다는 것은 거짓이야.'

　"에르기아? 놀랍지 않니? 저런 괴물을 따르는 여자들이 있어. 정말 세상은 놀랄 일 투성이라니까."

　그녀가 니엘을 훔쳐보는 것을 깨달았는지 왕이 비웃었다. 킬킬거리는 코넨 왕은 어디로 보나 왕으로 보이지 않았다. 그 히

스테릭한 웃음소리를 들으며 에르기아는 대체 어떻게 그를 대해야 할지 알 수가 없었다. 문득 왕이 그녀를 바라보며 물었다. 잔뜩 주름진 눈가로 교활한 빛이 흘렀다.

"동생을 갖고 싶진 않니?"

"……!"

그녀가 눈을 부릅뜨는 순간 코넨 왕은 그녀의 귓가에 대고 속삭였다.

"이제 네가 유일한 왕위 계승자는 아니란다, 얘야. 기쁘지?"

9장

흐트러진 시크라멘을 치우고

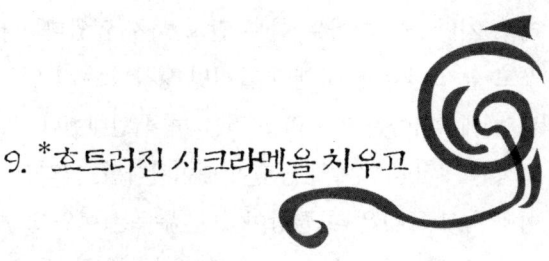

9. *흐트러진 시크라멘을 치우고

"공주님, 제발……."

"됐어, 치워."

펠리시아는 눈물지으며 음식을 담은 쟁반을 들고 밖으로 나갔다.

이틀 동안 그녀는 방 안에 틀어박힌 채 아무 데도 나가지 않았다. 먹지도 않았다. 몇 번 왕이 오라고 불러도 무시했다. 뭐라 하든 아무래도 좋았다. 예전처럼 낡은 드레스를 걸치고 낡은 이불을 덮고 잤다. 니엘이 보내준 물건들은 모두 방 한구석으로 치워 버렸다. 아니, 밖으로 내다놓았다. 펠리시아는 어쩔 줄 몰

---

* 의혹. 질투

라 했지만 에르기아는 아무 말도 하지 않았다. 니엘의 물건은 쓰고 싶지 않았다. 고개만 돌리면 생각나는 그 얼굴을 무시하기 위해 에르기아는 각고의 노력을 하며 인내했다. 왕이 음험하게 속삭인 것처럼 그녀의 동생이 태어난다면, 그리고 그 아이가 남아라면 모든 것은 다 끝장이었다. 누구든 여왕을 모시고 싶어하진 않을 것이 틀림없다. 니엘도 그녀를 원한 게 아니라 왕위 계승자를 원한 것이었으니 이제 새로운 계승권자가 나타난다면 그녀를 버리고 다른 계산을 하게 될 것이다. 좀 더 강력한 병력이나 정치력을 가진 귀족의 딸과 결혼하게 될지도.

상상만 해도 그녀는 불칼로 가슴을 저미는 것 같은 통증을 느꼈다. 그가 다른 여자와 만난다든지 결혼한다고 상상하면 생각지도 않게 눈물이 줄줄 흘러내렸다. 몸 안 어딘가가 잘못된 것마냥 어린애처럼 눈물이 쏟아졌다.

"세상에! 나는 얼간이가 되어버렸어!"

그녀는 잠시 동안 무표정한 얼굴로 자신의 손가락에 끼워진 반지를 바라보았다. 이 반지를 끼워주며 그가 청혼했을 때 얼마나 기뻤던가. 하지만 그것은 이제 꿈이 되어 사라졌다. 니엘이 그 후로 아무런 연락을 하고 있지 않은 것이 바로 그 증거였다. 그녀는 자신이 히스테릭한 여자가 아니어서 다행이라 생각했다. 울부짖으며 자기 손톱으로 얼굴을 긁어대는 한심한 여자처럼 굴지 않아서 정말 다행이었다. 그녀는 의연하게 모든 것을 참아낼 자신이 있었다.

5년간의 기다림 끝에 온 이 말도 안 되는 결말은 그녀 안의 소녀를 부숴 버렸다. 이제 그녀는 순진한 소녀처럼 그를 생각할 수 없었다. 그가 예전의 다정한 청년이 아니듯 그녀 역시 사랑에 목이 메는 소녀가 아니었다. 이제 곧 왕은 새로운 왕위 계승권자를 발표할 것이고 니엘은 그에 어울리는 대응책을 마련하리라. 그리고 그녀에게 달라붙었던 귀족들이 저마다의 계산으로 교활하게 돌아다닐 것이 틀림없었다.

　"에르기아."

　에르기아는 데릭이 찾아왔을 때 멍하니 앉아 쓰던 검을 손질하고 있던 중이었다. 낡아 빠진 드레스를 입은 상태로 꼿꼿이 앉아 시퍼런 칼날을 닦고 있는 그녀가 미친 것처럼 보였는지 데릭은 그녀를 보자 무척 당황해했다.

　"어서 와요. 떠난다면서요?"

　에르기아가 담담히 묻자, 데릭은 한숨을 내쉬었다. 파리하게 보이는 그녀는 이틀 전 무도회에서 눈부시게 아름다웠던 그때와 너무나 달라 보였다. 말라서 광대뼈가 도드라진 그 뺨에 그는 가볍게 키스하며 물었다.

　"아픈 거야, 사촌?"

　"괜찮아요, 오라버니."

　그녀가 피식 웃자, 데릭은 호들갑을 떨며 그녀의 맞은편에 앉았다. 그러자 펠리시아가 눈치 빠르게 테이블 위로 음식들을 늘어놓았다. 그녀는 몹시도 데릭에게 호의적인 듯 그의 방문에 잔뜩 들떠 있었다. 데릭은 펠리시아에게서 사정을 듣기라도 했는지 상냥하게 물었다.

"식욕이 없는 거야? 제대로 식사를 하지 않아 펠리시아가 걱정하고 있어."

"괜찮아요. 별로 먹고 싶지 않아."

"조금만 먹어봐. 치즈와 포도주만이라도. 지금 당장이라도 졸도할 것같이 창백해."

"나는 기절이나 하는 약한 여자가 아니에요."

에르기아가 미간을 찌푸리자 데릭은 장난스럽게 혀를 찼다.

"하지만 지금 넌 너무나 연약해 보여. 피의 마녀가 그래서야 되겠어? 혈색 하나 없이."

그 말에 에르기아는 힘없이 웃었다. 그녀가 마침내 음식에 손을 대자, 데릭은 그녀가 먹는 광경을 조용히 지켜보았다. 고기를 잘라주기도 하고 뜨거운 수프를 담아주기도 하는 등 그가 시중을 들자, 에르기아는 마음이 따스해지는 기분이었다.

왕에게 새로운 후계자가 생긴다는 것은 즉, 니엘이 그녀에게 청혼할 이유가 없어졌다는 이야기였다. 그리고 그녀는 이제 버림받을 것이란 의미이기도 했다. 게다가 이제 그렇게 되면 그녀를 따르던 기사들도 떠나가기 시작할 것이다. 그렇게 되면 대체 어떻게 되는 걸까.

"노스워드로 같이 가지 않겠니?"

데릭이 조용히 물었다. 그 말에 그녀는 고개를 들었다.

"나랑 결혼하지 않아도 좋아. 어쨌든 그렇게나 괴롭다면 나랑 같이 노스워드로 가."

에르기아는 데릭의 얼굴을 물끄러미 바라보았다.

"어마마마는 하나밖에 없는 조카라고 틀림없이 기뻐하실 거야. 네가 흑기사단을 데리고 온다면 네가 결혼하지 않는다 해도 뭐라 하지 않을 거야."

"……내가 오빠의 편이 되어주길 원해?"

그녀는 조용히 되물었다.

그 말에 데릭의 안색이 굳었다. 에르기아는 바보가 아니었다. 얼마 전 들은 이야기를 추론하면 결국 노스워드에서 데릭의 입지가 취약하다는 결론이 나왔다. 데릭은 태자 록 하이드와 달리 휘하에 기사들이 별로 없었다. 아무리 차남인 왕자라고는 해도 받은 영지를 다독이고 거느릴 수 있는 기사단이 있어야 했다. 하지만 데릭은 그것조차 없는 듯했다. 그래서 아마도 그녀와 결혼하고 싶었으리라. 흑기사단을 거느린 그녀, 로디지의 왕위 계승권자인 그녀와.

"……."

데릭이 침묵하자, 에르기아는 조용히 말했다.

"제안해 줘서 고맙지만 나는 로디지를 떠나고 싶지 않아. 그리고 데릭 오빠의 생각처럼 난 대단한 인물도 못 돼."

"에르기아."

"피의 마녀라고는 해도, 내 기사들은 모두 로디지의 기사들이야. 그들을 데리고 내가 노스워드로 간다면 망명밖에는 안 돼. 그건 좋지 않아."

"내 영지로 간다면 괜찮아, 에르기아. 마음대로 살 수 있어. 지금처럼 니엘이나 왕에게 당하지 않아도 된다고!"

그녀는 데릭을 물끄러미 바라보았다. 결국 데릭 역시 그녀 자신을 원하는 것은 아니다. 물론 어느 정도 친애의 정을 가지고 있긴 하지만 그가 원하는 것은 자신을 지켜줄 병력이지 그녀 자신이 아니었다. 지독한 아픔으로 그녀는 잠시 숨을 멈췄다.

알고 있었다. 분명히 알고 있었다. 하지만 알고 있었던 것과 이런 식으로 확인하는 것은 달랐다. 아무도 그녀 자신, 에르기아 케티스를 원하지 않았다. 그녀의 부왕도 그녀를 사랑하지 않았고, 니엘도 그녀보다는 왕위 계승권에 관심이 있었다. 그리고 데릭도 결국 그녀의 병력을 원했다. 모두들 그녀보다는 다른 것들을 원하고 있었다. 눈물이 절로 흘러나왔다. 지독하게 외로웠다. 가장 사랑 받고 싶은 사람들은 그녀를 원치 않는다. 이제 새삼스럽게 모든 것을 알게 된 지금, 그 외로움은 뼈에 사무칠 지경이었다.

"안녕, 오빠."

그 말에 데릭의 얼굴이 일그러졌다. 그는 고개를 숙이고 잠시 한숨을 내쉬었다.

"설마 하니…… 너, 진심으로 니엘에게 가려는 거냐?"

"……"

"믿을 수 없어, 그 끔찍한 남자에게."

데릭이 기가 막히다는 듯이 그녀를 바라보았다. 그는 손을 뻗어 에르기아의 뺨을 어루만졌다. 그의 시선에 담긴 연민을 보고 에르기아는 울고 싶어졌다. 하지만 울지는 않았다.

"알았어. 난 가마. 하지만 네 마음이 바뀐다면 나에게 연락해 줘. 알았지?"

"응."

절대로 연락하진 않겠지만. 에르기아는 뒷말을 삼켰다.

"안녕히, 내 사랑스런 공주님."

데릭은 연극적일 정도로 우아하게 에르기아에게 인사한 뒤 모자를 집어 들고 일어섰다. 그리고는 그녀의 손끝부터 팔꿈치까지 키스를 퍼부었다. 웃음기가 담긴 그 다정한 시선을 마주하자, 에르기아는 무심결에 웃고 말았다. 언제나 그렇듯 데릭은 사람을 다독이는 데 천재적이었다.

펠리시아는 데릭이 나간 뒤 당황한 얼굴로 다가왔다.

"공주님, 전하의 청혼을 왜 받아들이시지 않는 거예요?"

"관둬, 펠리시아."

"아니, 전하만큼 좋은 분이 있을 리가 없잖아요? 왜 거절하셨어요?"

평소와 달리 집요하게 묻는 펠리시아를 보고 에르기아는 짜증을 냈다.

"내가 누구랑 하든 그건 내 마음 아냐? 난 데릭을 좋아하는 하지만 결혼할 마음은 없어. 게다가 그는 노스워드의 왕자니까 더 복잡해."

"하지만 노스워드의 왕비님은 이모님이 되시고, 또 가장 다정한 왕자님이세요. 제가 보기엔 데릭 전하는 최고의 신랑감이라구요."

펠리시아가 돌아서려는 에르기아의 옷자락까지 부여잡은 채 외쳤다. 그녀는 어딘가 필사적인 태도로 애원하듯 말했다.

"제발 부탁이에요, 공주님. 데릭 전하와 결혼해 여길 떠나요. 왕께서도 공주님이 결혼하시길 바라고 있잖아요? 이젠 더 이상 여기서 괴로워하실 필요는 없다구요."

"후우."

에르기아는 한숨을 내쉬며 펠리시아를 돌아보았다. 작지만 당돌해 보이는 체구와 성실하기 이를 데 없는 눈동자. 펠리시아는 항상 그녀의 곁을 지켜준 시녀이자 유일한 친구였다. 에르기아에겐 친구가 없었다. 그녀를 둘러싼 흑기사들과 감시의 눈초리를 번득이는 시종과 시녀들 사이에서 항상 그녀는 외롭기만 했다.

"펠리시아."

그녀는 두 팔을 벌려 이 작은 체구의 친구를 끌어안았다.

"고마워, 걱정해 줘서. 하지만 걱정하지 마. 난 괜찮아. 더 힘든 일도 많이 있었어."

"저는 그 악마공작님과 다시 만나는 것은 바, 반대예요!"

펠리시아가 당돌하게 외쳤다. 그녀가 에르기아를 거스르는 것은 이번이 처음이었다. 그녀는 거칠어진 두 손을 내밀어 에르기아의 드레스 자락을 움켜쥐었다.

"제 말을 잘 들으세요. 그분은 예전의 그분이 아녜요. 냉혹하고, 잔인하고, 모두 다 겁에 질릴 정도로 추하고 끔찍해졌다고요. 그 얼굴을 보세요, 예전의 아름다운 모습이 아니에요."

그 말에 에르기아는 고개를 내저었다. 대체 니엘의 그 얼굴 어디가 그리도 추하고 무서운지 그녀는 이해할 수 없었다.

"니엘이 다친 것은 나 때문이야. 그가 얼굴을 다친 것도 나 때문이라고. 게다가 그는 추하거나 끔찍하지 않아. 그는 진짜로 아름답다구. 오히려 예전보다도 더 아름다워."

그녀는 자신을 안아오던 강렬한 힘을 회상하며 변명했다. 강인한 팔과 그지없이 매혹적인 눈길, 가슴 밑바닥까지 저려오는 그 미묘한 음성의 느낌. 흉터가 끔찍하긴 했지만 그것은 그를 추하게 만들지는 못했다. 오히려 아름답기만 하던 그 예전과 달리 살아 있다는 냄새가 풍겼다. 슬픔과 격노, 그리고 좌절과 의지가 뒤범벅된 강인함의 냄새가 그의 체취 안에 녹아 있었다. 맑던 눈동자가 탁해진 것은 사실이지만 그 탁해진 눈동자가 추하다고는 생각되지 않았다. 에르기아는 계속해서 자신을 매혹시키는 니엘의 힘이 대체 어디서 오는 것인지 알 수 없었다.

"그는, 사악한 의도를 가지고 공주님을 대하는 겁니다."

펠리시아가 단호하게 말했다.

"그건……."

에르기아는 그 말에 항의할 수 없는 게 슬펐다. 니엘은 이제 상냥하던 그의 호위 기사가 아니었다. 그는 로디지의 반을 지배하는 대영주이자 악마공작이라 불리는 냉혹한 살인마였다. 그리고 그녀의 왕위를 노리는 찬탈자이기도 했다.

"그를 멀리하세요, 공주님. 저는 데릭 왕자님을 어떻게 해서든 다시 모실 터이니."

"그만둬, 펠리시아."

"어째서요? 저는 공주님이 행복하시길 원해요! 이제 피 묻은 옷은 빨기 싫어요! 공주님이 향수에 파묻혀 웃길 바란다구요!"

펠리시아가 우는 얼굴로 외치자, 에르기아는 당황했다.

"공주님이 다치실까 봐 안절부절못하는 것도 이젠 싫어요. 제발 부탁입니다, 공주님. 데릭 전하와 결혼해서 여길 떠나자구요. 그분이라면 공주님을 다치게 하진 않아요. 부탁입니다, 공주님."

엉엉 우는 펠리시아를 두고 에르기아는 아무런 말도 할 수 없었다. 그녀는 펠리시아를 꼭 끌어안아 주었다. 언제나 자신 때문에 노심초사하는 이 충실한 친구에게 보답할 수 없는 자신이 슬펐다. 하지만 그녀는 데릭과 결혼할 수 없었다. 그리고 데릭이 원하는 것을 줄 수도 없었다. 그녀의 허벅지에는 니엘의 이름이 새겨져 있었다. 그것이 새겨져 있는 한 다른 남자에게 몸을 줄 수도, 사랑할 수도 없었다.

"……."

그리고 무엇보다, 그녀 자신이 그렇게 하고 싶지 않았다. 니엘을 사랑하는 한, 단념하고 싶지 않았다. 엉엉 우는 펠리시아를 끌어안으며 그녀도 울었다. 냉혹한 니엘이 미워서 견딜 수가 없었다. 그렇게 변심해 버린 니엘이 정말로 미워서 죽여 버리고 싶을 정도였다. 하지만 그를 다시 본다면 자신을 사랑해 달라고 매달리게 될 것이 분명하다. 이런 자신이 너무나 불쌍해서 그녀는 또 울었다.

"공주님."

세이기어 경이 낮게 불렀다. 달래는 듯한 그 음성에 에르기아는 들고 있던 검을 종자에게 내밀었다. 땀이 비 오듯 흘러내렸지만 오히려 상쾌했다.

"정말 결혼할 상대를 아직 정하지 못하신 겁니까? 데릭 전하를 거절하셨다면서요?"

"왕은 지금 초조하고 있는 것 같던데요. 몇 번이나 연락이 온 것을 칭병하고 물리치셨다면서요?"

오스틴 경과 펠티어 경이 돌아가면서 다그치듯 물었다. 그들은 그녀가 예전처럼 낡아 빠진 튜닉에 바지 차림인 것이 마음에 들지 않는 듯 자꾸만 투덜거리고 있었다. 멀리서 향목의 냄새가 풍겨왔다. 짙푸른 사철나무가 쌓인 눈을 털고 검은 그림자를 드리우고 있었다. 우울한 늦겨울의 차가운 공기 속에서 느껴지는 향기를 맡으며 에르기아는 심호흡을 했다.

"언제 결단을 내리실 겁니까? 노스워드의 데릭 왕자도 아니라면 대체 누굽니까? 설마 하니 커드리스의 밀란 태자입니까? 상대는 나쁘지 않지만 그는 먼 곳의 왕자입니다. 게다가 태자고요. 그와 결혼하면 로디지를 떠나셔야 합니다."

펠티어 경이 소나기처럼 퍼부어댔다.

에르기아는 아무 말 하지 않고 다시 메이스를 든 채 말뚝을 향해 휘둘렀다. 퍼억퍼억 하고 소리가 울려 퍼지자, 보고 있던 기사들도 모두 입을 다물어 버렸다.

"만약 다른 누군가를 염두에 두고 계시는 겁니까? 아니면 차라리 여기 있는 다른 기사들과 결혼하시는 편이……."

참을 수 없다는 듯 펠티어 경이 또 나섰다. 그러나 곧 오스틴 경의 제지로 입을 다물었다. 에르기아는 메이스를 휘두르는 데 정신을 집중하면서도 갑자기 또 다른 가능성을 깨닫고 가슴이 철렁했다.

그렇다. 그녀의 뒤에 있는 다른 기사들. 다른 귀족의 청년들. 그들과 결혼해도 아무런 상관이 없는 것이다. 유력 귀족의 자제와 결혼하기만 하면, 모든 일은 끝난다. 왕이 반대해도 그녀가 밀고 나가면 어쩌면 가능할지 모른다. 에르기아는 메이스를 종자에게 건네주고 자신을 둘러싸고 있던 기사들을 주욱 훑어보았다. 이십 대의 젊은 기사부터 육십 대의 나이 든 노기사들까지 열대여섯 명의 남자들이 줄지어 있었다. 모두들 그녀와 같이 전쟁터에서 싸웠던 충성심 깊은 기사들이었다. 모두 출신도 좋고 솜씨도 좋은 남자들이다. 아주 잘생긴 청년도 있었다.

하지만…… 하지만 그들은 니엘처럼 욕망에 들뜬 얼굴로, 당장이라도 그녀를 끌어안고 싶어 견딜 수 없다는 눈으로 바라봐 주지 않는다. 오로지 감탄하는, 경애하는 시선으로 바라볼 뿐 누구 하나 그녀를 여자로서 봐주지 않는다. 공주, 여기사, 주인, 피의 마녀. 그녀는 그들에게 피의 마녀일 뿐 여자가 아니었다. 그들이 원하는 것도 피의 마녀로서의 그녀지, 사랑에 들뜬 여자는 아니었다. 어릴 때부터 계속 그녀가 힘을 가지고 싶어했던 이유는 단 하나였다. 언젠가 왕에게 빼앗긴 니엘을 되찾는 것. 그리고 다시는 그를 빼앗기지 않을 것.

그녀는 땀을 닦으며 하늘을 올려다보았다. 하지만 니엘이 그녀에게 돌아오지 않는다면, 그가 왕을 증오하고 그녀를 증오한 나머지 그녀를 다시는 사랑해 주지 않으려 한다면 대체 어떻게 해야 할까? 하늘은, 얼음처럼 차고 투명했다.

결국 그녀는 평소처럼 튜닉에 바지를 걸쳤다. 펠리시아가 불만을 토하든 말든 신경 쓰지 않고 여전히 남자처럼 레이피어를 들고 기사들과 훈련을 재개했다. 펠리시아가 주는 대로 먹고, 마셨으며 예전과 똑같이 낡은 이불을 덮고 잤다. 머리가 헝클어지고 얼굴은 창백했지만 아무래도 좋았다. 손이 까지고 거칠어져도 신경 쓰지 않았다. 아프지도, 눈물이 나지도 않았다. 그러나 잠을 잘 때면 악몽을 꿨다.

냉혹한 목소리로 니엘이 그녀에게 외쳤다.

『복수하기 위해서 너와 잔 것뿐이야. 너와 결혼해 왕위를 손에 넣기 위해서!』

코넨 왕은 음흉하게 웃으며 계속해서 속삭였다.

『이제 넌 유일한 후계자가 아니야. 기쁘지? 이젠 네가 필요없단다, 얘야.』

아무리 듣기 싫다고 울부짖어도 그 소리들은 계속해서 들려왔다. 왕은 여전히 킬킬 웃으며 그녀에게 위협 아닌 위협을 가했고 니엘은 조소에 찬 미소를 던지며 붉은 머리의 미녀를 끼고 사라져 버렸다.

그녀는 몇 번이나 그때 정원에서 니엘과 마주친 것을 후회했다. 만약에 그녀가 정원에 가지 않았더라면 니엘과 데릭이 하는 말을 듣지도 못했을 것이고 지금쯤은 아무것도 모르고 그의 품 안에서 웃고 있었을 것이다. 차라리 몰랐다면 좋았다. 사랑한다고 속삭이는 그 말을 그냥 믿었다면 얼마나 좋았을까. 적어도 지금처럼 끔찍하진 않았을 것이다.

"하긴, 그가 나 같은 걸 사랑한다고 했을 리가 없지."

그게 진심이었을 리는 없다. 그녀는 멍하니 어둠 속에서 거울을 바라보았다. 거울 속에는 창백해서 마치 유령처럼 보이는 여자가 한 명 있었다. 제멋대로 자란 짧은 머리는 어깨도 덮지 못했다. 앙상한 목과 퀭한 눈가. 누가 본들 남자라고 해도 믿을 정도였다. 우둘투둘 굳은살이 가득 박힌 손가락과 근육으로 딱딱해진 팔과 다리. 차가운 바람에 거칠어진 뺨. 아름답다고 할 만한 상태는 결코 아니었다. 그런데도 니엘은 그녀에게 아름답다고 했다. 그때 잘못되었다고 깨달았어야 했다. 그녀는 미인이 아니었다. 미인이긴커녕 추했다.

'나를 유혹한 거야. 그리고 난 그가 건드리기도 전에 넘어가 그에게 몸을 바쳤지.'

그녀는 멍하니 허공을 바라보았다. 아직 해가 뜨지 않았다. 아니, 해가 뜨기는커녕 달도 지지 않았다. 사방은 오로지 벌레 우는 소리 이외엔 아주 조용했다. 벌써 일주일 동안이나 왕이 부르는 명령을 거부했다. 왕은 이제 구혼자들 중에 아무나 하고라도 결혼하라고 명령을 내릴 것이 분명했다. 얼른 결혼시켜 그녀를 로디지에서 쫓아버리고 싶어했으니까. 에르기아도 누구든 별로 신경 쓰고 싶지 않았다. 데릭은 이미 떠났고 밀란 왕자든 절름발이 기사든 아무래도 상관없었다.

니엘은 일주일 동안 편지 한 장 보내오지 않았다. 아니, 그녀를 찾아오거나 전언 한마디 없다. 차라리 찾아와 변명이라도 한다면 그녀는 그대로 못 이기는 척 용서할 생각이었다. 그녀가 식사도 제대로 못하고 있다는 것을 들어 알고 있을 텐데도 오지 않는 걸 보면, 그녀 따위 아무래도 상관없다는 것일지도 모른다. 아니, 이미 처녀를 빼앗았으니 관심이 없다는 것일까.

"혹시 다른 여자와 함께 있는 것일까?"

가슴이 찢어질 듯했다. 붉은 머리의 미녀든 금발의 미녀든 모두 다 그녀보다 아름다웠다. 하지만 다른 여자라니. 다른 여자를 그가 안고 있다니. 생각만 해도 끔찍했다. 격렬한 살의로 그녀는 몸을 부들부들 떨며 베개 밑에 있던 검자루를 움켜쥐었다. 더 이상 참을 수가 없었다. 일주일이나 그를 보지 못했다.

"주, 죽여 버릴 거야!"

분명히 희고 부드러운 여자일 것이다. 긴 금발에 파란 눈, 혹은 초록 눈일지도 모른다. 날씬하고 부드러운 살갗을 한 여자가, 풍만하고 여자다운 여자가 그의 몸에 감겨 있을 거라 생각만 해도 소름이 끼쳤다. 그의 단단한 몸이 그런 여자를 안고 있을 거란 상상만으로도 미쳐 버릴 것만 같았다.

"젠장할! 그 따위 년들은 다 죽여 버릴 거야!"

그녀는 검을 휘두르다가 던져 버렸다. 퍼억 소리를 내며 검이 벽에 가 박히는 것을 아랑곳하지도 않고 그녀는 침대에 얼굴을 묻었다. 악을 질러댔지만 눈물은 나오지도 않는다. 그가 자신을 버리고 다른 여자를 안을 거라는 생각만으로도 미쳐 버릴 것 같은데 어떻게 견딜 수 있을까. 다른 남자와 결혼할 수는 없다. 절대로 결혼할 수는 없었다.

그녀는 문득 떠오르는 생각에 입술을 깨물었다. 니엘에게 기사단을 이끌고 쳐들어가 혼인을 강요하면 어떻게 될까? 어떤 여자도 그의 곁에 오지 못하게 하라고 맹세라도 시키면 어떨까? 그렇게 하면 그가 화를 낼까? 아니면 순순히 받아들일까? 아직 그녀의 동생이라는 왕의 후계자조차 태어나지 않은 상태가 아닌가. 그를 얻을 수 있는 방법이 혹시 있는 것은 아닐까? 그에게 도 그녀의 기사단은 먹음직한 먹이일 것이다. 그에게 자신의 기사단을 주겠다고 약속하면 혹시 결혼해 주지 않을까?

"맙소사, 내가 어쩌다가 이렇게 되었지?"

그녀는 배어 나오는 눈물을 손바닥으로 거칠게 닦아냈다. 이렇게 어리석을 수가. 아무리 그녀의 기사단이라 해도 그들은 왕위 계승권자인 자신에게 충성하는 부류와 순전히 충성심만으로 모인 흑기사들로 나뉘어 있었다. 만약 그녀가 왕위 계승권에서 멀어진다면 그녀를 추종하는 무리들도 반으로 줄어들 것이다. 그리고 흑기사단들도, 아무리 그녀에게 애정을 가지고 있긴 하지만 근본은 베아릭스기사단이다. 그녀가 없어지면 그들은 자연스레 니엘에게 속하게 될 기사단인 것이다. 결국은 그녀가 니엘에게 줄 수 있는 것은 아무것도 없는 셈이었다.

"멍청이, 난 정말 빌어먹을 얼간이야."

그와 결혼할 수만 있다면 뭐든 다 하고 싶었다. 자존심이고 뭐고 이미 버린 지 오래, 그의 곁에 있기만 한다면 그것만으로 족했다. 하지만 그렇다고 해도, 전쟁터에서 서로 피를 나눈 기사단까지 팔아 그에게 결혼을 구걸하려 하다니. 이런 어리석은 여자가 어디 있을까.

자기혐오에 빠져서 에르기아는 머리를 흔들었다. 이런 바보 같은 생각만 하고 있어봐야 이 상황에서 달라질 것은 아무것도 없었다. 차라리 왕의 아이를 배었다는 후궁의 목을 베는 쪽이 훨씬 더 쓸모있는 생각인지도 모른다.

"추하다, 에르기아 케티스. 얼간이에 멍청이. 거기에 살인자."

그녀는 스스로의 뺨을 때렸다. 설마 하니 자기 동생을 죽이고 죄없는 여자를 살해하려는 생각까지 하다니. 정말로 한심하고 어이가 없었다. 그런 생각을 했다는 것만으로도 그녀는 극심한 죄책감을 느꼈다. 손이 귀한 로디지의 왕실에 새로운 아기가 태어난다는 것은 경사였다. 코넨 왕도 독자로 태어나 형제가 없었다. 차라리 형제가 있어 그녀의 사촌들이 주변에 넘쳐 났다면 이렇게나 복잡하지 않았을지도 모른다. 그리고 그녀가 전쟁터에 나갈 일도 없었을 것이다.

"차라리…… 기뻐하자고."

그녀는 멍하니 중얼거렸다. 태어난 아이와 자신은 무려 20년 이상 차이가 난다. 그러니까 그 아이를 질투하거나 하는 것 자체가 추한 짓이었다. 그때 문득 문소리가 들렸다. 아까부터 복도가 소란스러운 것도 같았지만 신경을 쓰지는 못했다. 워낙에 골몰해 있었던 탓인지도 모른다.

"펠리시아?"

그녀는 침대에서 몸을 일으키며 물었다. 하지만 대답은 없었다. 설마 하니 니엘일까 하고 그녀가 기대하는 순간, 나타난 것은 놀랍게도 왕이었다. 왕은 혼자가 아니었다. 그의 뒤로 발자국 소리를 내며 서너 명의 남자들이 들어섰다.

"아바마마?"

아무래도 다 큰 딸의 침실에 이런 식으로 난입한다는 것은 정상이 아니다. 그녀는 무심코 베개 옆의 메이스를 살며시 움켜쥐었다. 탁 하고 등잔불이 밝혀지자, 코넨 왕이 그녀의 앞까지 다가섰다. 그 뒤로 선 남자들은 모두들 처음 보는 낯선 얼굴들이었다. 거친 가죽 냄새와 쇠 냄새가 좁은 방 안에 가득 찼다. 레더 아머와 낯선 문장, 제멋대로의 차림새. 이들은 궁정의 기사가 아니었다.

침대 위에 있던 에르기아는 긴장하며 천천히 내려섰다. 잔뜩 충혈된 왕의 눈은 평소보다도 더 흐렸다. 아니, 오히려 번들번들 빛나고 있었다. 광기마저 어린 그 빛나는 눈동자는 이루 말할 수 없는 기묘한 빛깔을 띤 채 그녀를 노려보고 있었다. 늘어진 뺨과 대조적으로 기묘하게 일그러진 입가가 흐린 등잔불에 비쳐 그로테스크하게 느껴져 지독하게 낯설었다. 왕의 기묘한 표정을 보던 에르기아는 혀로 입술을 핥으며 뒤에 늘어선 남자들을 훑어보았다.

"무슨 일이세요, 이 밤중에?"

"네가 내 부름에 오지 않으니 내가 직접 올 수밖에."

코넨 왕이 큭큭 웃으며 말했다.

"그건 죄송합니다. 하지만 몸이 좋지 않았어요."

"그나저나 사랑스런 에르기아, 생각보다도 훨씬 더 초라한 모습이구나. 그래서야 어디 일국의 공주라 할 수 있겠니?"

그는 그녀의 허름한 방 안을 훑어보며 그 옷차림을 비웃었다. 에르기아는 이를 악물며 애써 턱을 치켜 올렸다. 이미 그런 조롱에 흔들릴 그녀는 아니었다.

"아바마마, 저들은 뭐지요?"

감히 공주의 방에 무장을 한 채 들어서는 남자들을 턱짓으로 그녀가 묻자, 왕은 여전히 킬킬거리며 말했다.

"네가 나쁜 거란다, 사랑스런 에르기아."

"아바마마?"

"순순히 말을 들었어야지. 아비이자 이 나라 왕의 명령을 그렇게나 무시하다니. 그래서 곤란한 거야."

"아바마마!"

"네년의 어미도 그러더니 너도 그렇게 되는구나. 안타깝도다."

"무슨 소릴 하시는 거예요!"

왕은 키들키들 웃으면서 등을 벽에 기댔다. 낡아 빠진 카펫과 이불을 훑어보던 왕은 하얗게 질린 에르기아를 보며 말했다.

"정말 형편없는 몰골이구나. 남이 보면 공주가 아니라 거지라 하겠구나. 내 창녀도 이것보다는 호사스럽게 살아."

쑥빛의 낡은 드레스만 걸치고 있던 에르기아는 발끈했지만 참았다. 누구 때문에 그녀가 이렇게 초라한 생활을 하는지 왕은 아무래도 잊고 있는 듯했다.

"왕자가 아니라 사생아를 택하다니, 아무래도 넌 공주가 될 자질이 없어."

그 말에 그녀는 흠칫했다.

"뭐라구요?"

"왕자를 마다하고 사생아를 택하다니 역시 피를 속일 순 없는 거야."

"무슨 소릴 하는 거예요?"

에르기아가 입을 벌리자, 왕은 턱을 괴고 말했다.

"네 어미가 자기 호위 기사랑 놀아났다고 말하는 거야. 천한 정원사하고도 놀아났지. 그래서 널 낳았어. 아, 정원사인지 호위 기사인지는 잘 모르겠다만 어쨌든 그놈과 놀아났지."

그녀는 전신에서 피가 빠져나가는 것 같은 충격을 느꼈다.

"일찌감치 널 없애려고 했다만 내게 아이가 없어서 말이야. 아이가 없어서 없앨 수도 없었지. 게다가 저 늙은 베아릭스가 호시탐탐 노리고 있으니 별수있나."

왕의 조소에 그녀는 소름이 끼쳤다. 자신이 왕의 핏줄이 아니라는 것인가? 설마 하니 모친이 정말 불륜을 저질러서 자신을 낳았던 것일까? 그런 말도 안 되는 일이 있을 리가 없었다.

"말도 안 돼요!"

그녀가 망연자실한 얼굴을 하자, 왕은 잔인한 미소를 머금었다.

"정말 몰랐어? 네가 정말 내 딸이라고 생각했었느냐?"

그녀는 갑자기 그동안 왕이 해왔던 일들이 떠올랐다. 유별나게 자신이 다른 남자와 만나지 못하게 하던 것과 청혼자들을 전부 거부하던 것들도, 그리고 왕비가 죽은 이후로 계속 창녀들을 거느리던 것들도, 단 한 번도 아버지다운 애정을 보여주지 않았던 것도.

"거짓말!"

그녀가 절규하자 왕이 비릿하게 웃었다. 취한 듯 흔들리는 시선에는 광기가 어려 있었다.

"그래도 널 왕자와 결혼시키려 했었어. 그럼 그래도 핏줄에 왕족의 피가 흐르게 될 테니까. 하지만 네년은 제 어미처럼 왕자 대신 사생아를 택하고 말더군."

쯧쯧 하고 왕이 혀를 찼다.

"그러니까 별수없어. 알겠니, 애야? 맹세를 깬 것은 네가 먼저다."

순간 왕의 뒤에 서 있던 남자들이 일제히 달려들었다. 그들이 그녀의 몸을 잡으려는 순간, 그녀는 베개 속에 감추었던 메이스를 꺼내 그대로 휘둘렀다.

"으악!"

퍼억 하고 가장 앞에 있던 남자가 피를 흘리며 쓰러지자 뒤이어 달려들던 남자들은 놀라 뒤로 한 걸음 물러섰다. 그 잠깐 사이에 에르기아는 몸을 날려 벽에 꽂혀 있던 레이피어를 집어 들었다.

"이런, 어서 잡아!"

다른 남자가 외치는 동안 에르기아는 이를 악물고 달려드는 남자를 향해 검을 휘둘렀다. 그들은 에르기아가 여자라고 생각해 검도 뽑지 않았다. 하지만 그 잠깐 사이에 에르기아의 검은 두 번째의 희생자를 쓰러뜨리고 있었다. 왕의 얼굴이 창백해졌다. 하지만 그도 잠시, 그는 악을 지르며 다른 병사들을 불렀다.

"잡아! 저 마녀를 잡아!"

방 안으로 우르르 세 명의 남자들이 더 들어섰다. 궁정 안의 병사로는 보이지 않는 자들로 아무래도 용병처럼 보였다. 그들은 처음 나섰던 자들과 달리 검을 빼 들고는 쓰러져 있는 시체들을 넘어 그녀에게 돌진했다. 에르기아는 달려드는 검을 메이스로 막고 레이피어로 공격했다. 머리 속은 뒤죽박죽이었지만 몸은 공격에 반응했다.

"죽여!"

"과연 피의 마녀!"

"여자라고 방심해선 안 되겠는걸!"

사내들의 고함 소리가 울려 퍼지는 가운데 그녀는 결사적으로 저항했다. 피와 고함 소리가 뒤범벅이 되는 것을 느끼며 그녀는 창가로 전진했다. 왕이 고함을 치면서 시체를 피해 밖으로 뛰쳐나갔다. 역시 왕은 피를 보는 것이 두려운 모양이라고 에르기아는 멍하니 생각했다.

욱신 하고 팔에 검이 스치고 지나갔다. 그에 답하여 그녀는 상대의 옆구리에 메이스를 한 방 먹였다. 와작 하고 갈비뼈가 부서지는 소리가 나자, 상대의 남자는 비명을 올리며 옆으로 쓰러졌다. 그리고 그 남자의 등을 밟고 그녀는 창틀을 밟고 그대로 뛰어내렸다.

"잡아!"

쿵 하고 큰 소리를 내며 그녀는 땅바닥으로 굴렀다. 차라리 편한 옷차림이었으면 더 더욱 좋았을 것을, 불행히도 그녀는 드레스 차림이었다. 피와 땀으로 뒤범벅이 된 채로 에르기아는 숨을 몰아쉬며 어둠 속에서 떠들어대는 병사들을 노려보았다. 덤불 속에 떨어져 그나마 충격을 덜었다. 하지만 위험은 여전히 남아 있었다.

"찾아라!!"

누군가가 고래고래 고함을 질렀다.

그녀는 이를 악물고 드레스의 밑을 잘라냈다. 맨발에 맨다리가 허벅지까지 드러났지만 지금은 그게 중요한 것이 아니었다. 그녀는 어둠 속을 이용해 계단 밑까지 구르듯 뛰어갔다. 다행히 걸친 드레스가 흰 것이 아니라 다행이었다. 흰 린넨은 전부 팔아버렸기 때문에 그녀가 입고 있는 드레스는 낡아 빠진 쑥빛이었던 것이다.

'내 궁을 호위하는 기사들과 병사들, 그리고 펠리시아는 어떻게 되었을까? 왕이 아무래도 용병들을 불러 모은 것 같은데.'

아까 본 자들은 왕의 친위대가 아니었다. 왕의 친위대라 할지라도 그녀에게 다짜고짜 검을 휘두르는 데에는 죄책감을 느낄 것이다. 그녀는 초조해서 입술을 깨물었다. 그녀의 궁을 낯선 병사로 가득 메운다는 것은 쉬운 일이 아니었다. 그녀의 궁은 그녀에게 충성을 맹세한 기사들과 병사들이 지키고 있었다. 왕이 이렇게 습격한 이상 그들이 무사하길 바란다는 것은 어려운 일이었다.

"찾았나?"

"제기랄!"

어둠 속을 뚫고 병사들의 시끄러운 소리가 들려왔다. 궁정 안팎을 인정사정없이 뒤지는지 시녀들의 비명 소리가 멀리서 들렸다. 횃불을 든 병사들이 곳곳을 뒤지며 돌아다녔기 때문에 어두운 궁정은 금세 밝아졌다. 겁에 질린 하인이나 시녀들의 비명 소리도 간간이 들려왔지만 에르기아는 계단 아래 덤불 속에서 움직이지 않았다. 기회를 노리지 않으면 분명히 잡혀 죽는다.

"저기다!"

개 짖는 소리가 들려왔다. 사냥개까지 불러들인 모양이었다. 그녀는 덤불에 온몸을 긁히면서 재빨리 바닥을 기었다. 진흙과 피로 얼룩진 팔다리는 곧 상처투성이가 되었지만 그녀는 아랑곳하지 않았다. 공포보다 더한 절망이 솟구쳤다. 방금 자신이 들은 말이 대체 무엇인지는 나중에 생각하기로 했다. 일단은 살아남는 것이 중요했다.

'살아남는 것이 중요해?'

그녀는 멍하니 생각했다. 고귀한 태생인 공주라 생각했는데 어머니의 불륜으로 태어났다고 하고, 아버지는 방해가 된다고 죽이려 한다. 사랑하는 남자는 자신을 도구로 이용해 왕위에 오를 생각만 하고 있다. 유일하게 진정으로 사랑해 주던 외조부는 이미 죽은 지 오래.

'내가 진짜 살아남을 필요가 있는 것일까?'

그녀는 덤불 속에 엎드린 채 멍하니 생각했다. 귓속에서 잉잉 소리가 났다. 아까 2층에서 뛰어내린 탓에 발목이 시큰거렸다. 여기저기서 횃불을 든 병사들이 그녀를 수색하고 있었다. 덤불을 칼로 쑤시며 창끝으로 헤치는 모습이 곧 발견될 것만 같았다.

'아무도 날 원하지 않아.'

텅 빈 눈동자로 눈물이 흘러내렸다. 짙은 어둠 속, 타오르는 횃불들이 어지러웠다. 그녀는 멍하니 자신을 찾기 위해 정원수들을 창끝으로 뒤지는 병사들을 바라보았다. 멀리서 개들이 짖고 있었다. 가만히 있다가는 금세 발각되어 죽임을 당할 뿐이다. 그러나 몸은 움직이려 하지 않았다.

'아무도 내가 살길 바라지 않아. 날 원하는 사람은 아무도 없어.'

며칠 전까지만 해도 그녀는 행복했었다. 니엘이 나타나 그녀의 손을 잡고 청혼을 했었다. 그때 얼마나 행복했었던가. 그런데 지금 이 상황은 대체 무엇일까? 그녀는 멍하니 흙더미 위에 놓인 자신의 손을 바라보았다. 메이스를 든 손은 피에 절어 있었다. 누군가의 뇌수를 터뜨리며 전진한 대가였다. 그리고 그 손에는 니엘이 청혼할 때 주었던 다이아몬드 반지가 끼워져 있었다. 그 반지가 어둠 속에서 빛을 발하고 있었다. 마치 유혹하듯 휘황한 빛깔로. 공작부인의 반지.

그녀는 입술을 악물었다. 어찌 되었든 그는 자신에게 청혼을 했다. 몇 명의 아리따운 정부를 두던 그는 그녀의 남자였다. 아무리 그가 자신을 사랑하지 않는다고 해도 그는 절대로 그녀를 버릴 수는 없다. 살아 있는 한. 그렇다, 살아 있는 한 그는 그녀를 버릴 수 없다. 어떤 여자도 그와 결혼할 수가 없는 것이다. 악마공작은 그녀의 것이었다.

'살아날 거야. 살아나서 반드시 그를 내 손아귀에 넣을 테야.'

그녀는 이를 악물었다. 강렬한 복수심이 이글이글 타올랐다. 아무도 원하지 않는다 해도 원하는 것을 가질 것이라고 그녀는 결심했다.

'공주가 아니면 어때? 어차피 난 마녀인걸.'

바로 곁까지 다가온 병사가 창끝을 그녀가 숨은 덤불 속으로 불쑥 내밀었다. 날카로운 창날에 허벅지를 조금 베었지만 그녀는 신음 소리 하나 흘리지 않았다. 오히려 바로 앞까지 다가온 병사의 창끝을 재빨리 잡아챘다. 그리고는 그가 소리를 내기도 전에 그 창대를 잡고 일어서며 재빨리 목을 그어버렸다. 병사는 비명조차 지르지 못했다. 그의 목이 데구르르 굴러가며 뜨거운 피가 분수처럼 솟아나 그녀를 적셨다. 에르기아는 눈물인지 핏물인지 알 수 없는 상태로 입술을 핥았다.

"멋지게 살아남아 보이겠어!"

그녀는 병사의 옷을 갈아입고 투구를 빼앗아 썼다. 비록 피비린내가 엄습했지만 아무렇지도 않았다. 어디, 피로 뒤집어쓴 것이 한두 번의 일인가. 그녀는 잔인한 빛으로 번들거리는 눈을 들어 어둠 속에 잠긴 서쪽 별궁을 바라보았다. 부산스러운 움직임으로 가득 차 있었다. 불안한 발자국 소리가 여기저기서 들려왔지만 그녀는 아무렇지도 않은 듯 느긋하게 창대를 잡았다. 비록 가슴속이 요란하게 방망이질쳐 대고 있지만 겉으로는 태연했다.

몇몇 지나가는 용병들이 그녀를 보았지만 아무도 눈치 채지 못했다. 그저 그녀가 덤불 근처를 뒤지는 척만 해도 그들은 그런가 보다 하고 넘어갔을 뿐이다.

"찾았나?"

"아뇨!"

"찾았나?"

"아니오!"

"제기랄, 어디로 사라진 거야? 빌어먹을 마녀년!"

병사들과 용병들의 욕지거리를 들으며 그녀는 다른 병사들처럼 덤불을 창끝으로 뒤지는 척하며 자연스럽게 그 자리를 떠났다. 사나워 보이는 개 한두 마리가 그녀에게 와 어물거렸지만 그녀가 욕지거리를 하며 걷어차자 깽깽 소리를 내며 사라져 버렸다. 어서 궁을 빠져나가야겠다고 사방을 둘러보니 아무래도 주변에 깔린 병사들을 쉽게 제칠 수 있을 것 같지는 않았다. 무엇보다도 제일 먼저 왕궁의 문을 봉쇄했을 것은 분명할 터이니까. 그렇다면 차라리 대담하게 내궁(內宮)의 비밀 통로를 이용하는 것은 어떨까 싶어 그녀는 방향을 바꾸었다. 내궁은 왕비의 거처였다. 아직 코넨 왕은 창녀들에게 왕비의 거처인 내궁을 내주지는 않았다. 창녀들의 거처는 여전히 외궁(外宮)의 별원이었던 것이다.

"꺄아아아악!!"

그녀가 내궁 쪽으로 걸어가는 동안 갑자기 비명 소리가 들려왔다. 그 낯익은 목소리에 에르기아는 필사적으로 달렸다. 그 목소리는 분명 펠리시아였다.

"지금 뭐라고 했나?"

니엘은 들고 있던 술잔을 집어 던지며 물었다.

"서쪽 별궁에 있던 기사들이 남김없이 전부 다 체포되었습니다. 급합니다!"

피투성이가 된 기사가 그에게 무릎을 꿇으며 큰 소리로 외쳤다. 그는 에르기아의 서쪽 궁을 지키는 흑기사 중 한 명인 오스틴 경이었다.

"어째서?"

"왕이, 왕이 한 짓입니다. 공주님을 구해주십시오, 각하!"

그의 얼굴에 담긴 다급함을 깨닫자, 니엘은 취기가 완전히 깨는 것을 느꼈다. 그는 두 번 묻지 않았다. 그대로 벽에 걸린 자신의 애검을 집어 들고 명령했다.

"기사들을 모아!"

"네, 마이 로드!"

바로 옆에 있던 종자들이 사태를 짐작하고 황급히 밖으로 뛰어나갔다.

"에르기아는! 그녀는 어떻게 되었나!"

얇은 셔츠 위에 화급히 망토를 걸치며 그가 큰 소리로 외치자, 오스틴 경은 더불어서 마주 외쳤다.

"모릅니다. 기사들은 모두 감금되고 죽임을 당했습니다. 이제 믿을 사람은 공작님밖에 없습니다!"

그 말을 들으며 그는 창가로 다가갔다. 새까만 어둠 속에 짐승처럼 웅크린 왕성이 보이자 그는 초조해 입술을 깨물었다. 횃불이 이리저리 움직이는 것이 아무래도 사태는 심각한 상황인 것 같았다.

"그녀의 주변에 그럼 아무도 없단 말인가? 에르기아의 옆에 있던 그 잘난 놈들은 다 무얼 하고 있었어?!"

그가 피를 토하듯 다그치자 오스틴 경은 할 말이 없어 입가를 일그러뜨렸다. 말라붙은 피로 뒤범벅이 된 노기사는 비통하게 고개를 저어 보였다.

"약을 썼습니다. 어찌 된 것인지, 별궁 안에 있던 자들 모두가 약에 중독이 되어 쓰러져 버렸습니다. 아무래도 별궁 안에 내통자가 있었는지도 모릅니다."

"서둘러! 멍청이들!"

니엘은 피를 토하듯 외쳤다. 잔뜩 일그러진 얼굴에 검붉은 흉터가 포효했다. 그는 굶주린 야수처럼 방 안을 서성이더니 더이상 기다릴 수 없다는 듯 검자루를 움켜쥔 채로 방을 나서며 외쳤다.

"있는 대로 불러 모아 왕궁으로 와라! 그대로 왕을 친다!"

"마이 로드!"

노집사가 당황해 그의 뒤를 따랐고 종자들이 하얗게 질린 얼굴로 다급히 검을 쥐고 몰려들었다. 저택에 거주하던 기사들은 주인이 갑옷도 걸치지 않고 나가는 것을 보고는 자신들도 갑옷을 입는 것을 포기했다.

"기다리십시오, 공작님! 아직 너무 적은 수입니다!"

기사들 몇이 당황해서 복도를 달리며 외쳤다. 하지만 니엘은 멈추지 않았다.

"제기랄! 따라 오든 말든 마음대로 하라고 해!"

그는 눈에 핏발이 선 채로 이를 갈았다. 그가 복도를 나가는 동안, 기사들이 하나둘씩 모여들었다. 그나마 그의 종자와 부관들이 황급히 기사들을 모아들였던 탓이다. 하지만 고작해야 십여 명이 전부였다. 피투성이가 된 오스틴 경도 그의 뒤를 따르며 검을 움켜쥐고 있었다.

니엘이 마침내 현관 밖으로 나가자, 집사가 급히 달려나와 망토 이외에 셔츠 한 장밖에는 걸친 것 없는 그에게 어떻게 해서든 갑옷을 입히려 했다. 하지만 그는 그것조차 밀어버렸다. 당황한 집사가 막 뭐라 하려는 순간 눈이 마주쳤다.

"……!"

집사는 아무런 말도 할 수 없었다. 충혈된 눈은 이미 살기로 번들거리고 있었다. 격렬한 분노와 살기가 뒤범벅된 그의 얼굴은 이미 악마 그 자체였다. 오랫동안 그를 모시고 있던 집사조차 오한이 들 정도로 무시무시한 얼굴이었다.

"에르기아의 털 끝 하나만이라도 다쳤다면 그 개자식의 목을 벤다! 그 창녀들의 내장을 뽑고, 그 개자식의 사지를 하나씩 찢어 그 살점을 맛볼 테다!"

그가 으르렁거리며 살기를 뿜어대는 동안, 오스틴 경은 부르르 떨었다. 소문 그대로, 아니, 소문 그 이상이었다. 그가 개자식이라 욕하는 상대가 왕이라는 것은 오스틴 경 역시 짐작하고 남음이 있었다.

"간다!"

그가 시커먼 준마를 제대로 된 안장도 없이 올라타자, 놀란 종자들과 기사들이 화급히 그 뒤를 따랐다. 아직 열댓 명밖에 모이지 않았는데도 불구하고 그가 그대로 말을 내달리기 시작하자 놀란 기사들이 소리를 질렀다.

"마이 로드! 그 상태론 위험합니다!"

"마이 로드! 진정하십시오! 왕이 노리는 게 그것입니다!"

그들이 목이 터져라 외쳤지만 이미 그는 맹렬하게 달려나가는 중이었다. 기사들은 오로지 그가 혼자서 왕성으로 쳐들어가기 전에 같이 가기 위해 서두를 수밖에 없었다. 보고 있던 집사가 고래고래 고함을 질렀다.

"호이슨 자작님은 어디 계시냐!"

"지금 막 전령이 갔습니다. 하지만 다행히도 펠하이스 남작님께서 붙어 계십니다."

하인이 당황해서 외치자, 집사는 하는 수 없다는 듯 소리 질러 명령했다.

"공작령의 모두는 무장하라! 주인님께서 지금 막 왕궁으로 공주님을 구출하기 위해 나섰다. 알아들었느냐!"

노집사의 우렁찬 명령에 하인들도 바삐 움직이기 시작했다. 저택 근처에 있던 다른 기사들도 화급히 검은 갑옷, 베아릭스기사단의 상징인 검은 갑옷을 입고 모여들었다. 그리고 자신들의 주인을 쫓아 맹렬하게 달려나갔다. 지축을 울리는 말발굽 소리와 기사들이 외치는 기합성, 거기에 창칼이 부딪쳐 내는 금속성이 한데 어우러져 전쟁의 한가운데 있는 것 같은 기세를 내뿜었다. 왕성 주변에 있던 사람들은 그 장관에 모두들 잠이 깨어 뛰쳐나올 정도였다.

"베아릭스기사단!! 출동하라!!"

"왕성으로 가라!!"
"에르기아 공주님 만세!!"
"공주님을 구하라!!"

이런저런 기합과 고함이 뒤섞이며 마침내 흑기사단과 베아릭
스기사단이 합쳐졌다. 그 분위기에 들뜬 몇몇 젊은 기사들이 뛰
어들고, 귀족들도 잠에서 깨어나 수도 전체가 초긴장 상태에 빠
졌다. 에르기아 공주가 왕에게 시해당할지도 모른다는 소문이
불길처럼 번져 갔다. 그녀에게 충성을 바치던 젊은 기사들도,
왕에게 불만이나 원한을 가진 자들도, 그저 상황을 지켜보던 귀
족들도 모두들 잔뜩 들떠 일제히 왕궁을 향해 말을 몰았다. 악
마공작 베아릭스가 앞서 달린다는 소문을 들은 자들은 혈기에
들떠 더 더욱 날뛰었다.

'이렇게 되면 거사다!'

소식을 들은 호이슨 자작은 그렇게 판단했다. 그는 휘하의 병
력을 있는 대로 끌어 모으면서 마치 선동하듯 갑옷도 갖추지 않
고 왕궁을 향해 돌진하고 있다는 자신의 주인을 떠올렸다. 갑자
기 가슴이 끓어올랐다. 이것은 기회였다. 공주를 구한다는 명분
이 갖춰진 것이다.

상황이 어떤지 니엘도 계산하고 있었다. 하지만 그 계산은 계
산이더라도 그의 몸은 본능대로 움직이고 있었다. 단지 15기의

기사만을 이끌고 왕궁으로 난입하는 것은 어리석은 일일지도 모른다. 서쪽 궁의 기사들을 전부 제압하기 위해서라면 적지 않은 병력이 필요한데 그 병력을 왕이 이끌어냈다는 것은 이미 어느 정도 준비를 갖췄다는 이야기였다. 그런 상황 하에 그가 어슬렁거리며 단 15기의 기사만으로 들이닥치는 것은 바보 짓이었다. 하지만 그는 그 바보 짓을 하지 않을 수 없었다.

'에르기아!'

그는 맹렬하게 후회하고 있었다.

연회의 날, 그녀가 상심하고 있던 그 순간 일부러 보란 듯이 그녀를 멀리했던 것은 심술 그 이상도, 그 이하도 아니었다. 자신이 순전히 왕위만을 위해서 그녀를 끌어안고 사랑을 속삭였다고 생각하는 그녀를 괴롭히기 위해서였다. 자신을 기다리며 식사도 제대로 하지 않았다는 것을 듣고 그는 음험한 기쁨에 사로잡혀 있었다.

보라! 그녀는 나를 사랑한다. 내가 자신을 사랑하지 않는다고 생각하는 것만으로도 식욕을 잃을 정도로 말이다. 그 사랑받는 자의 즐거움에 사로잡혀 그는 일부러 그녀를 내버려 두었다. 일주일 정도 내버려 두고 일단 방해가 되는 구혼자들이나 치워 버릴 심산이었다. 먼저 데릭을, 그리고 나머지 몇몇 영주들과 끈질기게 버티고 있는 커드리스의 밀란 왕자를 치워 버리고 왕에게 압박을 가할 생각이었다. 실제로 그의 압력에 못 이겨 몇몇 귀족들은 스스로 물러났다. 유일하게 남은 밀란 태자만이 유일한 걸림돌이었다. 하지만 그 작자는 묘하게도 코넨 왕과 죽이 맞아 궁 안에서 조금도 움직이지 않고 있었다. 그것이 대단히 불편한지라 그는 에르기아에게 연락을 하는 것도 삼가고 있는 중이었다. 그리고 그 밑바닥에는 어차피 그녀는 그를 택할 테니 왕이 발악을 해도 어쩔 수 없으리라는 자신감이 있었다. 그는 모든 구혼자들을 물리친 뒤에 혼자서 슬퍼하고 있는 그녀를 끌어내 두 팔에 안고 너무나 사랑하고 있다고 외치며 멋들어진 청혼과 함께 꽃과 보석, 그녀가 가지지 못했던 모든 것들을 퍼부어댈 예정이었다.

자신을 사랑하는 여자, 자신만을 사랑하는 여자. 그녀의 시선을 받으면 자신은 몇 배는 커다란 거인이 되는 듯했다. 커지고 커져서 마침내 세상에서 가장 대단한 남자라도 되는 듯 우쭐해졌다. 그런데 그런 그녀가 지금 위험에 처해 있다.

'손이…… 떨린다.'

그는 말고삐를 잡은 손을 멍하니 바라보았다. 들끓는 살기와 흥분과는 별도로 그는 자신이 겁에 질려 있다는 것을 깨달았다. 잃을지도 모른다. 그녀를 잃을지도 모른다. 그것을 생각하는 것만으로도 심장을 쥐어짜는 듯한 고통이 느껴졌다.

"안 돼! 절대로 안 돼!"

그는 피를 토하는 심정으로 외치며 롱 소드를 치켜들고 왕궁에 난입했다.

10장

아이리스는 고개 숙이지 않는다

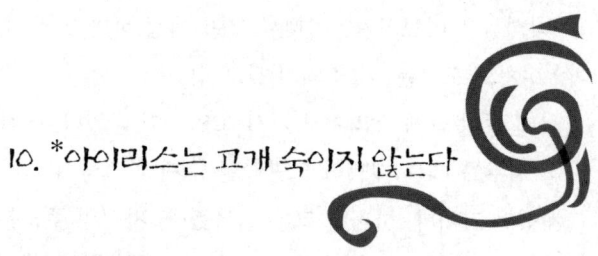

10. *아이리스는 고개 숙이지 않는다

"찾았나?"

코넨 왕은 초조하게 되물었다.

"아니요, 못 찾았소이다."

대답하는 것은 왕의 친위대가 아니라 커드리스의 기사였다. 그는 별로 마음에 들지 않는 듯 자신의 주군을 흘긋 보았다. 밀란 태자는 초조해서 안절부절못하는 왕과 달리 느긋한 자세로 턱을 괴고 앉아 있었다.

"제기랄! 계집 주제에! 정말 마녀라니까. 어떻게 피했지?"

"곧 찾아낼 겁니다."

---

* 소식. 격정. 앞날을 바라보는 의지

"너희들은 바보인가? 어째서 그런 계집 하나 잡지 못하는 거야? 수치도 모르는 것들! 돼지 같으니!"

코넨 왕이 크게 소리치자 기사의 얼굴이 굳었다. 정작 그녀가 칼을 휘두를 때는 재빨리 도망갔던 주제에 그렇게 욕하는 것이 불쾌했던 것이다. 하지만 그는 침묵했다. 자신의 주군은 여전히 냉정하다 못해 느긋한 자세로 앉아 있었다. 기사는 순간적으로 자신의 주인이 코넨 왕 같은 덜 떨어진 군왕이 아님을 신에게 감사했다. 아직 젊은 밀란 왕자는 태자라는 말이 어울리지 않을 정도로 유연한 군주였다.

"어서 잡지 않으면 안 돼! 그 더러운 사생아 놈이 나타날 테니까!"

그가 안절부절못하며 소리를 지르자 밀란이 조용히 입을 열었다.

"어때? 왕궁으로 들어선 세력은 있나?"

"아뇨, 아직까지는 조용한 것 같습니다."

기사는 그렇게 말하고 대전의 입구 쪽을 바라보았다.

밀란이 코넨 왕과 비밀스런 음모를 가지게 된 것은 일주일 전의 연회에서였다. 코넨 왕은 밀란에게 에르기아를 내주기로 약정했고, 밀란은 기꺼이 그녀와 그녀의 기사단을 얻기 위해 동의했다. 에르기아 쪽도 로디지에 남아 왕의 위협에 시달리느니 자신과 함께 커드리스로 가는 쪽이 이득이라 생각했기 때문에 그는 설득하는 데에는 자신이 있었다. 아무리 보아도 왕은 금방이라도 그녀를 살해하기 위해 온갖 수단을 동원할 것처럼 보였기 때문이다. 하지만 그날 밤, 그는 악명 높은 악마공작 에레니엘 베아릭스를 보고 마음을 조금 바꾸었다. 그 흉악한 얼굴을 하고서도 그는 여자를 매혹시키는 능력의 소유자였는지 에르기아는 그에게서 시선을 떼지 못하는 기색이었다. 이 경우, 만약에 그녀가 악마공작과 맺어지기라도 한다면 왕이든 누구든 모두의 이득은 물 건너가는 셈이 된다. 게다가 왕은 그녀가 자신의 소생이 아니라고 그에게 말했기 때문에 왕위 계승권에 대한 욕심은 이미 버렸다. 하지만 그녀가 왕위 계승자가 아니라고 해도 그녀는 흑기사단의 주인이자 많은 기사들의 주인이었다. 그런 그녀가 자신의 배우자가 된다고 하면 병력이 필요한 커드리스로서는 대단한 이득이다.

'그러나 어쩐지 그다지 상쾌한 기분은 아니군.'

그는 힐긋 자신의 호위 대장인 개빈 자일즈 백작은 바라보았다. 자일즈 백작은 아까 왕의 발언이 기분이 나빴던지 잔뜩 굳어진 얼굴이었다.

"폐하."

밀란이 일어서며 말했다. 안 그래도 초조한 얼굴로 굳어 있던 코넨 왕이 돌아보자, 밀란은 빙긋 웃으며 말했다.

"아무래도 제가 직접 나서는 것이 좋을 것 같습니다. 지리를 잘 모르니 믿을 만한 자를 하나 불러주시겠습니까?"

그 말에 왕은 곧 동의했다.

그가 손짓하며 막 복도를 지나가고 있던 시종 하나를 부르자, 잔뜩 겁에 질린 소년이 밀란의 앞으로 달려와 재빨리 고개를 숙였다.

"궁 안에서 나고 자란 애들이니까 길은 잘 알 거요, 밀란 태자."

"잘되었군요. 아직 어리긴 하지만."

밀란은 고개를 들지도 못한 채 떨고 있는 소년을 바라보았다. 소년의 목덜미가 유난히 화사한 것이 어쩐지 사내로는 보이지 않았다. 하지만 그는 내색하지는 않았다. 궁에서 나고 자란 소녀가 남장을 하고 있는 데에는 분명 이유가 있을 것이다.

"좋아. 이제 서쪽 궁으로 가자."

"네."

소년 아닌 소년이 앞장서 방을 나서자, 밀란은 빠른 걸음으로 걸으며 그의 뒤를 바짝 따르는 두 명의 기사 중 한 명에게 물었다.

"지금 궁을 장악하고 있는 왕의 병사는?"

"약 오백여 명. 주력은 친위대이긴 하지만 실력은 형편없고, 역시 중심은 레용산 용병입니다. 나머지는 급조한 병사들로 보입니다. 소문에 의하면 왕의 후궁들 중 대상인의 딸이 끼어 있어 그자에게서 자금을 얻어낸 듯합니다."

"저런, 저런."

밀란은 혀를 찼다. 일국의 왕이 자신의 기사단을 가지고 있으면서도 외부 용병을 사야만 하다니. 게다가 레용산의 용병은 용병 중에서도 악명이 높은 집단이다. 그런 무뢰배들을 궁 안에 풀어놓다니. 오늘 밤 궁정 시녀들의 정조는 대단히 위험한 상태가 될 것이 뻔하다.

"그래서 우리의 공주님은?"

그가 경쾌하게 묻자 앞서서 걷고 있던 소년 시종이 멈칫했다. 아무래도 이 소년 역시 에르기아 공주에게 심취해 있는 듯하다.

"놀랍습니다."

자일즈 백작이 감탄을 섞으며 칭찬했다.

"왕과 함께 있던 용병 셋을 없애 버리고 달아난 모양입니다. 중간에 병사들을 몇 해치웠고 어둠을 틈타 완전히 스며들었습니다. 모두들 악에 받쳐 공주를 찾고 있습니다."

"과연 피의 마녀!"

"보통의 여자로는 볼 수 없습니다."

기사들이 한두 마디씩 늘어놓는 동안 밀란은 눈앞의 시종을 주의 깊게 바라보고 있었다. 소년은 이제 눈에 보일 정도로 떨고 있었다.

"놈들에게 걸리면 공주고 뭐고 없어. 절대로 우리 쪽에서 먼저 찾아내야 해."

밀란의 말에 자일즈도 진지하게 대답했다.

"알고 있습니다. 왕의 용병들은 절대로 그녀를 그냥 순순히 놔주진 않겠지요. 피를 본 상태니까 절대 그냥은 끝나지 않습니다."

"그 짐승들의 손에 공주를 넘길 순 없지. 지금 어떻게 하고 있나?"

"용병들 사이에 끼어 공주를 찾고는 있습니다만 공주 역시 쉽게 잡힐 인물은 아니죠. 벌써 이 왕궁을 탈출했을지도 모르겠습니다만."

자일즈가 조심스레 말하자 밀란은 고개를 저었다.

"아니, 그건 불가능해. 공주는 혼자서 빠져나갈 수 없어. 그렇지 않나?"

그가 갑자기 앞서 가던 소년의 팔뚝을 잡자, 놀란 소년이 비명을 올렸다.

"꺄악!"

어둠 속에 드러난 하얀 얼굴은 분명 여자였다. 그녀는 밀란의 억센 팔뚝을 풀어내려고 버둥거렸다. 그녀가 마구 할퀴고, 심지어는 그의 팔뚝을 깨물어댔지만 그는 아랑곳하지 않은 채 자신이 잡은 그녀를 벽에 힘껏 밀쳐 냈다. 쾅 소리가 나자 그녀는 그제야 조용해졌다. 밀란은 자신이 잡은 여자의 두건을 벗겨 던졌다. 금발이 드러나자 그는 낮게 실망 섞인 소리를 질렀다.

"넌 누구지?"

여자의 얼굴은 창백했다. 그녀는 눈물로 얼룩진 얼굴로 그를 올려다보았다. 하얗고 가녀린 몸집이라 과연 12살 소년 시종으로 보일 만도 했다. 하지만 밀란은 여자의 우는 얼굴에 혹할 정도로 약한 남자는 아니었다.

"전 시녀예요."

"시녀라? 그런데 왜 변장하고 있었지?"

그녀는 입술을 깨물며 절망에 찬 울음을 터뜨렸다. 그 모습에 짜증이 난 밀란은 위협하듯 나직하게 속삭였다.

"당장 그치고 제대로 고하라. 만약 그게 싫다면 그대로 왕의 개떼들에게 던져 주지."

그 말에 헉 하고 소리를 낸 여자는 울음소리를 죽였다.

"자, 좋아. 이름은?"

"페, 펠리시아, 펠리시아입니다."

"좋아, 펠리시아. 남장을 하고 뭘 하고 있었나?"

"도, 도망가려던 것뿐입니다. 병사들에게 강간당하기 싫어서."

나름대로 완벽한 대답이었지만 밀란은 납득하는 대신 미소 지었다.

"그랬군. 그럼 네가 모시던 공주께선 어디로 도망가셨지?"

"아, 그게……."

펠리시아는 대답하려다 말고 입을 다물었다. 그녀의 얼굴이 창백하게 변하자 밀란은 고개를 끄덕였다.

"놀랄 것 없어. 이야기를 엿들었겠지? 나는 커드리스의 밀란이다. 공주를 해치려는 게 아니야. 오히려 공주를 데리고 커드리스로 갈 생각이다."

"죽어도 말 못해!"

그녀는 이를 악물고 외쳤다. 그녀가 버둥거리며 몸부림치자, 밀란은 끌끌 혀를 차며 그녀의 작은 몸을 다시 벽에 대고 흔들었다. 하나, 여자는 완강했다. 그녀는 금발이 마구 울부짖으며 저항했다. 밀란은 옆에 선 자일즈에게 쓴웃음을 지었다.

"저런, 저런. 나는 여자에게 그다지 신용이 없는 남자인가? 이 작은 아가씨도 날 못 믿는다는데."

"길게 말할 것 없이 왕에게 넘기지요. 그럼 아마 술술 불어댈 겁니다, 마이 로드."

경멸에 찬 얼굴로 자일즈가 매몰차게 말했다. 그러자 펠리시아는 부들부들 떨기 시작했다.

"네가 잘 모르는 것 같은데, 이곳은 온통 공주의 적들로 가득 차 있어. 그리고 나는 공주와 결혼하기 위해서라도 그녀를 보호해야 한다고. 왕은 그녀를 죽이고 싶어한다는 걸 아나?"

그 말에 펠리시아는 얼굴을 두 손에 묻고 흐느꼈다.

"아, 알아요."

"그럼 네 주인이 어디 있는지 밝히는 게 좋아. 어디 있지?"

밀란이 재차 물었지만 펠리시아는 고집 센 얼굴로 입술을 깨물었다. 죽는 한이 있어도 자신의 주인을 위험에 빠뜨릴 생각은 절대로 없었다.

"고집이 세군. 이런 아가씨에게 심한 짓은 하고 싶지 않지만."

밀란이 혀를 차는 순간이었다.

"그럼 하지 말아야지."

갑자기 어둠 속 복도에서 차가운 창날이 불쑥 튀어나왔다. 헉 하고 놀란 자일즈가 앞으로 나서려는 순간, 이미 창날은 밀란의 목에 상처를 냈다. 주욱 하고 핏방울이 맺히자, 바로 앞에 있던 펠리시아는 낮은 비명을 올리며 주저앉았다. 하지만 밀란은 주저앉는다면 당장이라도 목에 구멍이 뚫릴 것을 확신하며 두 손을 들고 조용히 서 있었다.

"별로 반가운 상황은 아닌 것 같군요, 공주."

밀란이 여전히 침착한 음성으로 말하자, 어둠 속에서 가죽 투구와 낡아 빠진 튜닉을 걸친 병사가 천천히 걸어나왔다. 병사는 낡은 창을 움켜쥐고 여전히 창날로 밀란의 목을 겨누고 있었는데 온몸은 피투성이였다.

"동감이야."

사내처럼 말하긴 하지만 분명히 깨끗한 턱을 하고 있었다. 턱 밑까지 더러운 헝겊을 감고 있어 잘 분간은 가지 않았지만 밀란은 투구 아래 숨겨진 얼굴이 에르기아라는 것을 확신했다. 남자 못지 않게 키가 크기 때문에 자세히 보아도 여간해서는 여자라는 것을 알 수 없었다. 펠리시아는 재빨리 그녀의 등 뒤로 숨었다.

"어떻게 할 거요? 내 이야기를 듣겠소? 아니면 고함이라도 지를까?"

밀란의 태연한 말에 에르기아는 진땀이 배어나는 오른손에

주의하며 칼을 빼 들고 있는 밀란의 호위들을 노려보았다. 호위 기사들은 만만해 보이지 않았다. 그들은 모두 무시무시한 기세를 드러내며 밀란의 몸에 무슨 일이라도 벌어진다면 그녀를 갈기갈기 찢을 준비를 하고 있었다.

"이야기를 할 준비가 되었소?"

밀란은 여전히 태연자약했다. 에르기아는 속으로 감탄했다. 이 남자라면 과연 왕자라고 불릴 만한 데가 있었다.

"어떤 이야기인가에 따라 달라."

짧게 그녀가 내뱉자, 밀란은 허허 하고 웃었다.

"저런, 융통성이 없군. 예를 든다면 이런 거외다. 당신이 날 잡고는 있지만……."

그의 말이 떨어지기가 무섭게 갑자기 에르기아의 뒤쪽에서 한 덩치가 불쑥 솟아나더니 떨고 있던 펠리시아를 잡아챘다.

"꺄아아!"

에르기아는 움찔했지만 돌아보는 우는 범하지 않았다. 그녀는 여전히 창날을 그의 목줄기에 겨눈 채 냉정하게 말했다.

"그래서?"

"당신의 시녀도 내 기사가 잡고 있다는 거요."

밀란이 쯧쯧 혀를 차며 말했다. 어느 면에서 보면 정말 유들유들하다 못해 징그러운 데가 있는 남자였다. 이런 타입의 남자는 처음이었다. 데릭은 명랑해도 유들거리는 태도는 없었다. 화가 머리끝까지 치밀었지만 에르기아는 이를 악물었다. 뒤에서 낮게 울음소리를 내고 있는 펠리시아의 목소리가 그녀를 초조하게 했지만 지금 상황에서 섣불리 움직일 수는 없다.

"무슨 일이오?"

갑자기 복도 모퉁이에서 몇 명의 병사들이 다가왔다. 모두 왕궁 안의 병사들은 아닌 듯했다. 용병 차림새인 것을 보고 에르기아가 당황하는 순간, 앞선 사내가 큰 소리로 물었다.

"너희들은 누구?"

그 순간이었다. 갑자기 침묵하고 있던 자일즈 백작이 휙 돌아서더니 검을 휘둘러 앞서 있던 남자의 목을 베었다. 말 그대로 순식간이었다. 퍼억 하고 핏줄기가 솟아나는 순간 침묵하고 있던 밀란의 기사 두 명이 동시에 움직이며 다른 병사들을 베어버렸다. 놀라운 솜씨였다.

털썩 하고 마지막 시체가 쓰러지자, 자일즈 백작이 차갑게 말했다.

"공주, 그 창날을 치우시오. 우리들은 당신을 내버려 두고 가면 그뿐이외다. 당신은 감히 주군을 건드릴 수는 없소."

"왜지?"

그녀가 묻자, 자일즈는 비웃었다.

"당신을 죽이려는 것은 코넨 왕이지 우리가 아니니까. 우리는 당신이 살아 있을 때만 필요하오. 하지만 주군의 몸에 상처를 낸 자를 가만히 둘 정도로 커드리스의 기사들은 마음이 넓지 않아."

그 말이 끝나기가 무섭게, 갑자기 터억 소리를 내며 에르기아의 창날이 반 토막이 났다. 놀랍게도 자일즈 백작의 손끝에서 뿜어져 나온 단검이 창날을 부순 것이다. 하지만 그 여파로 밀란의 목은 길게 옆으로 찢어졌다.

"제기랄. 조심 좀 하라구."

혀를 차며 밀란은 자신의 목을 잡았다. 피가 제법 흘렀지만 혈관을 다칠 정도는 아니란 것을 확인하고는 밀란은 스카프를 풀어 목을 휘휘 감았다. 에르기아는 부러진 창을 잠시 바라보다가 감탄한 듯 자일즈 백작을 바라보았다.

"대단하군. 당신이 혹시 광혈(狂血)의 기사인가?"

그 말에 자일즈의 얼굴이 굳었다. 하지만 그 말에 대답한 것은 그가 아니라 밀란이었다.

"그에게 광혈이라는 말을 한 번 더 한다면 내가 기꺼이 당신의 엉덩이를 때려주겠소."

장난스러운 말이었지만 그 안에 숨겨진 분노를 느끼고 에르기아는 조금 놀랐다.

"그 말이 잘못되었다면 기꺼이 사과하지."

그녀의 말에 밀란은 피가 배어 나오는 목을 잡으며 어깨를 으쓱했다.

"뭐어, 사과한다니 받아주겠소. 섬세한 자일즈는 내 애인이어서 말이오. 나는 그를 보호할 책임이 있지."

그의 말에 에르기아는 입을 떠억 벌렸다. 하지만 옆에 있던 개빈 자일즈 백작은 이를 부드득 갈았다.

"전하!"

"아아, 농담은 나중에 하고 일단은 이 자리를 뜰까."

밀란은 피식 웃더니 앞장서서 걷기 시작했다. 에르기아는 방금 들은 말을 심각하게 생각하며 자일즈와 밀란을 번갈아 보았다. 커드리스의 광혈의 기사는 미쳐서 부모를 쳐 죽이고 약혼녀와 동생마저 갈가리 찢어 죽였다는 무시무시한 소문을 가진 남자였다. 커드리스 제일의 실력을 가졌지만 그 광기 때문에 아무도 그를 가까이 할 수 없다 들었다. 그런데 그 광혈의 기사가 밀란에게 충성을 맹세하고 있는 것으로 보였다. 니엘만큼이나 키가 크고 건장한 체구인 자일즈 백작은 생각 외로 굉장한 미남이었다. 비록 밀란은 그다지 미남이라고 할 수는 없지만 나름대로 매력적인 인물이었으므로 에르기아는 왠지 납득했다. 게다가 밀란이 다치자 자일즈는 길길이 뛰지 않았던가.

"공주, 그렇게 진지하게 납득하지 말아주시오."

자일즈 백작이 이를 갈며 으르렁거렸다. 뒤에 서 있던 기사들이 낮게 웃음을 터뜨렸다.

"그럼 진짜 애인 사이가 아니란 건가? 왠지 어울린다고 생각했는데."

그녀의 진지한 말에 밀란이 폭소를 터뜨렸다. 자일즈만 빼고 모두 웃는 것이다. 그 웃음소리에 에르기아는 긴장으로 굳은 어깨를 조금 늘어뜨렸다. 능글맞은 주인을 따라 모두들 유쾌한 기사들인 것 같다.

"다들 웃지 말란 말이다!"

자일즈가 펄펄 뛰는 동안 에르기아가 태연하게 말했다.

"당신은 대단한 미남이니 밀란 태자가 기꺼이 애인으로 삼는 다고 해도 이상할 건 없어 보이는데."

그녀의 말에 자일즈의 얼굴이 시뻘겋게 달아올랐다. 그는 당 장이라도 그녀를 후려치려는 듯 주먹을 다잡다가 그녀가 여자 라는 사실을 떠올리고는 자제했다. 하지만 앞에서 걷던 밀란의 입은 막지 못했다.

"이제야 공주의 심미안을 이해할 것 같소. 저 무시무시하게 생긴 야수 개빈 자일즈가 굉장한 미남이라니. 커드리스의 레이 디들이 모두 입에 거품을 물 거요."

밀란이 킬킬거렸다. 그뿐만이 아니다. 정말로 다른 기사들도 웃었다. 자일즈는 화를 내야 할지 말아야 할지 어찌할 수가 없 다는 듯 투덜대며 그들의 뒤를 따랐다. 분위기가 점점 부드러워 지자, 에르기아는 부러진 창을 바닥에 버리고 펠리시아를 부축 한 채 성큼성큼 밀란의 뒤를 따라 걸었다.

그들이 도착한 곳은 다른 곳이 아니라 밀란 태자 일행이 머물 도록 지정된 객실이었다. 뭔가 은밀한 장소로 갈 것을 기대했던 에르기아는 조금 당황했다. 어쨌거나 밝고 화사한 방 안으로 들 어서자, 피와 땀으로 뒤범벅된 자신을 떠올리고 그녀는 다시 우 울해졌다.

밀란의 호위병들은 그녀가 어떤 몰골로 들어서든 상관하지 않았다. 그들은 아무것도 보지 못했다는 듯이 모른 척하고 그 자리를 지키고 있었다. 손질 잘된 무구들과 반듯한 자세, 잘 훈련되었으며 영양 상태도 좋아 보인다. 밀란 왕자가 자신의 부하들을 잘 제어하고 있다는 증거였다.

"앉으시오, 공주."

밀란은 그녀가 피투성이 병사의 차림이라는 것을 상관하지 않고 그녀에게 팔뚝을 내밀었다. 에스코트하겠다는 의미라고 생각되었지만 그녀는 거절했다.

"지금은 레이디가 아니라 기사로서 대접해 주길 바라오."

오만한 어투로 그녀가 그렇게 말하자, 밀란은 조금 눈을 크게 떴다. 그의 주변에 있던 기사들이 분노의 기색을 보였지만 놀랍게도 나서는 자들은 아무도 없었다. 밀란의 등 뒤에 버티고 선 기사들은 모두 일곱 명이었다. 다들 커드리스 특유의 장발을 길게 땋아 내리고 있었지만 여자로 보이는 자들은 아무도 없었다. 모두 우람한 체구를 하고 있는데 그 체구를 여자라 여길 수는 없을 것이다. 그중 자일즈 백작이 가장 컸는데 그 다음으로 큰 것은 아까부터 자일즈를 보고 계속해서 웃고 있는 금발의 기사였다. 밀란과 비슷하게 생겼지만 그보다는 좀 더 어려서 이십대 초반으로 보였다. 그가 이중 유일한 애송이로 보인다는 게 에르기아의 판단이었다.

"음, 말투가 정말로 지휘관답구려."

밀란은 그녀의 무례한 어투에도 신경 쓰지 않는다는 듯 고개를 끄덕였다. 화를 내기는커녕 그는 굉장히 재미있어하는 것 같아 에르기아는 화가 났다.

"이야기를 들어봅시다. 왕자가 정확히 원하는 게 뭐요?"

투구를 벗으며 그녀는 차갑게 물었다. 그녀의 말투는 너무 거칠어서 정말로 공주라고 믿기 어려울 지경이었다. 턱을 내밀고 가슴을 편 그녀의 자세는 어디로 보나 거만한 기사의 태도였다. 그럼에도 불구하고 대단히 어울렸다. 피로 얼룩지고 진흙이 묻었지만 반짝이는 검푸른 눈동자는 위엄에 차 있었다. 밀란은 감탄을 감추지 않았다.

"정확히 말한다면 내 구혼을 받아주는 거요."

그 뜻밖의 말에 에르기아는 당황했다. 그녀는 미간을 찌푸리고 자신이 제대로 들었나 다소 의심했다.

"구혼하기 위해 내 부왕과 손을 잡고 나를 토끼 몰이 하듯 몰았다고?"

그녀가 이를 갈며 되묻자, 밀란은 혀를 찼다.

"아아, 정확히 말합시다. 당신은 토끼가 아니라 사자요. 늑대지. 게다가 이 일을 제안한 것은 내가 아니고 당신 부친이오."

뺨을 얻어맞는 기분이 들어 에르기아는 잠시 침묵했다. 코넨 왕이 자신에게 뭐라고 했었던가를 기억해 내자 정말 씁쓸해졌다. 너는 내 딸이 아니다, 이젠 후계자도 아니다라고 했던가?

"내가 왕위 계승자가 아니라는데도 나에게 구혼하겠다는 거요?"

그녀가 여전히 딱딱한 어투로 거칠게 묻자 밀란은 미소 지었다.

"내가 바라는 것은 피의 마녀라 불리는 기사단의 여왕이지 로디지의 공주가 아니오."

그 말에 그녀는 눈을 크게 떴다.

"뭐라고?"

"말 그대로요. 나는 로디지의 왕실에는 관심이 없소. 내가 당신에게 구혼한 것은 커드리스가 용기와 명예로 뭉친 여자를 원하기 때문이지. 게다가 당신을 따르는 용맹한 기사들도 원하고 있고."

"……."

에르기아는 그의 말을 믿을 수가 없었다. 아무리 타국이라고는 해도 로디지나 노스워드에서는 그녀를 그토록 경멸하고 있는데 커드리스에서는 찬양한단 말인가?

"게다가 자일즈 백작을 놀릴 배짱이 있는 여자라면 더 더욱이나."

옆에서 금발의 애송이 기사가 끼어들며 낄낄거렸다. 그와 동시에 밀란의 뒤에 있던 기사도 입을 열었다.

"감히 철혈의 태자에게 피를 흘리게 한 배짱도 덧붙여서. 정말 시원합니다, 공주님."

그 말에 밀란은 눈살을 찌푸렸다.

"그건 좀 문제가 있는 발언인걸. 그럼 넌 내가 피를 흘리길 바랐다는 건가?"

"천만에요, 주군. 그런 용기야말로 찬양받아 마땅하다는 것뿐입니다."

"페기, 그럼 자넨 내가 내 목을 따는 취미를 가진 여자와 결혼하는 게 어울린단 말인가?"

그가 투덜거리자, 심각한 얼굴을 한 기사가 잔뜩 미간을 찌푸리며 항의했다.

"전하, 제 이름은 페그란스지 페기가 아닙니다. 그런 여자 이름 따위로 부르지 말란 말입니다!"

페기라는 기사의 말에 다른 자들도 모두들 낄낄거렸다. 갑자기 화기애애한 분위기에 놀란 펠리시아가 파랗게 질린 얼굴로 에르기아에게 붙어 서는 동안 에르기아는 혼란스러운 머리 속을 정리하기에 바빴다.

"흑기사단을 원하는군."

"맞소."

돌리지도 않고 밀란은 경쾌하게 인정했다. 너무 솔직해서 그녀는 잠시 아연해졌다.

"아내를 독살했다는 악명을 가진 남자와 결혼하라고? 내 기사단을 빼앗고 날 없애지 않는다는 보장은 어디 있지?"

그녀의 질문에 옆에 있던 금발 애송이가 발끈했다.

"감히! 감히 주군께 무슨 말을!"

"애송이는 빠져."

그녀가 돌아보지도 않고 차갑게 말하자, 그의 얼굴이 시뻘겋게 달아올랐다. 그가 막 발작하려는 순간, 밀란이 손을 들어 막았다. 그는 여전히 웃는 얼굴로 대답했다.

"나는 독살하지 않았소. 그녀는 음독자살했지."

"어째서?"

"내 동생과 사통해 나를 죽이려 했거든."

그 대답에 에르기아는 입을 다물었다. 자기 아내가 자신을 죽이려 했고, 그 공모한 상대가 친동생이라고 한다면 눈앞에 있는 이 남자에게는 대단한 타격이었을 것이다. 그럼에도 불구하고 밀란은 여전히 미소 짓고 있었다. 하지만 눈은 웃고 있지 않다.

"미안해요."

그녀는 순순히 사과했다.

"사과할 필요는 없소. 불유쾌하긴 하지만 어쩔 수 없지. 그나저나 그대가 애송이라고 한 저 꼬마는 내 막내 동생인데 그거야말로 좀 미안하지 않소?"

그 말에 에르기아는 놀라 뒤를 돌아보았다. 얼굴이 새빨갛게 달아오른 금발의 청년은 죽어라 그녀를 노려보고 있는 중이었다. 과연 밀란과 닮았다 생각했더니 진짜 닮았다.

"동생? 그럼 커드리스의 왕자란 말이오?"

"사생아도 왕자로 치는 커드리스 왕실에서는 그렇소."

후궁소생인 모양이다. 하지만 얼굴은 닮았어도 정말로 다른 형제였다. 침착하다 못해 능글거리는 밀란과 금세 얼굴이 빨개지는 청년은 전혀 닮지 않았다.

"애송이란 말에 기꺼이 동의하긴 하지만 내 가련한 동생 피레스는 꽤 싫은 모양이오. 그건 그렇고 이야기를 계속합시다."

에르기아는 사과의 의미로 금발의 청년에게 시선을 보냈지만 그는 잔뜩 화가 난 표정으로 아예 외면해 버렸다. 정말 이 밀란 왕자 일행은 처음부터 끝까지 그녀의 예상에 맞는 자들은 하나도 없는 듯하다.

"커드리스에 나와 함께 가겠소?"

에르기아는 밀란의 얼굴을 물끄러미 바라보았다. 부왕이 그녀가 죽거나 아예 커드리스로 시집가 버리기를 바란다는 것을 듣긴 했어도 감각은 별로 없었다. 이미 지독한 충격으로 신경이 마비될 대로 마비된 상태였다. 하지만 그녀가 정말로 어머니가 불륜으로 낳아 왕의 피가 닿아 있지 않다면 왕위 계승권은 없다는 이야기가 된다. 그 경우, 니엘은 그녀를 절대로 택하지 않을 것이다.

갑작스런 슬픔에 에르기아는 입을 다물고 말았다. 그가 자신을 택해줄 리가 없는 것이다. 왕위 계승권도 없는 그녀에게 매력을 느낄 리가 없다. 아무리 그녀가 억지를 써도 결국, 그가 한 구혼은 허공으로 사라지는 셈이다.

"당신에게 왕위 계승권이 없는 이상 이 나라에 머무는 것은 당신에게 전혀 도움이 안 되오. 만약 시간을 조금 더 끌면, 틀림없이 왕은 당신을 사생아라며 공표해 버릴 것이고 새로 낳은 아이를 왕위 계승권자라고 외쳐 댈 테니까."

"그렇겠죠, 내가 누군가와 결혼해 동맹을 맺기 전에."

그녀는 순순히 수긍했다. 결국은 시간이 문제였다. 그녀가 사생아라는 것이 밝혀지기 전에 강대한 누군가, 예를 들자면 니엘이라든지 데릭 등과 결혼하면 그 세력이 배로 늘어나게 된다. 그 정도가 되면 코넨 왕과 왕의 후계자가 될 아이는 그녀를 이길 수 없게 될 것이다. 그래서 결국은 오늘 이렇게 그녀를 습격한 것이다. 죽이거나 혹은 포로로 커드리스에 넘기기 위해.

그녀는 눈을 감고 오늘 밤 보았던 코넨 왕의 으스스한 얼굴을 떠올렸다. 증오와 광기로 찬 그 눈이 조소를 퍼부었다. 〈네가 진정 공주인 줄 알았더냐!〉

"그리고 내 기사단을 제압한 것은 당신들의 기사단이었겠지?"

그녀의 조용한 질문에 밀란은 당황하지도 않고 미소 지었다.

"물론. 만약 왕의 용병들이 나섰다면 피를 흘리게 되었을 거요. 나는 기사단을 원하지 시체를 원하는 게 아니거든."

"어떻게 제압했지? 믿어지지가 않는데. 내 기사들은 약하지 않소."

에르기아가 순순히 묻자, 밀란은 야수처럼 웃었다.

"서쪽 별궁의 주방에 사람을 보내 수면제를 먹였소. 그것을 받아먹지 않은 사람은 당신과 당신의 시녀, 그리고 몇몇뿐이었기 때문에 제압하기에 어렵지는 않았지."

"……."

너무 간단해서 그녀는 신음을 터뜨렸다. 하기야, 자기 집에서 누가 긴장을 하겠는가. 모두들 전쟁에서 승리하고 해이한 상태였다. 게다가 왕궁에서 호위 기사인 자신들을 습격할 만한 사람이 있으리라고는 생각지 못했을 것이다. 그나저나 결국은 몇 안 되는 밀란의 기사들이 로디지의 왕궁을 점령한 것이나 다름없게 되었다.

"커드리스의 병력은 얼마나 되오? 이 궁에 들어온 사람들 말이오."

그녀가 묻자 옆에 있던 자일즈 백작이 인상을 쓰는 것도 불구하고 밀란이 태연하게 말했다.

"모두 232명이오. 그중 기사가 17명, 기병이 150명이오."

"……."

등줄기가 서늘해졌다. 숫자는 적어도 대단한 전력이었다. 하기야 일국의 태자가 외국 여행을 하는데 그 정도 병력이 움직이는 게 당연한 일일지도 모른다.

"코넨 왕은 이제 당신의 존재를 바라지 않소."

밀란이 조용히 말했다.

"당신 자신이 이미 겪었을 것이오. 그리고 로디지의 귀족들도 당신이 코넨 왕의 소생이 아니라는 것을 알자마자 모두 등을 돌리겠지. 코넨 왕에게 새로운 아이가 생긴 이상, 당신의 존재는 이미 무의미해졌소."

무의미. 그 말을 듣자 에르기아는 힘이 빠졌다. 여태껏 해왔던 모든 일들이 다 무의미하다니. 자신이 목숨을 걸고 해왔던 모든 일들이, 아니, 그녀 자신의 존재 자체가 무의미하다니. 그녀는 공허해진 눈을 돌려 자신의 손을 바라보았다. 반짝이는 공작부인의 반지가 무색했다.

　"하지만 나는 다르오. 나는 당신이 사생아든 뭐든 아무런 상관이 없소."

　밀란은 냉정하게 말했다. 하지만 냉정한 만큼 진실성이 있었다.

　"부왕은, 코넨 왕은 왜 그렇게나 나를 죽이고 싶어했을까."

　그녀가 낮게 중얼거리자 밀란도 쓴 표정을 지었다.

　"왕으로서, 남자의 자존심으로서 당신을 용납하긴 쉽지 않겠지. 사내란 잘난 사람, 특히 여자에게 열등감을 느낀다는 것을 절대로 용납하지 않거든."

　그 말에 에르기아는 그를 물끄러미 바라보았다.

　"당신은, 그럼 용납한다는 말?"

　"세상에는 여러 가지 재능이 있소. 그리고 모든 것을 잘하길 바란다는 것은 정말 어리석은 욕심에 불과하지."

　갑자기 그는 싱긋 웃었다.

　"내 뒤에서 눈을 부라리고 있는 저 상냥한 자일즈 백작보다 나는 검술이 뛰어나지 못하오. 물론 마술도 그보단 시원치 않지. 게다가 얼굴로 말한다면 그 옆에 선 애송이 막내놈이 훨씬 더 잘생겼고 여자를 꼬시기도 훨씬 낫소. 어쩌면 잠자리 기술도 훌륭할지도."

에르기아는 눈을 크게 떴다. 이런 식으로 자신의 약점을 드러내는 남자는 본 적이 없었다. 심지어 옆에 있는 다른 기사들도 민망하게 여기는지 헛기침을 했다.

"이 자리에 있는 기사들 중에 나보다 못한 검술 실력을 가진 사람은 단둘뿐이오. 정식대련으로 내가 이길 수 있는 자는 단둘, 나머지는 다 나보다 훌륭하지."

그는 포도주를 직접 그녀에게 권하며 아무렇지도 않게 말했다.

"하지만 나는 그들의 주인이오. 즉, 그건 다시 말해 내가 주인 노릇을 누구보다도 잘하고 있다는 증거 아니겠소? 이들이 나보다 검술이 뛰어나다고 해서 내가 주인이 아닌 것은 결코 아니지. 난 그 방면에서 누구보다도 잘난 남자인 셈이지."

그 말에 에르기아는 우울한 기분을 떨치고 크게 웃음을 터뜨리고 말았다. 맞는 이야기였다. 눈앞에 있는 밀란 태자는 누구보다도 주인 노릇을 잘하는 남자였다. 그의 기사들은 완전히 그에게 충성을 맹세하고 있으리라. 물론 충성만이 아니고 우정도 함께.

그녀는 새삼스러운 눈으로 밀란을 바라보았다. 이런 도량을 가진 남자는 처음이었다. 독특하고도 매우 매력적인 힘을 가진 남자였다. 열이면 열 기사들이라면 모두 이런 주인을 만나고 싶어할 것이 틀림없었다. 자신보다 훌륭하다고 지체없이 칭찬을 퍼붓는 주인이란 그리 흔한 것이 아니다. 코넨 왕은 자신보다 잘났다는 이유 하나만으로 니엘을 죽이려 들지 않았던가.

니엘. 그녀는 우울한 감정을 억지로 삼켰다. 그를 가질 수 없다면, 로디지에 미련을 둘 필요가 있을까 하는 생각이 불현듯 밀려왔다. 눈앞에 있는 밀란 태자라면 사랑은 할 수 없어도 우정만은 가질 수 있을 것 같았다. 지금 눈앞에 있는 남자는 매우 믿음직한 남자로 보였다. 특히 자신의 것이 된 자에게는 아낌없는 애정과 신뢰를 보내줄 것이 틀림없다. 그는 피의 마녀로서의 그녀를 원했다. 공주로서의 그녀를 원한 게 아니다. 그는 그것을 분명히 했다. 하지만 실제로 그녀가 그에게 속하게 된다면 그는 그녀 자신도 분명 존중해 줄 것이다. 그럴 확신이 들었다.

'하지만……'

편한 길을 택해 그를 떠난다면 절대로 그를 다시 보지 못하리라. 그가 어떤 사랑스러운 여자와 결혼했다는 이야기를 듣고 절망하며 증오로 밤을 지새울 것이 틀림없었다. 그러나 남는다 해도 그와 맺어지지 못한다면 그녀에겐 위험뿐이다. 찢어지는 것 같은 아픔이 느껴져 그녀는 억지로 숨을 삼켰다. 불덩이를 삼키는 것처럼 괴로웠다. 왕이 친부가 아니라는 것보다도, 자신이 공주가 아니라는 것보다도 니엘의 반려가 될 수 없다는 사실이 더 괴로웠다. 니엘이 원하는 것은 공주였지 피의 마녀가 아니었다.

그때 갑자기 흑 하고 흐느끼는 소리가 들려왔다. 에르기아가 뒤를 돌아보니, 펠리시아가 새파랗게 질린 얼굴로 울고 있었다. 겁에 질린 그녀의 태도에 에르기아는 손을 뻗었으나 그 손을 뿌리치고 펠리시아는 재빨리 무릎을 꿇었다.

"용서해 주세요!"

"펠리시아?"

"용서해 주세요! 그리고 공주님, 저를 얼른 죽여주세요!"

그녀의 난데없는 말에 에르기아는 놀라 벌떡 일어났다.

"대체 무슨 소릴 하는 거야?"

"왕께서 공주님을 죽이려 한 것은 전부 저 때문이에요! 이런 일이 벌어진 것은 다 저 때문이에요!"

그녀가 소리 높여 흐느끼며 말했다. 에르기아는 잠시 이해를 할 수 없어 그녀를 내려다보았다. 충실한 펠리시아가 대체 무슨 짓을 저질렀다는 것일까?

"자세히 말해 봐, 펠리시아. 지금 무슨 말을 하는지 나는 이해할 수 없어."

에르기아가 침착하게 말하며 그녀의 어깨에 손을 얹자, 펠리시아는 그녀의 무릎을 끌어안았다.

"이렇게 될 줄 몰랐어요! 저는, 그저 공주님이 너무 불행해 보이셔서 그랬던 것입니다!"

"무슨 이야기야?"

에르기아가 조금 짜증이 나려 하는 순간이었다. 갑자기 침묵하고 있던 밀란이 조용히 끼어들었다.

"코넨 왕의 아이를 배었다고 하는 게 바로 너로군."

11장

시들어 버린 금어초를 꺾고

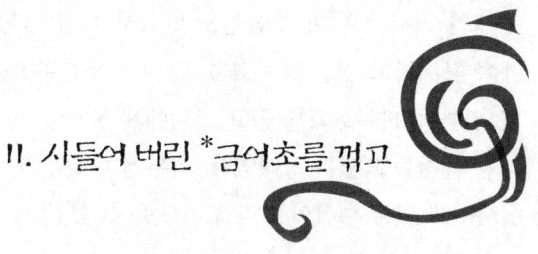

11. 시들어 버린 *금어초를 꺾고

"너희들은 누구냐?"

막아선 자들은, 불길하게도 왕성의 병사다운 모습이 아니었다. 왕성의 병사들답게 단정하게 손질된 붉은 튜닉 대신 제멋대로의 옷을 걸치고 있었다. 창을 들거나 검을 든 자들도 역시 다양한 옷차림이었다.

"수문장 케오르그 경은 어디 있나?"

말고삐를 그러쥐며 니엘이 싸늘하게 물었다. 타오르는 횃불로 사방은 이미 훤하게 밝아져 있었다. 달은 떴지만 구름이 많았다. 싸늘한 바람이 열띤 뺨을 스치며 희롱했다.

---

* 오만. 탐욕. 욕망

그의 기사들은 이미 삼십을 넘어서고 있었다. 아니, 지금도 계속 불어나고 있는 중이었다. 그의 기사단뿐 아니라 에르기아가 위험하다는 소식을 듣고 그녀에게 충성을 맹세했던 자들이 점점 몰려들고 있는 상태였다. 덕분에 니엘은 뒤에 거칠게 숨을 몰아쉬고 있는 수십의 기마를 거느릴 수 있었다.

"누구쇼?"

건방진 태도로 병사 하나가 물었다. 갑자기 몰려든 기마들에게 무척 긴장한 모양이다. 하지만 니엘은 대답하는 대신 횃불을 들이대 사내들의 모습을 살폈다.

"용병인가?"

"우리는 왕의 병사요."

건방진 태도로 가슴을 내민 자를 니엘은 싸늘하게 노려보았다. 횃불이 음영이 뚜렷한 그의 얼굴을 핥으며 그 끔찍한 흉터를 드러냈다. 차갑게 번뜩이는 푸른 눈이 어둠 속에서 빛나자, 그를 막아섰던 남자가 흠칫하며 뒤로 물러섰다.

"아, 악마공작!"

니엘은 긴 말을 하지 않았다. 그는 잔인한 미소를 머금고 검을 뽑아 들었다. 왕궁의 문을 지키고 선 자들이 용병이라는 것을 알아낸 이상 그가 주저할 이유는 조금도 없었다. 아니, 오히려 달려가야만 했다.

"죽여."

그는 낮게 명령했다. 그리고 명령하는 순간, 그의 검 끝에서 바로 앞서 있던 용병의 목이 허공으로 날았다. 니엘은 그 목이 바닥에 떨어지는 것도 기다리지 않고 그대로 입구로 돌진했다. 몇몇이 석궁을 들어 쏘았지만 그에게는 맞지 않았다. 그는 무시무시한 별명대로 도륙하며 막아선 자들을 아무렇지도 않게 말굽으로 짓밟으며 달려나갔다. 그 뒤를 이어 그의 잔인한 기사들이 따라 달렸다. 파죽지세의 기마들에게 놀란 몇몇이 겁에 질려 뿔뿔이 흩어지며 소리를 질렀다.

"침입자다!"

그리고 그것을 시작으로 로디지의 왕성에서 전투가 시작되었다.

"마이 로드!"

가장 앞서 달리고 있는 니엘의 옆으로 오스틴 경이 달라붙으며 외쳤다.

"어디로 가시는 겁니까?"

"왕에게."

그는 싸늘하게 대꾸했다. 그의 바로 옆에서 달리고 있던 유리아스는 늙은 오스틴 경이 마이 로드라 외치는 것을 듣고 놀라는 중이었다. 오스틴 경은 한 번도 그에게 주인이라 부른 적이 없었던 것이다. 그는 에르기아의 기사였지 니엘의 기사가 아니었다.

"서쪽 별궁에 안 가시고?"

당혹한 목소리로 오스틴 경이 묻자, 니엘은 싸늘하게 대답했다.

"경은 멍청이인가! 에르기아가 그곳에 남아 있을 리가 없지 않은가! 그녀는 바보가 아니야!"

그의 호통에 오스틴이 당황하는 순간, 니엘은 입꼬리를 비틀며 웃었다.

"왕을 잡아 사지를 찢으면 일은 간단하지 않은가! 그녀가 왕위 계승자가 되는 동시에 음모의 주재자는 사라지는 거다! 반항하는 것들은 모두 투항하겠지!"

용병은 돈을 받고 움직이는 자들이었다. 왕을 죽여 돈을 줄 자를 없애 버리면 흩어지기 마련이다. 게다가 왕을 빼고 나면 그녀를 죽이고 싶어하는 사람은 이 자리에 없다.

"하지만 어, 어떻게 왕을!"

그러면 반역이라는 소리가 혀끝에서 흘러나오는 것을 오스틴은 간신히 멈추었다. 그는 그 말을 하는 대신 아무렇지도 않게 니엘의 뒤를 따르고 있는 기사들을 바라보았다. 대부분 다 젊은 기사들로 왕을 죽이러 간다는 그의 말에 오히려 흥분하고 있었다.

"에르기아! 우리의 여왕!"

그들이 외치는 소리가 오히려 쩌렁하게 궁 안에 울려 퍼졌다.

"……나는 나이가 들었는가."

오스틴 경은 멍하니 그들의 뒤를 따르며 말 그대로 왕의 거궁에 난입했다.

"펠리시아가, 아이를 가졌다고?"

에르기아가 멍하니 되뇌자, 밀란이 싸늘하게 미소 지으며 말했다.

"이거 참 재미있게 되었군. 즉 코넨 왕이 네 뱃속의 아이를 믿고 공주를 해하려 하는 순간, 너는 이 자리에 있다니."

그 말을 듣자 펠리시아는 부들부들 떨리는 손을 움켜쥐고 에르기아를 올려다보았다. 창백해진 그 얼굴을 보자 그녀는 오히려 가라앉는 기분을 느꼈다.

"공주님."

에르기아는 아무런 말도 하지 못한 채 이마를 짚고 그녀를 내려다보고 있었다. 소년처럼 제멋대로 헝클어진 검은 머리칼과 여자로 보기에는 너무나 마른 광대뼈를 바라보던 그녀는 조용히 속삭였다.

"용서해 주세요. 저는 공주님이 전쟁터에 나가 계신 사이에 왕께……."

"맙소사! 어, 어떻게 너에게 그런 짓을!"

에르기아가 펠리시아를 끌어안으려 손을 내밀자, 펠리시아는 조용히 피했다. 그녀는 펠리시아의 가냘픈 손을 대신 잡았다. 왕이 펠리시아를 범하게 된 것은 결국 그녀의 책임일지도 모른다. 왕이 에르기아를 미워한 만큼 텅 빈 궁에 홀로 남아 있는 펠리시아를 범하는 것은 어려운 일이 아니었다. 게다가 펠리시아는 한낱 시녀이고 코넨은 왕이었으니.

"얼마 전 아이를 가졌다는 것을 알게 되었어요. 전 그게 어떤 의미인 줄도 몰랐으니 어리석기 그지없었지요. 그저 공주님이 모르시게 숨기기만 하면 된다고 생각했거든요."

"펠리시아……."

"저 때문에 공주님이 위험하게 되실 줄은 몰랐어요. 정말 몰랐어요."

그녀는 고개를 숙이고 사죄했다.

"게다가 일이 이렇게 된 것도 저 때문이에요. 공주님이 악마 공작 때문에 괴로워하시기에 제가, 제가 왕에게 청했어요. 무서운 악마공작이 공주님을 괴롭히고 있다고 제가 고했어요."

그녀가 흐느끼자, 에르기아는 의자에 털썩 주저앉았다. 왕이 그녀가 니엘과 만났다는 사실을 알아낸 이유를 이제야 알 수 있었다. 펠리시아가 밀고 아닌 밀고를 했던 것이다.

"그 무시무시한 악마공작이 공주님에게 해코지를 할까 봐! 그래서, 그래서 왕께 도와달라고 애원했어요. 바로 제 뱃속의 아이 때문에 문제가 생길 줄도 모르고! 정말로 몰랐어요!"

그녀가 흐느끼자, 에르기아는 점차 냉정해졌다.

"괜찮아. 어차피 일어날 일이었어. 조금 당겨졌을 뿐이야."

"공주님! 제가 죽으면 이 모든 일은 다 원점으로 돌아갈 거예요. 저를 죽여주세요!"

그녀가 그렇게 외치자 에르기아는 고개를 저었다.

"아니, 그건 불가능해. 난 널 죽일 수 없고 왕은 이미 날 죽이기로 마음먹었어. 게다가 내가 왕의 소생이 아니란 말은 이제 사방에 알려졌을 거야."

"하지만 최소한 그녀를 미끼로 왕과 교섭을 할 순 있소."

밀란이 끼어들자 에르기아는 싸늘한 시선으로 그를 노려보았다.

"그건 내가 용납하지 않아요!"

"그럼 어떻게 하겠다는 거요? 당신을 배신한 시녀를 순순히 왕에게 내주고 당신은 나와 함께 가겠다는 거요? 그렇다면 뭐 나로선 상관없소. 로디지의 왕이 누가 되든 나로선 상관없는 일이니까."

밀란의 말에 에르기아는 잠시 멍한 얼굴이 되었다. 그의 말대로 밀란은 누가 왕이 되든 상관없을지도 모른다.

"만약 아이가 태어나면 아바마마는, 코넨 왕은 다시 좋은 왕이 될 수 있을까."

그녀가 멍하니 중얼거리자 펠리시아는 고개를 저었다.

"싫어요, 공주님! 제가 싫어요! 아까도 왕에게서 벗어나기 위해 달아나던 참이었어요! 저는 공주님의 곁에 있을 거예요. 왕에겐 안 가요!"

그녀가 결사적으로 에르기아의 옷자락을 잡았다.

"제가 원해서 이렇게 된 게 아니에요. 전 오로지 공주님의 곁에서 지낼 생각이에요. 저는 이 아이를 낳기 싫어요!"

그 말에 에르기아는 충격을 받았다.

"……아이를 낳기 싫다고?"

"이 아이를 없애고 싶어요! 갖고 싶은 아이가 아니에요! 저 코넨 왕의 아이라면 더 더욱이나!"

그녀가 악을 지르자, 에르기아는 그녀의 팔뚝을 잡아 흔들었다.

"무슨 소릴 하는 거야? 그건 로디지의 왕자야. 아이를 없애겠다니, 그건 죄악이라고!"

"공주님에게 해를 입힐 아이예요! 그런 아이 따윈 필요없어요!"

그녀의 맹목적인 말에 에르기아는 멍하니 입을 벌렸다. 그 순간 펠리시아는 갑자기 달려들어 그녀의 옆에 서 있던 한 기사의 허리춤에서 검을 빼앗았다. 아니, 빼앗으려 했다. 하지만 검을 쉽게 빼앗길 기사가 아니다. 그녀는 단숨에 기사에게 잡혔다.

"펠리시아!"

"저는 강간당했어요! 왕의 비가 되느니 차라리 혀를 깨물고 죽겠어요!"

그녀의 비통한 외침에 에르기아는 그저 멈춰 선 채 아무것도 할 수 없었다. 작은 몸집으로 애통하게 울부짖는 펠리시아의 모습에 기사는 어쩔 줄 모르고 그저 부둥켜안았다. 흐느끼는 그녀를 보던 에르기아는 한숨을 내쉬며 손을 뻗었다. 흔들리는 어깨에 손을 얹자 펠리시아는 다시 흐느끼기 시작했다.

"펠리시아."

"공주님, 차라리 죽으라고 하세요. 이 아이를 낳느니 전 죽고 싶어요."

"그 아이를 낳아서 나에게 다오, 펠리시아."

"에?"

눈물로 뒤범벅이 된 얼굴로 펠리시아는 에르기아를 올려다보았다. 그녀는 펠리시아의 얼굴을 손가락으로 닦아주며 조용히 말했다.

"너는 싫을지 몰라도 그 애는 로디지의 왕족이란다. 나의 동생이기도 해. 물론 피는 섞이지 않았지만. 게다가 그 아이에게 무슨 잘못이 있겠니? 그러니까 그 아이를 낳아서 나에게 주렴. 내가 키우겠어."

"그럼 전 공주님 곁에 남을 수 있나요?"

펠리시아가 가느다란 목소리로 물었다. 에르기아는 흐르는 눈물을 감추지 않고 그녀를 끌어안았다. 몸집이 작은 그녀의 시녀는 얼마나 오랫동안 그녀를 위해 충성을 바쳐 왔던가.

"그래. 내가 널 버릴 리 없지 않니?"

"그럼 제가 어떻게 하면 될까요, 공주님? 제가 코넨 왕을 죽이고 오면 어떨까요?"

"펠리시아!"

피만 봐도 기절할 듯 심약한 그녀가 한 말 치고는 너무나 대담해서 에르기아는 입을 벌렸다.

"저라면 왕에게 아무렇지도 않게 접근할 수 있어요. 그리고 왕은 절 죽일 수도 없어요. 왕은 절 절대로 죽이지 못할 테니 제가 그를 죽이면……."

펠리시아의 결연한 말에 에르기아는 호통을 쳤다.

"그만! 누가 너에게 그런 일을 하라고 했어?"

"하지만 공주님에게 좋은 방향으로 일을……."

"그러다가 네가 잡히면? 나는 부왕 시해범이 될 뿐이야! 그런 소리는 관둬! 넌 전사가 아니라 시녀라고!"

에르기아는 그렇게 호통을 치고는 자신을 흥미진진하게 바라보고 있는 밀란을 돌아보았다. 밀란은 아까부터 싱글거리는 얼굴이었는데 솔직히 말해 별로 즐거운 느낌은 아니었다. 에르기아는 차갑게 물었다.

"내가 이 아이와 함께 간다고 결정을 내리면 당신은 어떻게 할 거지?"

"그건 곤란한데. 왕은 절대로 그 여자를 놓치려 하지 않을 거요. 만약 지금 그녀를 놓치면 후계자를 잃는 셈인데 그게 가능하겠소?"

"그럼……."

"전쟁이 되는 거요. 에르기아, 알겠소?"

밀란은 조용히 덧붙였다. 그의 말에 에르기아는 미간을 찌푸렸다. 전쟁.

"역시 저 때문에 공주님이 곤란해지는 건가요?"

갑자기 조용히 펠리시아가 물었다.

"아, 아니야, 펠리시아."

에르기아가 그녀의 어깨를 안은 채 말하자, 펠리시아는 창백한 얼굴로 그녀를 올려다보고 그 다음에는 밀란을 바라보았다.

"제가 이곳에 남으면 공주님은 무사한 거지요?"

"펠리시아!"

에르기아가 놀라 그녀의 어깨를 흔들었지만 그녀는 고개를 저었다.

"알았습니다. 저는 남겠습니다. 공주님, 당신을 위해서 남겠어요. 그러면 이들과 함께 무사히 커드리스로 가서 왕비님이 되시는 거죠?"

그녀의 눈물이 창백한 뺨 위로 흘러 떨어졌다. 펠리시아는 방금 전까지만 해도 절대 왕에게 남지 않겠다고 울부짖던 사람답지 않게 조용히 밀란을 향해 물었다.

"공주님과 같이 가시면 커드리스의 왕비로 만들어주실 건가요?"

"그래."

밀란이 무뚝뚝하게 대답하자, 그녀는 고개를 조아렸다.

"네, 전하. 그럼 전 남겠어요."

"펠리시아!"

에르기아가 막 뭐라 하려는 순간, 밀란이 대신 입을 열었다. 그는 펠리시아가 마음을 바꾸기 전에 빨리 일을 진행시키고 싶었다.

"지금 궁 안에 갇혀 있는 당신의 기사들을 구출해 왕성을 빠져나갈 거요. 로디지에는 우리 기마병을 상대할 만한 전력이 없소, 당신과 당신의 악마공작 이외엔 말이오."

"나의 악마공작이 아니야!"

에르기아가 싸늘하게 내쏘자, 밀란은 피식 웃었다.

"그럼 다행이고. 어쨌거나 당신은 공작의 이야기가 나오니 여자 같은 말투가 되는군."

그 말에 에르기아는 얼굴이 타오를 것 같았지만 억지로 이를 악물었다. 그에게 놀림당할 기분은 결코 아니었다. 오늘 밤 하루의 일이 너무나 많아 정신이 다 나갈 지경이다.

"펠리시아를 놔두고 갈 수 없어!"

"그녀의 뱃속에 있는 로디지의 왕자는 어떻고?"

밀란이 반문하자 그녀는 할 말을 잃고 입을 다물었다. 밀란은 혀를 차면서 설명하듯 말했다.

"공주 역시 그녀를 데리고 갈 수 없다는 것은 이미 알고 있을 거요. 저 시녀의 뱃속에 아이가 있는 이상 그녀는 로디지를 떠나선 안 돼. 만약 커드리스로 같이 간다면 전쟁이 날 뿐이지. 이 황폐한 로디지가 커드리스를 이길 수 있을까? 그리고 당신의 기사들과 당신은 로디지를 향해 검을 휘두를 수 있소?"

그 말에 에르기아는 입을 다물었다. 그녀는 가만히 고개를 숙이고 있는 펠리시아를 뚫어져라 바라보았다. 십여 년을 함께 지내온 자매 같은 그녀였다. 오로지 에르기아만을 위해서 움직이던 가련한 기사의 딸. 너무나도 증오하는 왕의 아이를 가진 여자. 그녀를 놔두고 간다 해도 펠리시아는 아마 에르기아가 떠난 뒤 자살해 버릴지도 몰랐다. 아니, 그럴 가능성이 아주 컸다. 펠리시아는 왕이 왕비의 지위를 준다고 해도 응할 여자가 아니었다.

"괜찮아요, 공주님."

펠리시아가 문득 자신을 바라보고 있는 에르기아를 향해 조용히 말했다. 그녀는 차분한 어조로 속삭이듯 말했다.

"아이가 생기면 공주님 말씀대로 왕도 좋은 왕이 될지도 몰라요."

그 말에 에르기아는 울컥했다. 눈물이 날 것 같았지만 눈물은 나오지 않았다. 이 기가 막힌 일들이 하룻밤 사이에 모두 터져 버렸다는 것이 믿어지지가 않았다. 그녀는 애써 시선을 밀란에게로 돌렸다.

"로디지에서 커드리스까지는 적어도 보름 이상이 걸린다고 알고 있어. 어떻게 나갈 참이야?"

"방법이 있소. 마법진을 이용하는 거지."

그 말에 에르기아는 눈을 부릅떴다.

"뭐, 뭐라고? 마법진?"

"나의 스승은 마법사 타르에긴 페노시아. 대륙제일의 마법사요."

"마, 말도 안 돼! 그건 전설이잖아? 질루페 제국의 전설 따위를 나보고 믿으란 말이야?"

"마법은 전설이 아니오. 최소한 커드리스에서는 아니지."

밀란의 말에 에르기아는 공포를 느꼈다. 이 이국의 왕자는 마법사가 틀림없었다. 그는 사람의 마음을 마음대로 조종하고 피의 제물을 바치는 사악한 인물인 것이다. 그렇다면 그에게 바치는 기사들의 충성도 의심스러웠다.

그녀가 싸늘한 표정으로 살기를 뿌리자 밀란은 손을 저었다.

"흥분하지 마시오, 공주. 내 스승님은 당신이 생각하는 사악한 마법사가 아니오. 질루페 제국이 멸망하고 나서 몇몇 마법사들은 남부의 밀림으로 피신했다오. 그래서 커드리스와 고드스의 일부에서는 마법사들이 존재하고 있소. 나의 모후는 고드스의 왕녀였고 내 스승의 대녀였소. 그 덕에 나는 어릴 때부터 마법사와 함께 자랐지."

"그렇다고 해서, 내가 당신을 신용할 이유가 되나?"

싸늘하게 에르기아가 외치자, 밀란은 혀를 찼다.

"나는 당신에게 거짓말을 할 이유가 없소. 내가 이 먼 거리까지 이 정도의 병력을 가지고 올 수 있었다는 것을 어떻게 생각하시오? 커드리스는 꽤나 먼 거리에 있소."

"그렇다면 그 마법으로 누비아를 멸망시키지 않는 이유는 뭐지? 게다가 마법사라면서 나까지 필요한 이유는 뭐야?"

그녀의 질문에 밀란은 한숨을 쉬었다. 억울하다는 그 표현에 그녀는 흔들리지 않았다.

"아아, 하는 수 없군. 마법은 말이오, 전쟁에서는 그다지 도움이 되지 않소."

"어째서? 이 정도 병력을 순식간에 옮긴다면 병참에서 대단한 효과를 볼 텐데?"

그녀가 비꼬자, 밀란은 뺨을 문질렀다.

"그렇군. 하지만 누비아에도 무지막지한 마법사가 하나 버티고 있거든."

"뭐야?"

그녀는 눈을 크게 떴다.

"하, 하지만 누비아와 싸울 때 마법사 이야긴 들은 적이 없어!"

정말 마법사가 누비아에 있다면 그녀가 누비아 군과 싸울 때 잠잠했을 리가 없었다. 소리없이 거대한 대군이 갑자기 등에 나타나 그녀를 공격한 적도 없었다. 전설처럼 불덩이를 던져 대면서 자신들을 공격하는 마법사는 한 번도 본 적이 없었다.

"그게 바로 증거요, 공주."

밀란은 한숨을 다시 쉬었다.

"마법사는 그 마법을 함부로 쓸 수 없소. 특히 전쟁터에서는……."

"말도 안 돼!"

그녀가 코웃음을 치자 밀란은 진지해졌다.

"질루페 제국이 멸망한 이유를 생각해 보시오. 질루페 제국은 대륙 전체를 아우르는 대제국이었소. 황제는 마법사였고, 제국 주변에는 수많은 마법사들이 있어 반역을 일으키는 자들과 사악한 자들을 가차없이 응징했지. 그러다 보니, 기사와 전사들은 무력해졌소. 그리고 마침내 마법사들이 도를 지나치는 때가 왔지."

그는 눈을 반쯤 감은 채 허공으로 고개를 돌렸다.

"깊은 땅속의 드래곤을 이길 수 있다고 장담한 마법사들이 드래곤을 공격한 거요."

"드래곤! 정말 드래곤이 있단 말인가?"

에르기아가 입을 벌리자 밀란은 고개를 끄덕였다.

"질루페 제국의 멸망에 대한 전설을 공주는 믿지 않았군. 하지만 그건 사실이오. 드래곤의 분노를 불러일으킨 대가는 아주 컸소. 마법의 아버지인 드래곤의 포효에 제국의 모든 마법사들은 무력해졌고 드래곤의 말 한마디로 제국의 왕성은 무너졌소. 불의 비가 사흘 동안 내렸고, 제국의 영토는 불타올랐으며 황제는 미쳐 죽어버렸지. 드래곤이 살아남은 인간의 마법사들을 향해 명령했소. 〈마법은, 사악한 의도로는 움직일 수 없다〉라고."

그 말에 에르기아는 입을 벌렸다.

"사악한 의도로는 움직일 수 없다고?"

"그렇소. 드래곤의 법칙에 따르면 전쟁은 사악한 행위요. 그리고 누군가를 죽이려 하는 것도, 속이려 하는 것도 사악한 행위지. 드래곤은 세상에서 가장 고결한 존재거든."

비꼬는 듯한 그의 말에 에르기아는 멍하니 입을 벌렸다.

"그러면?"

"마법사들은 치유와 보호의 능력 정도밖에는 쓰지 못하오. 물론 가끔 더워 죽겠다고 할 때 바람을 보내주거나 가뭄이 들었을 때 비를 내려주는 것 정도는 해주기도 하지. 그건 사악한 행위라 할 수 없거든. 하지만 집을 지을 때 나무를 베어달라고는 할 수 없어. 나무를 죽이는 행위니까 사악한 행위에 해당하거든."

밀란은 그렇게 말하고는 생각만 해도 재밌다는 듯이 허허 웃었다. 믿기지는 않지만 에르기아는 어쨌거나 큰 위협이 안 된다고 하니, 조금은 안심이 되었다. 하지만 드래곤이라니. 전설 속에나 있다는 그것이 정말로 존재하리라고는 상상하지도 못했다.

"그러니까 매복이나 급습 따위로 마법을 이용할 수 없다는 거요."

그의 경쾌한 말에 에르기아는 마음을 가라앉히고 다시 물었다.

"그럼 당신이 우리 나라까지 마법을 이용해 온 것은 어떻게 설명하는 거지?"

"그건 내가 순전히 신부를 얻기 위해 왔기 때문이오. 다시 말해 악의는 전혀 없었다 그거지."

그는 다시 웃었다.

"악의를 가지고 있다면 마법 자체가 발동이 안 되는 거요, 공주. 사악한 의도를 가지고 있는 자에게 마법은 응하지 않아. 예를 들자면, 내 기사들 중 누군가가 로디지를 습격해 왕을 죽여야지라고 생각하고 있었다면 마법진은 움직이지 않는다는 거요. 다시 말해 당신이 마법진 위에 서서 커드리스로 돌아가면 날 죽이고 여왕이 되어야지라고 생각하면 마법진은 움직이지 않는다는 거요."

그 말에 그녀는 다시 두려워졌다. 이 눈앞에 있는 남자의 말을 어디서부터 믿고, 어디서부터 들어야 할지 알 수가 없었다.

"그래서 공주는 어떻게 할 거요? 그 시녀를 데리고 간다면 코넨 왕이 가만있을 리 없다는 것 정도는 알고 있을 텐데."

그의 말에 에르기아는 품 안의 펠리시아를 돌아보았다. 그녀는 창백해진 채 에르기아의 소매를 틀어쥐었다.

"그……."

그녀가 망설이고 있는 순간이었다. 갑자기 문을 열고 기사 한 명이 급히 밀란의 옆으로 다가와 귓속말을 했다. 뭔가 보고하는 기색에 에르기아도 촉각을 곤두세웠다.

"허참."

밀란은 턱을 괸 채 혀를 찼다.

"무슨 일이 일어난 거지?"

그녀가 거칠게 묻자, 밀란은 어깨를 으슥했다.

"당신의 악마공작이 난입했소. 당신을 구하러."

니엘은 피투성이가 된 셔츠를 가리지도 않은 채 이미 검붉게 물들어 버린 망토를 휘날리며 궁정의 회랑을 걷고 있었다. 바닥에 늘어진 시체들은 물론이고, 부상당해 비명을 질러대는 자들은 전부 제압했다. 그가 궁정으로 난입하자마자 그의 부관들이 병력을 이끌고 뒤를 이어 수를 늘렸던 것이다. 그 덕에 순식간에 궁정을 둘러싸고 있던 용병들은 몰살당했다. 겨우 백여 명의 용병들과 왕의 명령을 받았다는 궁 안의 몇 안 되는 병사들로서는 전쟁터를 누벼온 니엘의 군사들을 상대할 수는 없는 일이었다. 가장 주력이 될 밀란의 기사들은 이미 철수해 버렸고, 에르기아의 기사들은 이미 갇혀 버린 이상 그들을 막을 자들은 없었다.

　오스틴 경은 혀를 내두르며 니엘의 뒤를 따르는 젊은 기사들을 살피고 있었다. 그의 바로 뒤에서 잔뜩 흥분한 얼굴로 걷고 있는 것은 멜딘과 유리아스였다. 멜딘과 달리 유리아스 펠하이드 남작은 오스틴 경으로서도 잘 모르는 기사였다. 그가 니엘의 기사라는 것은 알고 있었지만 흑기사단이 아니었기 때문에 오스틴 경으로서는 그가 어떤 남자라는 것을 알 수 없었던 것이다. 하얗고 곱상한 외모와는 달리 잔인하기 이를 데 없는 칼질을 보고 오스틴은 기꺼이 그가 니엘의 측근이라는 것을 인정했다. 그 외 늑대처럼 눈을 번득이고 있는 다른 기사들도 용맹하기 짝이 없었다. 다들 달려드는 용병들을 눈 하나 깜빡하지 않고 죽이며 질풍처럼 달려가는 니엘의 뒤를 따랐다. 이들이 니엘에게 익숙한 것처럼 니엘도 그들이 어떻게 따라오는가 신경도 쓰지 않았다. 오스틴 경은 정말로 눈앞의 이 젊은 악마공작의 능력을 인정할 수밖에 없었다.

'그가 정말로 에르기아 공주님에게 잘해준다면 좋겠는데.'

그는 곁눈질을 하며 중얼거렸다.

"마이 로드! 이자가 공주님의 행방을 알고 있다고 합니다!"

정원을 수색하고 있던 병사 하나가 소리 높여 외쳤다. 그러자 니엘은 걷던 걸음을 돌려 계단을 내려갔다.

"공주의 행방은?"

니엘이 붙잡힌 용병을 발로 걷어차며 물었다. 이미 피투성이가 된 용병은 팔 하나를 잘린 상태였다. 자기 피로 만든 웅덩이 속에서 버둥거리는 것을 무시하면서 니엘은 다시 물었다.

"에르기아 공주는 어디 있나?"

용병은 피투성이가 된 채로 그를 올려다보았다.

"자, 잘 모릅니다."

그가 대답하자마자 니엘은 미련없이 몸을 돌렸다.

"죽여라."

그러자 놀란 용병이 눈을 부릅뜨며 외쳤다.

"벼, 병사들을 죽이고 달아났다고 합니다! 사, 살려주십시오!"

그가 울부짖든 말든 신경 쓰지 않고 니엘은 가던 걸음을 계속

했다. 오스틴 경은 버둥거리던 용병의 목이 한칼에 베어져 궁정의 정원을 물들이는 것을 보면서 가슴이 서늘해졌다. 비록 전쟁터를 몇 년이나 굴러왔던 그였지만 니엘처럼 눈 하나 깜빡하지 않고 순식간에 사람을 죽여 버리는 인물은 처음이었다.

"마이 로드, 이것을 발견했습니다!"

병사 한 명이 급히 달려들며 니엘에게 무언가를 바쳤다. 그는 순간 눈앞이 아찔해지는 것을 느꼈다. 피로 물든 다이아몬드 목걸이였다. 그가 그녀에게 준 것이다. 옆에 있던 유리아스가 숨을 삼킬 정도로 무시무시한 살기가 그의 몸에서 뻗어 나왔다.

"감히!"

병사는 겁에 질린 채 고개를 숙이고 외쳤다.

"개떼들 몇이 공주님의 거처를 약탈하는 것을 잡아 족치는 가운데 나온 물건입니다. 하지만 공주님의 행방은 여전히 알 수 없습니다. 몇몇 병사들의 말에 따르면 공주께서는 덤벼드는 용병들을 한손에 해치우고 사라지셨다고 합니다."

"과연 피의 마녀!"

기사들 사이에서 경탄의 소리가 터져 나왔다. 니엘은 이글거리는 시선을 잠시 목걸이로 향했다. 묻은 피가 그녀의 것이 아니라는 것을 알아낸 이상, 흥분할 일은 없을 것이다. 하지만 상상만으로도 그는 미치기 일보 직전이었다.

그는 목걸이를 품 안으로 밀어 넣고 다시 걷기 시작했다. 왕을 죽이기 전에는 이 살기가 풀어질 것 같지 않았다. 그녀의 공주님은 약한 여자가 아니었다. 당당히 병사들을 베고 어디론가 피신해 있을 것이다. 게다가 그녀를 따르는 자들도 한둘이 아닌 이상 이빨도 없는 개 같은 왕에게 죽임을 당하지는 않을 터였다. 그는 억지로라도 몇 번이나 그렇게 생각했다.

"누구냐!"

"무례하오!"

마침내 왕의 거처로 다다르자, 몇몇 시종이 그의 앞을 막아섰지만 니엘은 주저하지 않았다.

"비켜라."

"이 무슨 극악무도한 짓이냐!"

"그러고도 네가 기사인가!"

막아선 시종들은 검을 들고 어색하게 서 있었다. 나이가 든 노시종들을 흘긋 보던 니엘은 그들이 검을 휘두르든 말든 신경 쓰지 않고 그들이 막아선 내전의 화려한 문을 바라보았다. 엉겅퀴와 수레국화로 장식된 금빛의 거대한 문에는 흠집 하나 없었다. 그는 눈썹을 꿈틀거렸다. 이 호사스러운 황금빛 아래 추악한 늙은이가 버티고 있는 것이다. 그의 에르기아를 못살게 구는 요악한 악마 같은 것이.

"죽고 싶지 않으면 비켜!"

니엘의 명령이 떨어지기도 전에 그의 휘하에 있던 기사들은 검도 제대로 들지 못하는 시종들을 끌어냈다. 시종들은 슬픈 비명 소리를 내며 끌려 나갔다. 오스틴 경은 오래된 그 충실한 시종들이 용병들과 달리 죽임을 당하지 않는 것이 희한하다고 생각했다.

쾅 하고 문을 열고 들어서자 몇 대의 화살이 날아왔다. 니엘은 그 화살들을 재빨리 피하며 앞으로 나섰다. 다른 기사들도 그의 몸을 둘러싼 채 앞으로 길게 포진했다. 내전의 왕좌에는 왕이 홀로 앉아 있었다. 아니, 그의 주변에는 왕의 창녀들과 아직 어려 보이는 시종들도 여럿 모여 있었다. 화살을 날린 것은 아마도 어린 시종들이었던 모양이다.

왕은 파랗게 질린 얼굴로 그를 바라보고 있었다. 여전히 황금빛 가운에 왕관을 쓴 그는 그 무게에 눌려 질식하기 직전인 사람으로 보였다. 여자들은 피에 젖은 기사들을 보고 겁에 질려 찢어질 듯한 비명을 지르며 울기 시작했다. 니엘은 그들을 주욱 훑어본 뒤에 한 걸음 앞으로 나섰다.

"에르기아는?"

그의 질문에 왕의 얼굴이 조금 일그러졌다.

"에르기아는 어디에 있나?"

"이 건방진 놈! 감히 누구에게 칼을 들이대는 거냐!"

왕이 버럭 호통을 쳤지만 니엘은 눈 하나 깜빡하지 않았다. 그는 주변을 훑으며 명령했다.

"공주를 찾아라."

그의 병사들이 피에 젖은 발자국을 남기며 흩어지자 왕은 부들부들 떨면서 왕좌에서 일어섰다.

"감히, 네가! 이 사생아 주제에 흙발로 이 대전을 더럽히는 것이냐!"

그는 왕의 말에 대꾸도 하지 않았다.

"에르기아 공주는 어디에 있나?"

"무례한 놈!"

그는 성큼성큼 걸어 왕의 왕좌 앞까지 걸어왔다. 그리고는 퍼렇게 질린 왕의 얼굴을 똑바로 바라보며 물었다.

"공주는 어디 있느냐고 물었다."

"닥쳐! 그년은 공주가 아니다! 네놈이 공작이 아닌 것처럼! 더러운 사생아 놈!"

거품을 물며 외치는 왕의 목줄기를 한 손으로 틀어쥐며 니엘은 비웃었다.

"왕답게 죽어라, 코넨. 어느 누구도 네놈이 살아 있길 바라지 않아."

"닥쳐!"

버둥거리는 왕을 여자들 쪽으로 밀어 던지자, 여자들은 비명을 올리며 바닥으로 엎드렸다. 땡그랑 하고 왕의 머리에서 왕관이 떨어져 바닥으로 굴렀다. 청석으로 만들어진 대전의 바닥 위에서 청명한 소리까지 내는 그 왕관을 발길로 걷어차며 니엘은 위압적으로 왕을 노려보았다.

"헉!"

감히 왕을 집어 던지고 왕관을 걷어차는 숨이 막히는 광경에

몇몇이 헐떡였다. 니엘의 기사들은 모두 칼을 빼 든 채 대전을
에워싸고 있었다. 살려달라고 애원하며 울부짖는 여자들 때문
에 대전 안은 점점 더 시끄러워졌다. 몇몇은 니엘이 당장이라도
왕을 죽여 버릴까 봐 두려운지 창백해진 얼굴을 하고 있었다.
뭐니 뭐니 해도 기사란, 왕에게 충성을 맹세한 자들이었다.

"맙소사."

에르기아가 밀란들과 함께 대전에 도착했을 때에는 그 상황
이었다. 그녀는 병사로 변장한 상태였고 밀란과 그의 기사들은
흥분한 귀족들 사이로 조심스럽게 끼어들었다. 때문에 그녀를
알아보는 사람은 아무도 없었다. 그녀의 바로 옆에 바짝 붙어
선 펠리시아는 잔뜩 굳은 얼굴로 바들바들 떨고 있었다. 에르기
아는 눈앞에서 벌어지고 있는 상황에 그저 입만 벌릴 뿐이었다.
실제로 니엘이 왕에게 손을 대리라고는 상상도 할 수 없었던 것
이다.

그는 주변을 훑어보더니 바닥에 쓰러진 왕의 앞에 섰다. 흥분
한 귀족들의 시선 속에서는 왕에 대한 충성심은 보이지 않았다.
간혹 착잡한 얼굴이 된 노귀족들이 있었지만 젊은 자들은 오히
려 니엘의 행동에 쾌감조차 느끼고 있는 기색이었다.

"다시 묻겠다. 공주는 어디에 있나?"

"흐, 절대 못 찾을걸. 그년은 이미 죽었으니까."

독기 어린 그 말에 니엘은 왕의 턱을 걷어찼다. 왕이 피를 뿌
리며 쓰러지자, 옆에서 보고 있던 몇몇 기사들이 당황해서 나섰

다. 하지만 잠시 한두 걸음 움직였을 뿐이다. 정작 니엘을 막으려는 기색은 없었다.

"세, 세상에!"

"와, 왕을 차다니!"

한숨처럼 여기저기서 놀란 경악성이 터져 나왔지만 니엘에게 항의하는 자들은 아무도 없었다. 니엘의 부하들은 오히려 나서는 자가 있다면 당장에라도 베어버리겠다는 듯 시퍼런 검날을 뽑아 든 채 니엘의 주변을 살피고 있었지만 지켜보고 선 귀족들은 웅성거리고만 있을 뿐이었다.

에르기아도 몇 번이나 몸을 움찔거리며 앞으로 나서려 했지만 바로 옆에서 움켜쥐고 있는 밀란의 힘이 너무 강해 움직일 수 없었다.

"조용히. 보시오, 다들 움직이려는 자는 없군."

밀란이 조소하듯 그녀의 귓가에 속삭였다. 에르기아는 어떻게 해야 할지 도무지 알 수가 없었다. 그리도 미워하고 무서워하던 부왕이었다. 그녀를 경멸하고 죽이려고 했던 부왕이었다. 하지만 그래도 오랫동안 그는 그녀의 왕이자 부친이었다.

니엘의 발길질이 계속되자, 보다 못했는지 노귀족들 몇이 나섰다. 그들은 검을 빼 든 채 자신들을 노려보고 있는 병사들을 무시하고 소리 높여 비난했다.

"공작, 너, 너무 심하오, 그래도 왕에게 그런 짓을!"

"거리의 잡배도 왕에게 그런 짓을 하지는 않을 거요! 그만 하시오!"

그들이 그렇게 나서며 왕의 앞을 가로막으려 하자, 니엘은 차 갑게 물었다.

"왕이 왕답다면 그렇게 하지. 하나, 그대들의 왕이 왕다웠는 가?"

그 싸늘한 말에 나서려던 자들은 움찔했다. 대부분 나이가 지 긋한 자들이었다. 명예와 왕실에 대한 충성으로 오랫동안 굳어 온 그들은 격렬하게 동요했다.

"코넨이 정말로 왕다웠는가? 누비아와의 전쟁에서 직접 검을 들고 뛰어나간 자는 누구인가? 전쟁터에서 병사들을 아우르며 겁에 질린 자들을 다독여 이 나라를 지킨 자는 누구인가?"

니엘은 잘 울리는 음성으로 자신을 주시하고 있는 기사들을 훑어보았다. 대전 안은 이미 귀족들로 발 디딜 틈 없이 가득 차 있었다. 모두들 왕궁에 변고가 생겼다고 해서 놀라 달려온 자들 이었다. 몇몇은 왕이 니엘의 발 아래 구르고 있는 것에 놀라고 분노해 달려들려 했지만 분위기에 억눌려 아무도 나서지 못했 다. 게다가 코넨 왕의 측근이라 할 수 있는 자들은 이미 이 상황 에 놀라 도망쳐 버린 뒤였다.

에르기아는 숨이 막히는 것을 느꼈다. 니엘은 자신을 지칭하 고 있는 것 같았다.

"바로 에르기아 공주다. 그녀가 그리했다. 하나, 여기 있는 겁 쟁이는 그렇게 하는 대신 어린 딸을 맨몸으로 전쟁터로 내몰았지. 자아, 들어라. 왕이란 어떤 자인가!"

그의 목소리가 쩌렁쩌렁 울렸다. 에르기아는 그 자리에서 정신을 잃어버릴 것만 같았다. 니엘의 목소리는 집요하고도 오만하기 짝이 없었다.

"왜 대답이 없지? 왕이란 그에 어울리는 자가 해야 되는 법이다."

그는 잔인하게 입꼬리를 비틀며 웃었다. 왕의 대신들도 벌벌 떨며 어쩔 줄 몰라 하고 있었다. 지금 피로 물든 옷을 걸친 악마 공작이 감히 왕관을 걷어차고 왕을 폭행해도 나서는 기사가 없다는 사실에 더 절망하고 있었다. 그들 모두 〈반역〉이라는 두 글자를 떠올리고 있는 중이었다. 니엘이 이 자리에서 왕을 시해하고 왕위에 오른다고 해도 그에 반대해서 날뛸 자들은 오로지 에르기아의 측근뿐이었다. 그런데 정작 에르기아 본인이 보이지 않았다. 물론 그녀의 기사단들도.

"공주를 아직 찾아내지 못했나 보군. 정작 왕위에 오를 사람은 공주인데도."

니엘은 음산하게 속삭였다. 왕이 이를 갈며 그를 쏘아보자, 니엘은 가볍게 어깨를 으쓱했다.

"하기야 에르기아는 당신처럼 구석에서 벌벌 떨고 있는 쥐새끼가 아니지."

"다, 닥쳐! 감히 나를 모독하다니!"

코넬 왕이 벌떡 일어서며 바닥에 떨어진 자신의 검을 향해 몸

을 날렸다. 하지만 니엘은 그가 어떤 짓을 하든 신경 쓰지 않고
는 자신의 기사들에게 턱짓을 했다.

"쓰레기 용병들은 다 처리되었나?"

"네! 지금 북문에서도 처리되었다는 연락이 왔습니다. 수는
모두 이백여 명 정도 되는 것 같습니다. 나머지 병사들은 모두
항복했습니다."

멀거니 선 사람들을 헤치며 호이슨 자작이 대답했다. 그는 심
각한 얼굴로 니엘의 옆에 와 서더니 그의 귓가에 대고 속삭였
다.

"왕을 어서 없애야 합니다."

"일단은 가두고……."

"아니, 어서 없애야 합니다, 마이 로드."

호이슨은 급박한 어조로 말하고는 갑자기 칼을 쥐고 있는 왕
의 앞으로 나섰다.

"코넨 케티스! 그대가 얼마나 사악한 인물인지는 이미 세상이
다 알고 있다!"

"닥쳐라, 애송이! 네놈이 나에게 기사 서임식을 승인해 달라
고 쫓아왔던 그때를 기억하고 있다. 니콜라스 호이슨! 그런 네
가 감히 나에게 건방진 소리를 지껄여?"

코넨 왕이 이를 갈며 외쳤지만 호이슨은 눈 하나 깜빡하지 않
았다. 그는 서둘러야만 했다. 공주가 사생아라는 소리를 왕이
지껄이기 전에. 그는 막 항복한 자들로부터 에르기아 공주가 왕

의 친딸이 아니라는 이야기를 듣고 온 뒤였다. 입막음을 해두었지만 왕 본인이 지금 떠들어 버린다면 공주의 지위는 완전히 땅에 떨어져 버리게 된다.

"에르기아 공주를 시해하려고 외국에서 용병을 사 왔고, 거기에 더불어 흑기사단과 왕궁의 기사단을 전부 파렴치한 방법으로 제거하려 했던 것을 인정하는가?"

"개소리!"

휘익 하고 왕이 호이슨을 향해 검을 내찔렀다. 하지만 이미 검을 쥔 지 한참된 그와 한창때인 호이슨과는 상대가 되지 않았다. 검이 그를 찌르기도 전에 호이슨의 검이 냉정하게도 왕의 가슴을 찔렀다.

"아아아악!"

비명 소리가 대전 안에 울려 퍼졌다. 왕의 비명이 아니라 보고 있던 자들의 비명이었다. 에르기아는 비명을 지르며 앞으로 뛰쳐나가려 했다. 하지만 밀란의 기사들이 그녀를 재빨리 잡았다. 비틀거리는 그녀를 제압한 밀란은 숨을 죽이며 상황을 지켜보았다.

"조용히!"

호이슨은 눈 하나 깜빡하지 않았다. 그는 가슴에 검을 꽂은 채 비틀거리는 왕의 다리를 걷어차 쓰러뜨리고는 그의 가슴에 박힌 자신의 검을 주저없이 뽑아냈다. 피가 분수처럼 뿜었다. 검붉은 피를 뒤집어쓴 것은 호이슨이 아니라 오히려 그의 뒤에 있던 니엘이었다. 니엘은 자신의 얼굴에 묻은 피를 아무렇지도 않은 듯 손바닥으로 닦아냈다. 그로서도 갑자기 호이슨이 나선 것은 놀랄 일이었지만 심계가 깊은 그가 서두른 것은 이유가 있을 거라 짐작하고 그저 묵인했다.

"이 죽일 놈들! 이 사악한 놈들!"

피를 흘리면서도 왕이 호통을 쳤다.

"저주받을 사생아들! 이 악마 새끼야, 네놈이야말로 로디지의 멸망을 가져올 추악한 놈이다!"

그는 피를 줄줄 흘리면서 니엘의 발 아래까지 기어왔다. 놀랍도록 집요한 그 모습에 호이슨도 멈칫했다. 니엘조차도 놀랐다. 에르기아는 눈물만 줄줄 흘리며 아버지였던, 아니, 아버지인 줄 알았던 남자가 죽어가는 광경을 바라보았다. 어떻게 해도 그를 구할 수는 없으리라. 죽이고 싶도록 밉긴 했지만 그녀의 부친은 왕이었다. 저처럼, 길거리의 개처럼 죽어갈 사람은 아니었다.

호이슨 자작이 막 칼을 치켜 올리는 순간, 왕이 큰 소리로 외쳤다.

"에르기아는 내 딸이 아니다! 그 애는 저주받을 사생아! 진정한 로디지의 핏줄이 아니란 말이다!"

그녀는, 그 순간 절망했다.

12장

피에 젖은 드라세나를 바치며

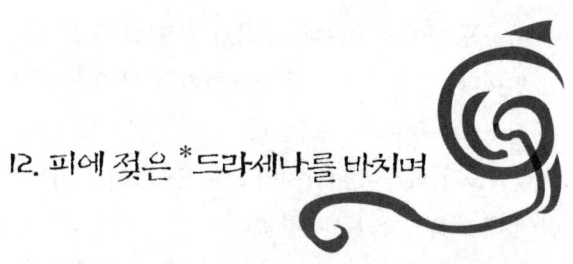

12. 피에 젖은 *드라세나를 바치며

주변이 얼어붙었다. 호이슨의 검은 조금 늦었다. 아니, 그의 검을 막아선 것은 니엘이었다. 니엘은 그의 팔뚝을 잡아 왕의 마지막 숨통을 끊으려는 검을 막았다.

"마이 로드!"

낭패한 얼굴로 호이슨이 외쳤지만 니엘은 흔들리지 않았다. 그는 바닥에 쓰러진 코넨 왕이 의기양양하게 떠드는 소리를 묵묵히 들었다.

"다시 말해라, 코넨."

"그년은 내 딸이 아니야! 그 계집의 어미는 자신의 호위 기사

---
* 약속의 이행. 실행하다

와 사통해 아이를 낳았다. 공작가의 후예라는 그년이 간통을 했단 말이다! 에르기아 그년은 천하기 짝이 없는 계집이다. 그년은 절대로 여왕이 될 수 없어!"

쿨럭쿨럭 피가 솟아났지만 그는 큰 소리로 떠들며 니엘의 얼굴에 대고 욕지거리를 퍼부었다.

"어떠냐, 사생아 놈! 네놈이 그토록 원했던 에르기아의 태생이 그처럼 추하다는 것에 대해 어찌 생각하느냐? 네가 그 애랑 결혼한다고 해서 로디지의 왕이 될 줄 알았더냐? 그 애에겐 왕위 계승권이 없어!"

대전 안에 충격의 여파가 흘러가기 시작했다. 에르기아를 위해 모인 기사들은 충격으로 입을 벌렸고 몇몇은 놀란 나머지 바닥에 주저앉기도 했다. 에르기아는 쓰러질 듯 휘청거리는 몸을 밀란에게 기댔다. 밀란은 잔뜩 굳은 얼굴로 그녀를 부축하면서 욕설을 속으로 삼켰다.

"에르기아 공주가 사생아라니……."

"그럼 에르기아님이 공주가 아니란 말이야?"

모두들 그렇게 떠들고 있는 동안 니엘은 호이슨의 팔을 밀어 버리고 왕을 똑바로 바라보며 물었다.

"다시 말해 에르기아는, 네 딸이 아니라는 것이지?"

"그렇다. 그 애에겐 왕위 계승권이 없어! 네가 그 애를 꼬드겨 결혼한다고 해서……!"

그가 의기양양하게 외치는 순간, 니엘은 검을 뽑아 들어 그대로 왕의 목줄기에 들이대고는 잔인하게 웃었다.

"그런가. 그랬던가."

그가 갑자기 웃음을 터뜨리자, 코넨 왕은 어리둥절한 얼굴로 그를 쏘아보았다.

"너 같은 개에게 에르기아 같은 여자가 태어날 리가 없지. 당연한 일이다."

"뭐야?"

여기저기서 웅성거림이 커질 때 니엘은 쿡쿡 웃었다.

"코넨 케티스, 그대야말로 바보천치다. 나는 왕위 계승권 따위를 갖고 싶은 게 아니야."

그 말에 코넨의 눈이 커졌다. 니엘은 갑자기 큰 소리를 내며 웃기 시작했다. 그 웃음소리가 대전 안을 가득 메우는 순간, 겁에 질린 여자들이 비명을 질렀다.

"악마야!"

"저자는 악마야!"

비명을 올려대며 몸을 뒤트는 여자들을 몇몇 병사들이 밖으로 끌어내는 동안 니엘은 바닥을 구르고 있는 왕관을 집어 들고는 웃음을 참을 수 없다는 듯 큭큭거렸다. 그리고는 마치 더럽다는 듯이 검 끝으로 그 왕관을 들어 코넨 왕의 머리 위에 씌워주었다. 그는 상황과는 관계없이 굉장히 유쾌한 얼굴이었다.

"자, 코넨 케티스, 얼마든지 로디지의 왕관을 주마. 나는 로디지의 왕위 계승권 따위에는 흥미가 없어."

"무, 무슨 의미야?"

왕의 얼굴이 점점 일그러지는 동안 니엘은 웃음을 머금은 채 검을 추켜올렸다.

"내가 널 죽이는데 조금의 주저가 있었다면 네가 에르기아의 부친이라는 것 때문이었어. 왕위 계승권 따위는 나에겐 필요하지 않아."

그는 히죽 웃으며 속삭였다.

"간단하지 않은가. 왕이 된 나와 결혼하면 그녀는 여왕이 되는 거야. 너의 왕위 계승권 따위는 개나 물어가라고 해."

코넨 왕은 눈을 부릅떴다. 그는 믿을 수 없다는 듯이 입을 벌렸다. 그 순간 피가 튀기며 코넨 왕의 머리가 허공으로 치솟았다. 왕관을 쓴 그 머리통은 반원을 그리며 차가운 대전 바닥 위에 떨어져 데굴데굴 굴렀다.

"너를 죽이고 새로운 나라를 연다. 로디지의 왕위 계승권 따위는 필요없어. 내 자신이 왕이 될 테니까. 새로운 나라의 왕이!"

그의 외침이 쩌렁하게 울리는 그 순간, 그 자리에 있던 모든 사람들은 그의 전신이 피에 물들어 있는 상태임에도 불구하고 저절로 무릎을 꿇었다. 그가 한 말을 이해한 호이슨과 유리아스는 순간 전율을 느꼈다. 그렇다. 굳이 로디지를 계승할 필요는 없었다. 새로운 왕국이 열리면 되는 것이다. 베아릭스의 핏줄, 베아릭스의 이름을 가진 새로운 왕실이 탄생하면 되는 것이다.

가장 앞에 있던 멜딘은 격렬하게 치솟는 감정을 못 이기고 외쳤다.

"에레니엘 에스레이드 베아릭스! 새로운 왕!"

"새로운 왕이 탄생했도다!"

니엘의 기사들이 광기에 겨운 환호를 질러댔다. 몇몇은 두려움에 질려 바닥에 엎드렸지만 대부분의 젊은 귀족들은 방금 본 니엘의 위엄에 휘말려 환호하고 있었다. 니엘은 텅 빈 왕좌 위에 앉아 오만하게 피로 젖은 롱 소드를 안고 외쳤다.

"로디지는 사라졌다. 이제부터 이 나라는 나에크라 칭한다!"

"새로운 국왕 폐하 만세!"

니엘의 기사들이 광란에 가까운 환호를 내질렀다. 대전 안에 있던 모두가 다 미쳐 버린 것만 같았다. 모든 자들이 미쳐 날뛰고 있는 가운데 몇몇은 겁에 질려 도망치기도 했지만 대부분은 니엘이 뿜어내는 강력한 인력에 끌려 들어와 저도 모르게 환호하고 있었다.

늙은 오스틴 경은 눈물을 흘리고 있었다. 슬퍼서인지 기뻐서인지 알 수는 없었지만 그는 가슴을 치는 격렬한 감정에 휘말린 채 넋을 잃고 있었다. 지금 눈앞에서 벌어지고 있는 것은 3백 년이나 이어 내려온 로디지의 역사가 끝났다는 증거였다. 그리고 새로운 역사가 시작된다는 증거이기도 했다. 게다가 베아릭스 공작, 아니 신왕은 에르기아 공주를 자신의 여왕으로 삼는다고 하지 않았던가. 그는 로디지의 왕위 계승권 따위는 개나 물어가라고 폭언을 던졌다.

"마이 로드."

저도 모르게 오스틴 경은 무릎을 꿇었다. 정말 그렇다. 왕위
계승권 따위는 개나 물어갈 일이었다. 생각해 보면 그것에 집착
할 이유 따윈 아무것도 없지 않은가. 그는 왕에게 충성을 맹세
한 기사가 아니었다. 그와 흑기사단, 그리고 베아릭스기사단 전
체는 그들의 주인, 에르기아와 니엘에게만 충성을 바치면 그뿐
이었다. 그리고 이제 그들은 왕실기사단이 된 것이다.

피로 물든 대전, 왕의 머리통이 구르고 있는 그 상황에서 니
엘은 왕관도 없는 상태로도 충분히 왕으로 보였다. 번쩍이는 녹
회색 눈과 갈기처럼 드리운 새까만 검은 머리칼. 누가 봐도 겁
에 질릴 끔찍한 흉터를 여과없이 드러낸 그는 피에 젖은 셔츠
한 장만 걸친 채 왕좌에 앉아 있었다. 그는 괴물 같았다. 하지만
오만하고 강력한 괴물, 일그러진 얼굴과 아름다운 얼굴을 동시
에 가진, 반인반마의 전설적인 괴물처럼 그는 무시무시하면서
도 아름다웠다. 피에 젖은 셔츠 한 장으로도 그는 황금빛 가운
에 왕관을 쓴 코넨보다도 왕다웠다. 그 자리에 있던 모두는 무
장한 니엘의 부하들에게 둘러싸인 채 새로운 왕에게서 시선을
떼지 못했다.

에르기아 역시 그에게서 눈을 뗄 수 없었다. 바로 옆에 그녀
를 안고 있는 밀란이 부르르 떠는 것이 느껴졌다. 그 역시 느끼
고 있는 것이다. 지금 눈앞에 서 있는 젊은 왕, 에레니엘 베아릭

스가 어떤 남자라는 것을. 잔혹하며 강력하고 아무것에도 얽매이지 않는 왕. 그 무엇보다도 본인 자신이 왕임을 증명할 수 있는 패왕(覇王).

"대단하군."

밀란이 속삭이듯 중얼거렸다. 그는 그녀의 몸을 억누른 팔을 풀어주었다. 에르기아는 휘청거렸지만 쓰러지지는 않았다. 그녀는 니엘이 외친 말이 아직도 귀에 쟁쟁히 울리고 있었다. 왕위 계승권 따위는 필요없다고 그는 말했다. 에르기아가 사생아여도 상관없다고 그가 말했다. 그는……

그녀가 멍하니 서 있는 동안 밀란이 피식 웃으면서 속삭였다.

"공주, 이제 선택하려 애쓸 필요는 없을 것 같소."

그녀가 멍하니 그를 올려다보자, 밀란은 부드러운 눈으로 다독거리듯 말했다.

"당신의 악마공작은 당신을 여왕으로 만들겠다고 말했소. 그 말, 들었소?"

에르기아는 멍하니 고개를 끄덕였다. 방금 들은 말이 아무래도 제대로 이해가 가지 않는 중이었다. 바로 앞에서 부왕이 죽었다. 자신을 저주하는 부왕의 목소리가 아직도 쟁쟁한데, 그 위로 니엘의 웃음소리가 흘러 들어왔다. 그녀의 모습에 혀를 차던 밀란은 갑자기 쿡쿡 웃었다.

"절대로 적으로 삼아선 안 되는 남자요, 저 악마공작은. 아니, 이제부턴 왕인가."

멍해져 있는 그녀를 슬쩍 끌어안은 그는 그녀의 이마에 가볍게 키스했다. 그 키스에 놀라 에르기아가 펄쩍 뛰자 밀란은 재미있어 견딜 수 없다는 듯이 윙크했다.

"커드리스와의 우호를 긍정적으로 생각해 주겠소?"

"그 말은……."

에르기아가 말라붙은 입 안을 억지로 적시며 되묻자 밀란은 고개를 숙이며 예를 취했다.

"우리들은 물러가겠소, 새로운 나라의 왕비님. 그대의 부군은 너무도 강력한지라 이 심약한 남자는 당해낼 수가 없군요, 당신을 데려간다면 분명 그 즉시 전쟁이오. 코넨 왕과는 달리 저 악마공작, 아니, 악마왕과는 절대로 전쟁터에서 만나고 싶지는 않소."

"그……."

에르기아는 밀란이 대체 무슨 말을 하는지 이해가 가지 않았다. 펠리시아가 그녀의 팔뚝을 꽉 잡자, 그제야 에르기아는 펠리시아를 돌아보았다. 그녀의 얼굴에서 눈물이 뚝뚝 떨어지고 있었다.

"안녕히 계시오, 새로운 나라의 왕비님."

밀란은 고상하게 허리를 숙이고는 뒤로 물러섰다. 그런 그의 뒤를 그의 기사들이 재빨리 따랐다. 얼마나 재빠른지 광란에 들떠 있는 기사들을 헤치고 그들은 순식간에 사라졌다. 남은 것은 에르기아와 펠리시아뿐이었다.

"공주님, 이제 어떻게 하지요?"

에르기아는 밀란이 남기고 간 말이 무슨 의미인지 잘 알 수가 없어서 멍하니 서 있었다. 주위에서는 새로운 왕에 대한 환희로 들뜬 기사들이 고래고래 고함을 지르고 있었고, 피에 젖은 여자들이 비명을 올리고 있었다. 왕의 창녀들은 끌려 나가며 몇몇 남자들에게 강간을 당하기도 했다. 늙은 시종 몇몇이 애통한 울음소리를 내긴 했지만 대부분은 다 기뻐 날뛰는 자들뿐이었다. 그들이 무엇을 기뻐하는지 에르기아로서는 이해가 가지 않았다. 단지 폭정을 했던 코넨 왕이 죽었기 때문인가. 아니면 지금 눈앞에 있는 젊은 왕이 너무나 강력하기에 미래에 대한 기대로 들뜬 것일까.

에르기아는 그 모든 장면을 멍하니 바라보다가 천천히 밖으로 걸어나갔다. 로디지의 대전은, 이제 로디지의 것이 아니라 악마공작으로 불렸던 남자의 것이 되었다.

아침이 밝아오고 있었다. 그리고 그에 따라 안개도 점점 짙어졌다. 젖빛으로 물든 하늘을 올려다보며 에르기아는 자신의 거처였던 서쪽 별궁으로 걸었다. 펠리시아는 그녀에게서 떨어지면 죽을 거라 생각하는지 그녀의 옷자락을 꽉 움켜쥔 채였다.

피비린내로 가득 찬 거처로 돌아와 그녀는 주변을 살펴보았다. 시체는 없었다. 아마도 니엘의 병사들이 끌어낸 모양이었다. 약탈의 흔적이 완연했지만 실제로 없어진 물건들은 별로 없었다. 외부 병사들이 아니기 때문에 커다란 물건들은 훔쳐 갈 수 없었나 보다. 하기야 보석도 별로 없었다. 그녀는 문득 생각이 나 자신의 화장대 위에 있었던 어머니의 보석 상자를 찾아보았다. 놀랍게도 그것은 그대로 그 자리에 있었다.

"이상하네요. 병사들이 다 뒤졌을 텐데 어떻게 그대로 있을까요?"

펠리시아도 놀랐는지 작게 물었다. 보석 상자를 열고 에르기아는 그 안을 들여다보았다. 어머니의 유품인 진주와 보석들은 여전히 빛을 발하고 있었다. 어머니는 대체 누구와 정을 통해 그녀를 낳은 것일까? 호위 기사라 했으니 어쩌면 에르기아도 아는 사람일지도 모른다. 그녀는 잠시 페테릭스를 떠올렸다. 하지만 그일 리는 없었다. 만약 그라면 왕이 그녀의 옆에 있도록 놔두었을 리가 없었을 것이다.

"……."

어찌 되었든 이젠 아무도 모른다. 그녀의 출생 비밀을 알고 있는 왕은 니엘의 손에 죽었다. 허탈감에 빠져 그녀는 의자에 털썩 주저앉았다. 어느새인지 펠리시아가 용케도 대야에 물을 떠와 그녀의 더러워진 손발을 닦아주기 시작했다. 충실한 그녀의 모습에 에르기아는 애써 미소 지었다.

"공주님."

"응?"

"슬프신가요?"

자신은 슬픈가? 에르기아는 멍하니 생각해 보았다. 왕이 죽

어서 슬픈지, 로디지가 망해 버려서 슬픈 건지 잘 알 수가 없어
졌다. 아니, 로디지라는 것은 이름뿐, 나라는 그대로 있었다. 사
람도, 토지도 모두 다 그대로다. 이름만이 나에크라고 바뀌었을
뿐.

"저는 기뻐요. 왕이 죽어서."

"아?"

뜻밖의 말에 에르기아가 멍하니 그녀를 바라보자, 펠리시아
는 굳은 얼굴로 호소했다.

"제가 나쁜 계집이라는 것은 잘 알아요. 하지만 기쁜걸요. 공
작님이 왕을 죽여주어서 얼마나 기쁜지 몰라요. 이제 전 공주님
의 곁을 떠나지 않아도 돼요. 공주님은 이 나라를 떠나지 않아
도 돼요."

그 말에 에르기아는 큭 하고 웃고 말았다. 아니, 웃는 것인지
우는 것인지 자신도 잘 알 수 없게 되어버렸다. 결국 니엘은 그
녀의 부왕을 죽이고 왕위에 올랐다. 아니, 스스로 새로운 나라
를 세웠다. 어떻게 보면 그녀의 원수가 되는 것일지도 모른다.
하지만 정말 원수인가?

"너는 니엘을 싫어했잖아?"

"저는 그분이 공주님을 괴롭힐 거라 생각했어요."

그녀는 공손히 고개를 숙였다. 하얗게 드러난 목에는 손자국
이 그대로 남겨져 있었다. 아까 밀란이 잡아쥔 것 때문에 상처
가 남은 것이다.

"그런데 지금은 생각이 바뀌었어?"

"그분은…… 무섭긴 하지만 공주님을 사랑하는 것은 진짜인 것 같아요."

펠리시아는 약한 목소리로 속삭이듯 말했다.

"지금도 무서워요. 아니, 더 무서워요. 하지만…….."

그녀는 두 팔을 벌려 에르기아의 무릎을 끌어안았다.

"공주님이 왕의 소생이 아니라 해도, 그분은 여왕으로 만들겠다고 했어요. 왕의 소생이 아니라 해도 상관없다고 말해 주었어요."

그녀의 떨리는 목소리를 들으며 에르기아는 비로소 아까 자신이 무슨 말을 들었는지 깨달았다. 눈물이 갑자기 흘러내리기 시작했다. 그는, 니엘은 그녀가 코넨 왕의 소생이 아니라는 것이 기쁘다고 말했다. 그런 것 따위 아무것도 아니라고 말해 주었던 것이다. 그것이 기쁜 건지, 슬픈 건지 에르기아는 잘 알 수 없었다. 너무나 많은 일들이 한꺼번에 일어났다. 로디지가 망하고, 아버지가 죽었다. 나에크란 나라가 생겨나고, 니엘이 왕이 되었다. 그리고 그녀는 이제 공주가 아니었다.

멍하니 앉아 있는 그녀의 발을 펠리시아가 더운물에 담갔다. 맨발로 뛰어다닌 탓에 발은 엉망진창이었다. 허벅지도, 어깨도, 옆구리에도 자상(刺傷)이 있었다. 베이고, 찢어진 부분에 펠리시아가 조심스레 약을 바르고 붕대를 감는 동안에도 에르기아는 멍하니 허공을 바라보고만 있었다. 모든 것이 다 피곤했다.

피와 진흙으로 얼룩진 몸을 닦아내고 치료가 끝나자 펠리시아는 그녀의 방을 청소하기 시작했다. 청소하는 데에는 그다지 오래 걸리지 않았다. 핏자국이 난 시트를 새로 바꾸고 엉망이 된 카펫 대신 공작이 보내온 카펫을 다시 깔았다. 펠리시아는 자신이 공작이 보내온 물건을 다시 들여오는 것에 대해 그녀가 뭐라고 할까 봐 걱정했지만 그녀는 너무 피곤해서 신경도 쓰지 않았다.

"주무세요, 공주님."

펠리시아가 작게 속삭였다. 그 속삭이는 소리를 들으며 에르기아는 침대 속으로 기어들어 갔다. 이젠 아무래도 상관없었다. 너덜너덜해진 신경을 쉬게 하게 위해서라면 니엘이든 코넨 왕이든 다 상관없었다. 하지만 베개에 막상 머리를 묻자, 다시 눈물이 흘러나왔다. 그녀의 모든 것들이 다 변했다. 그녀가 소중히 여겨왔던 모든 것들이 다 사라져 버렸다. 그 허탈함에 그녀는 큰 소리로 웃어버리고 싶었지만 웃음 대신 흘러나온 것은 눈물이었다. 창피했지만 눈물은 계속해서 흘러나왔다. 이젠 공주도 아니다. 그녀에게 충성을 바칠 기사들이 몇이나 될지 그녀는 이제 알 수 없었다. 로디지라는 이름은 이미 사라지고 없다. 그녀는 망국의 공주, 아니, 사생아였다. 할 수 있는 일이라고는 아무것도 없는 것이다.

'피곤해.'

펠리시아가 그녀의 발치에서 꾸벅꾸벅 조는 것이 보였다. 안심이 되었는지 이제 졸음이 쏟아지는 모양이었다.

에르기아는 불편해 보이는 펠리시아를 위해 조용히 일어나 그녀를 침대로 이끌었다. 뱃속에 아이까지 있는데 그렇게 힘든 자세로 잠이 드는 것은 좋은 일이 아니었다. 지금 그녀의 뱃속에 있는 아이가 코넨 왕의 아이라는 게 밝혀지면 펠리시아도 위험해질 것은 뻔했다. 그런데도 그녀는 그게 아무렇지도 않은 모양이었다. 눈치 빠른 그녀가 이렇게나 멍한 상태인 것을 보면 그녀 역시 에르기아처럼 너무 많은 일들이 한꺼번에 터져서 정신이 반쯤 나간 모양이다.

에르기아는 말라붙은 피로 얼룩진 자신의 레이피어를 물끄러미 내려다보았다. 검은 전쟁이 끝나면 쓸모없어지는 물건이다. 마치 그녀 자신처럼. 눈물은 멈추었지만 머리는 여전히 띵했다. 날이 완전히 밝아지고, 새로운 왕이 나서게 되면 그녀는 어떻게 되는 걸까? 이 서쪽 별궁에서 쫓겨나게 되는 걸까.

그녀는 다시 밀란이 했던 이야기를 되새겨 보았다.

"미래의 왕비님."

그는 분명히 그렇게 말했다. 하지만 정말 그렇게 될까? 볼품없는 그녀를 왕이 된 니엘이 아내로 삼아줄까? 그는 왕위 계승권 따위는 필요없다고 말했었다. 여왕으로 만들어주겠다고도 했었다. 하지만 그녀는 다른 미녀들과 공정히 대결할 수 있을 정도로 아름답지 않았다.

그녀가 멍하니 니엘에 대해 생각하고 있는 순간 발자국 소리가 요란하게 울려 퍼졌다. 텅 빈 복도를 걸어오는 발걸음은 무척이나 급박하게 들려서 에르기아는 레이피어를 움켜쥐었다. 그 순간, 벌컥 문이 열렸다.

"에르기아!"

서 있는 것은 니엘이었다. 아까와 달리 피에 젖은 셔츠 차림이 아니라 단정해 보이는 푸른 튜닉을 제대로 입고 있었다. 그는 레이피어를 안고 있는 그녀를 보자 한숨을 내쉬었다.

"……다친 데는 없나?"

그가 조용히 물어도 에르기아는 그를 물끄러미 바라보기만 했다. 그의 시선이 붕대를 감은 그녀의 몸 곳곳에 와 닿자, 그녀는 그제야 고개를 흔들었다.

"별 상처 아니야."

그녀는 멍하니 대답하다가 니엘을 다시 올려다보았다. 녹회색 눈동자가 타오를 듯 빛나고 있었다. 매끈한 한쪽 얼굴과 반대로 흉터가 있는 얼굴은 격정에 겨운 듯 일그러져 있었지만, 매혹적인 입술이 도드라져 에르기아는 멍하니 그의 입술만을 바라보고 있었다. 사고가 마비된 것만 같았다.

그는 한 걸음 다가서서 두 팔을 벌렸다. 에르기아는 멍하니 앉아 있다가 벌떡 일어섰다. 챙그랑 하고 그녀의 레이피어가 바닥에 떨어지자 니엘은 힘 주어 그녀를 끌어안았다.

"걱정되어 죽는 줄 알았어."

신음하듯 그가 속삭였다. 에르기아는 그에게 안긴 채 눈을 감았다. 익숙한 그의 냄새가 훅 하고 느껴지자 갑자기 온몸이 뜨거워지기 시작했다.

"당신을 잃는다고 생각하는 것만으로도 미치는 줄 알았어."

그는 쿡쿡 웃었다.

"다들 내가 미쳤다고 생각했을 거야."

그녀는 그의 목소리를 들으며 손을 뻗었다. 그의 뺨이 만져지자, 그녀는 숨을 삼켰다. 진짜 니엘이었다. 진짜로 본인이다.

"에르기아, 말 좀 해봐."

그가 초조한 듯 속삭였다. 평소와 달리 말이 많은 그였다.

"나는, 후회했어. 당신을 내 손안에 넣어놓는 건데, 조금 방심하다가 그만 당신을 잃을 뻔했지 뭐야. 그래서 나는……."

두서없이 말하는 그의 입술을 그녀는 천천히 자신의 것으로 덮었다. 그는 그녀가 키스해 오자 움찔하다가 삼킬 듯이 반응했다. 그의 손이 그녀의 머리를 끌어당겼다. 입술 속의 혀가 닿자, 마침내 그는 참을 수 없다는 듯 그녀를 으스러지듯 끌어안고 혀를 빨아올렸다. 잔뜩 굶주린 듯 허기진 그 키스에 에르기아도 응답했다. 그녀 역시 미쳐 버릴 것만 같은 시간을 보내지 않았던가. 그는 말없이 눈물이 흘러내리는 그녀의 얼굴 전체에 키스를 퍼부으면서 그녀가 걸친 허름한 드레스를 벗겨 던졌다.

"아아, 당신을 잃어버리는 줄 알았어!"

니엘의 눈가에 눈물이 배어 나오는 것을 보고 에르기아는 왈칵 울음을 토했다. 이것은 진심이었다. 그는 지금 진심을 말하고 있는 것이었다. 그가 거짓을 말할 이유는 아무것도 없었다. 에르기아는 자신이 가진 것이 아무것도 없는 사생아에 불과하다는 것을 알고 있었다. 그녀는 그를 끌어낼 것은 아무것도 가지고 있지 않았다.

그는 몸을 숙여 그녀에게 키스했다. 마치 그녀가 깨어지는 물건이라도 되는 듯 너무나 상냥한 태도로. 그의 손가락이 그녀의 얼굴 윤곽을 따라 몇 번이나 더듬더니 천천히 그녀의 짧은 머리카락 속으로 미끄러져 들어갔다. 그의 입술이 그녀에게서 떨어지자 에르기아는 한숨을 토해냈다. 곧 그의 입술이 목덜미에, 그리고 어깨를 따라 쇄골과 가슴으로 이어지는 계곡 사이로 끝없이 키스하며 내려갔다. 에르기아는 숨을 삼키며 부들부들 떨었다. 그녀가 모르는 여자들이 그의 손길에 울부짖었을 거라 상상하는 것만으로도 그녀는 참을 수 없었다. 하지만 그 어떤 여자들도 악마라 불리는 니엘의 눈가에 배어 있는 눈물을 보지는 못했을 것이었다.

그녀는 니엘 이외의 남자는 알지 못했다. 다른 남자와는 사랑을 나눈 적이 없었다. 그 외의 남자는 원해본 적도 없었다. 눈물이 다시 뺨 위로 굴러 떨어졌다.

"왜 울지?"

"니엘은 왜 우는 건데?"

어린 소녀같이 그녀가 되묻자 니엘은 빙긋 웃었다.

"난 울지 않았어. 웃고 있다구."

"거짓말. 그럼 이건 뭐지?"

그녀는 손가락을 그의 눈가에 대고 살짝 눌렀다. 물기가 배어 나왔다. 저 잔인무도하고 냉혹한 악마공작의 눈물. 그녀는 그 눈물에 키스로 달아오른 입술을 대고 살짝 핥아보았다. 보통 눈물과는 달리 단맛이 느껴지는 것 같아 그녀는 웃음 짓고 말았다. 그러나 그것도 잠시, 그녀의 손가락을 잡아챈 니엘이 자신의 혀로 휘감자 웃음은 사라져 버렸다.

뜨거웠다. 그는 이글거리는 눈빛으로 그녀를 바라보고 있었다. 어느 누구도 그녀를 그렇게 보지 않았었다. 누구도 그녀를 이런 식으로 사랑하지 않았었다.

"니엘⋯⋯."

그녀가 속삭이자, 그는 대답 대신 그녀의 알몸을 안고 침대로 다가갔다. 침대에 있을 펠리시아를 떠올리고 에르기아가 머뭇거리는 순간 그녀는 눈을 동그랗게 뜨고 자신을 바라보고 있는 펠리시아를 발견했다. 펠리시아는 어느새 침대에서 내려와 구석에 웅크리고 있었다. 니엘은 주저하지 않고 명령했다.

"나가."

주춤거리면서도 화급히 펠리시아가 밖으로 나가자, 니엘은 알몸이 된 에르기아를 침대 위에 내려놓고 투덜거렸다.

"눈치없는 계집."

그 말에 에르기아가 깔깔거리고 웃었다. 그녀가 웃을 때마다 하얀 젖가슴이 물결쳤다. 그 모습을 바라보고 있던 니엘은 그녀의 가슴에 키스하며 속삭였다.

"나를 사랑해?"

그의 눈이 불안감을 담고 있는 것을 에르기아는 보았다. 그녀는 아주 천천히 그의 눈 속에 담겨진 불안을 맛보았다. 피로 물든 대전 안에서 스스로 왕이 될 거라 선언한 남자가 지금 그녀에게 애정을 구하고 있는 것이다. 왕위 계승권도, 피의 마녀의 기사단을 원하는 것도 아닌 그저 순수하게 그녀만을 원하는 사람이 지금 이 자리에 있었다. 너무 강하고 냉혹해서 악마라 불린 남자가 그녀에게 구애하고 있었다.

"에르기아……."

그의 손가락이 그녀의 허벅지를 어루만졌다. 그의 이름이 새겨진 곳을 쓰다듬으며 그가 대답을 재촉했다.

"나는 당신의 부왕을 죽였어. 비록 친부는 아니라 하지만……. 그리고 나는 또한 당신이 사랑하는 나라도 죽여 버렸지."

그가 허벅지 안쪽을 쓰다듬는 동안 자잘한 불꽃이 그녀의 몸속을 헤엄치기 시작했다. 에르기아는 눈을 감고 그 감촉을 음미했다. 무엇보다 좋은 것은 부드러운 그의 목소리였다. 간구하고 또 간구하는 애절한 감정이 담긴 그의 목소리는 믿을 수 없을 정도로 부드러웠다.

"괜찮아? 그런 짓을 한 나를 용서할 수 있어?"

그가 떨리는 음성으로 물었다. 에르기아는 그가 그런 소리를 낼 수 있다는 것 자체가 놀라워서 멍하니 그를 올려다보았다. 방금 대전에서 보았던 오만하고 거친 남자라고는 도무지 생각되지 않았다.

"니엘은, 내가 공주가 아니라도 괜찮아?"

에르기아가 물었다.

"상관없어. 그래도 넌 나의 공주님이니까."

거침없는 대답에 에르기아는 미소 지었다. 눈물이 또다시 주루룩 흘러내렸지만 상관하지 않았다.

"내게 왕위 계승권이 없어도 괜찮아?"

"바보 같으니. 그건 내가 주겠어."

그가 오만하게 말했다. 그의 눈 속에 따스한 불꽃이 일렁이는 것을 에르기아는 황홀하게 올려다보았다. 그의 머리를 두 손 모아 끌어당기자, 그는 그녀의 목덜미에 키스를 하며 속삭였다.

"나와 결혼하면 너는 여왕이 되는 동시에 왕위 계승권자가 되는 거야."

그녀는 눈을 감았다. 눈물이 계속해서 흘러내렸다. 몸 안 깊숙이 쌓여 있던 덩어리가 녹아 흘러 사라진다.

"날 사랑해?"

니엘이 다시 물었다. 쪼는 듯한 키스가 몇 번이고 되풀이된다. 에르기아는 손등으로 눈물을 닦아내면서 그의 입술에 키스했다.

"사랑해. 엄청나게. 나는 당신에게 미친 바보 같은 년이야."

그녀의 말에 그는 그녀의 입술을 깨물었다. 아얏 하고 그녀가 작게 비명을 지르자 그는 그녀의 하얀 엉덩이를 소리가 나도록 철썩 후려갈겼다.

"왕비라면 왕비답게 말하라구! 그런 말투는 대체 뭐야?"

그 말에 그녀는 웃음을 터뜨렸다.

"왕비의 엉덩이를 때리는 왕이 어디 있어?"

니엘은 그녀를 으스러지도록 끌어안았다. 잃어버릴 뻔했던 그녀였다. 이제는 절대로 놓치지 않을 생각이었다. 비록 그녀의 친부는 아니더라도 부친을 죽이고 나라마저 강탈했을지언정 그녀에게 여왕의 자리는 줄 수 있었다. 로디지가 아니라 그가 새로 세운 나에크라는 새로운 나라에서.

"나, 결혼 선물로 원하는 게 있어."

갑자기 에르기아가 입을 열자, 니엘은 그녀의 엉덩이를 쓰다듬으며 물었다.

"무엇을?"

그녀는 두 손바닥으로 그의 가슴을 어루만졌다. 몇 번이고 만져도 싫증나지 않는 단단한 근육이 손바닥 가득히 잡혔다.

"절대로, 다른 여자를 가까이 하지 않을 것."

"뭐라구?"

니엘이 눈을 크게 뜨자, 에르기아 그녀는 이를 갈면서 그의 머리칼을 움켜쥐고 위협했다.

"내 앞에서 다른 여자와 말도 하지 마! 다른 여자와 춤도 추지 마! 절대로 다른 여자와 가까이 해서는 안 돼!"

으르렁거리는 그녀의 눈을 보며 니엘은 순수한 기쁨에 사로잡혔다. 어째서 이 여자는 이토록이나 그가 좋아하는 이야기만 하는 것일까? 그녀가 자신을 사랑하고 있다는 것은 믿을 수 없는 축복이었다. 그가 소리 내어 웃기 시작하자, 에르기아는 계속해서 다그쳤다.

"웃지만 말고 대답해! 만약 다른 계집이 당신에게 얼쩡거린다면 나는 정말로 그 여자를 죽여 버릴 테니까. 나는 피의 마녀라 불린 여자야! 자수나 뜨고 앉아 있는 귀부인이 아니란 말이야."

그는 그녀의 위협이 계속될수록 더 크게 웃었다. 이렇게나 소리 내어 기쁘게 웃어본 적이 몇 번이나 있었던가. 그녀를 만나고 그는 계속 행복했다. 비록 그녀가 사납게 그의 머리털을 쥐어뜯는다 해도.

"니엘!"

그는 대답하는 대신 그녀의 소리 지르는 입술에 키스하고 또 키스했다. 그녀가 자신을 사랑하는 한, 그는 아무것도 두렵지 않았다. 그는 처음부터 다른 사람의 애정은 바라지도 않았다. 자신이 바라는 사람이 자신을 사랑한다는 것, 그것 이상의 즐거움은 없으니까. 그는 자신의 얼굴이 다른 여자들이 볼 때 비명을 지르도록 끔찍하게 여긴다는 것을 아예 생각지도 못하고 있는 이 여자가, 자신의 이름을 허벅지에 새기고 있는 이 여자가 너무나도 소중했다.

"사랑합니다, 나의 에르기아. 나의 공주님."

그는 그녀의 귓가에 대고 낮은 목소리로 속삭였다.

"5년 전부터, 아니, 당신을 처음 보았던 그 순간부터."

그의 말에 에르기아는 소리 지르는 것을 멈췄다. 그 대신 그녀는 그를 끌어안은 팔에 힘을 주었다. 울음을 터뜨리는 것은 바보 같은 일이지만 별수없었다. 우는 소리가 절로 튀어나왔다.

"나도. 나도, 나의 기사님."

그 다음날, 피비린내가 채 가시지도 않은 옛 로디지의 대전에서 대관식이 거행되었다. 나에크라 명명된 신생왕국의 탄생이었다. 그리고 악마라 불렸던 남자와 마녀라 불렸던 여자의 결혼식도 거행되었다.

어쩐지 로맨스치고는 피 튀기는 이야기가 되어버렸습니다.

처음 구상은 꽤나 긴 대하로드무비로, 가시밭길을 걷는 아름다운 공주님과 슬픈 운명을 가진 기사의 고난이 주제였습니다만 쓰는 과정에서 피 튀기는 엽기커플의 이야기가 되었군요. 공주님은 썩 아름답지 않고, 정중해야 할 기사는 어째 영 성질머리 나쁜 놈이 되어버렸습니다. 결국 이 글의 주제는 〈콩깍지는 무섭다〉라는 겁니다. 그리고 한편으로 말하면 〈선입관은 무섭다〉라는 이야기도 되겠지요. 사랑에 빠지면 곰보도 보조개라고 하지 않습니까? 남들은 끔찍하다고 하는 흉터를 그저 긁힌 생채기 정도로 생각하는 여주인공이나, 키만 멀대 같이 크고 성질 사납다는 여자를 꽃송이처럼 애지중지 바라보는 남주인공이나 둘 다 똑같습니다. 뭐, 그 정도로 빠져 있으면 행복하겠지만요.

사람이 살면서 선입관에 빠지지 않고 살기란 쉬운 일이 아닙니다. 나이가 들면 들수록, 자신의 경험, 자신의 주의주장에 빠져 상대를 자신의 잣대로 재게 됩니다. 이 글에 나오는 바보 같은 주인공들도 앞만 보고 내달리다가 저 혼자 자빠지는 형국이지요.

로맨스의 주인공들은 사실 멍청합니다. 어쩌면 모든 사랑에 빠진 인간들이 다 멍청할지도 모릅니다. 편지 한 통, 전화 한 통, 아니, 말 한마디로 해결될 오해나 문제들이 자신이 기대했던 것과는 다른 대답을 들을까 무서워 회피하다가 결국은 파탄 내는 경우가 얼마나 많던가요? 귀엽기도 하고, 안타깝기도 하고, 바보 같기도 한 이 멍청이들을 보고 있자면 뒤통수라도 한 대 후려갈기면서 솔직해지라고 말해 주고 싶습니다. 물론 남의 일이니까 그렇게 간단히 말할 수 있겠지만.

저는 사랑은 이기적인 것이라고 생각합니다. 물론, 여러 가지 복합적인 설명이 있겠지만 어쨌거나 사랑은 이기적입니다. 자기도취이고 자기위안이지요. 그래서 저는 일방적으로 희생하는 사랑은 반대입니다. 겉으로 보기엔 아름답지만 그처럼 이기적인 사랑도 없을 겁니다.

상대야 가슴이 찢어지든 말든 자신만 만족하면 된다는 극단적인 이기심이기도 합니다. 멀리서 혼자 짝사랑한다면 모르되, 서로 사랑하는 연인 사이라면 누구 하나가 희생해서 이루어진 관계 따윈 만들어선 안 된다고 생각합니다. 당신이라면 연인이 자기 장기를 팔아 등록금 마련한다고 하면 기쁘겠습니까? 저라면 때려죽이고 싶을 겁니다.

사랑하는 사람에게 희생을 요구하는 작자라면 이미 거기서 연인 관계는 파탄난 것이나 다름없습니다. 상대에게 모든 것을 바치고 순종하는 연인은 온전한 연인일까요? 전 그렇게 생각하지 않습니다. 제가 신파극의 주인공들을 싫어하는 이유는 그 때문이랍니다.

나를 위해 내가 사랑하는 사람이 행복하길 바라고, 나를 위해 내가 사랑하는 사람이 즐겁기를 바랍니다. 왜냐하면 사랑하는 사람이 행복하면 나도 행복하니까. 하지만 그게 다른 사람과 함께라면 씁쓸함은 원망으로 화할 수도 있지요. 사랑은, 그렇게 이기적인 겁니다. 그래서 연애 이야기가 재미있는지도 모릅니다. 사랑 때문에, 그놈의

정 때문에 얽히고설키는 이야기들이 두고두고 사랑을 받는 이유도 그런 것이겠지요.

사실은 이 고약한 악마공작을 좀 더 마음고생시키고, 외곬수인 마녀공주를 좀 더 고생시키려했습니다만 지면이 부족한 관계(?)로 그냥 순순히 맺어주었습니다. 전 직선적인 사람이 좋고, 직선적인 사랑이 훨씬 더 좋거든요. 왜 이 이야기가 이처럼 피가 튀기는가 하는 것은, 주인공들이 목숨이 왔다 갔다 하지 않으면 순순히 모든 것을 털어놓지 않으려 하기 때문이랍니다. 아무리 우유부단한 사람이라 해도 죽음이 앞에 있다면 분명 결단력 넘치는 사람이 될 겁니다.

저는 이 이야기를 쓰다가 이 멍청한 주인공들 말고, 말발이 유별나게 세던 밀란 태자가 꽤 마음에 들었습니다. 다음번에 기회가 된다면 이 작자를 주인공으로 한 번 글을 써볼까 합니다만 기회가 닿을지는 모르겠군요.

chungeoram romance novel

연두

1977년 1월 (음력) 물고기자리
2002년 여름부터 〈로맨스월드〉에서 연재하다가
현재 연필 깎는 여우(www.ippune.com)에서 연재 중
현재 만화 기획자, 만화 콘티 작가로 일하고 있음

〈어둠 속의 연인〉 완결, 〈지하철〉 단편 완결
〈얼어죽을 놈의 나무〉 출간
〈그림자의 사랑〉 전자북(북토피아) 출간
〈얼어죽을 놈의 나무〉, 〈그의 모든 것, 또는 …〉
전자북 출간 예정

『얼어죽을 놈의 나무』

"제사 때 가서 좆나게 일하고 나면 그 다음은 뭔데?
애새끼를 위해서 담배를 끊으면 그 다음은 도대체 뭐가 있는 건데?
네 뒷바라지 위해서 내 그림을 취미로 하는 거? 그게 그 다음이야.
또 그 다음이 뭔지 알아?
그렇게 살다가 어느 날 뒤돌아보면 난 네 집안 똥구멍 닦아주는 휴지가 되어 있겠지."

사랑이란 이름은 어떤 행동까지 용납되는 걸까?

● 연두 지음 값 9,000원

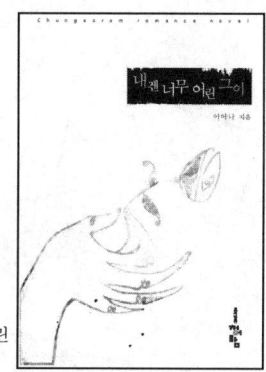

Chungaoram romance novel

이아나

1978년 서울생.
와이즈 북토피아에서 전자책으로 '내겐 너무 어린
그이'를 내면서 데뷔
지금은 그 후속편인 친구 정연의 이야기를 쓰고 있다

『내겐 너무 어린 그이』

그녀의 머리는 미친 듯이 비명을 지르고 있었다.
나의 꿈은, 나의 희망은? 이상적인 남자는?
전문직을 가진, 어른스럽고 혼자 남은 날 거뜬히 돌봐줄 수 있는 남자는?
이 남자는 어린애야. 내가 평생 돌보며 살아야 할 거라구! 그건 싫어, 싫어!
그를 좋아하지 마, 그건 재앙이야!

'당신이 좋아, 당신이! 맙소사, 그를 좋아해. 어쩌지?'

● 이아나 지음 값 9,000원

도서출판 청어람
E-mail : eoram99@chol.com
부천시 원미구 심곡동 350-1 남성빌딩 3층 우420-011 ☎ 032-656-4452 FAX 032-656-4453

임미성

197X년 11월(양력) 사수자리
1996년부터 약 3년간 천리안문단에서 시와 수필
연재
2002년부터 〈로맨스월드〉에서 소설 연재를 시작해
현재 〈로망띠끄〉, 〈연필 깎는 여우〉에서 활동 중

〈사랑입니까〉〈우화(雨花)〉〈땡잡은 여자〉장편
완결, 〈메탈이브〉〈내 마음의 소행성〉 단편 완
결, 〈연애유통기한〉〈앤(Anne)〉〈白鶴別曲
(백학별곡)〉등 연재 중

출간작으로는 〈사랑입니까〉〈우화(雨花)〉와
전자북 〈땡잡은 여자〉가 있다

『땡잡은 여자』

자신의 위치는 여기까지다. 자신은 그에게 있어 한낱 고용인일 뿐이다.
넥타이가 필요하면 불러다가 넥타이를 골라달라 하고,
나갈 때 위신을 세워주기 위한 도구로 돈을 써야 하는 사람일 뿐이다.
여자도 아닌 사람일 뿐이다. 그에게 자신을 여자로 봐달라고 하는 건 역시 무리인 듯했다.
더욱이 그에게 애정을 가져 달라고 하는 건 있을 수도 없는 일이었다.

'그를 사랑하는 거니?'

● 임미성 지음 값 9,000원

김준경

와이즈 북토피아에서 전자책으로 '잠자는 숲속의 아
내'로 데뷔
현재 비슷한 분위기의 아내 시리즈를 준비하고 있다

『잠자는 숲속의 아내』

세나는 마침내 차가운 아스팔트에 주저앉았다.

"넌 내 아내야. 나하고 가야 해."

"그냥 내버려 두세요. 난… 서훈 씨랑 있을래요. 서훈 씨랑 있고 싶어요."

"세나야, 난……."

"그냥 가세요. 죄송해요. Juste…… Laisse moi, allez a elle…… allez! allez a` votre amie……."

5년 동안 깊은 침묵에 빠져 있던 아내가 깨어난다!

● 김준경 지음 값 9,000원

도서출판 **청어람**
부천시 원미구 심곡1동 350-1 남성빌딩 3층 우420-011 ☎ 032-656-4452 FAX 032-656-4453

E-mail : eoram99@chol.com

연두

1977년 1월 (음력) 물고기자리

2002년 여름부터 〈로맨스월드〉에서 연재하다가

현재 연필 깎는 여우(www.ippune.com)에서 연재
중

현재 만화 기획자, 만화 콘티 작가로 일하고 있음

〈어둠 속의 연인〉 완결, 〈지하철〉 단편 완결

〈얼어죽을 놈의 나무〉 출간

〈그림자의 사랑〉 전자북(북토피아) 출간

〈얼어죽을 놈의 나무〉, 〈그의 모든 것, 또는 …〉 전
자북 출간 예정

『그림자의 사랑』

"이혼해요."

"누구 맘대로?"

양복 상의를 손으로 가져가면서 민철이 딱딱한 어조로 말했다.

"오늘 저녁에 동창회 있으니까 준비나 하고 있어."

그의 말을 못 들은 사람처럼 다운은 아무 반응 없이 그의 얼굴을 조용히 응시하고 있었다.

그녀의 맑은 눈을 잠시 뚫어지게 바라보던 민철이 안방을 나갔다.

'평생 이러고 살아, 한다운.'

● 연두 지음 값 9,000원

자유빈

2001년 인터넷에서 글쓰기 시작
현재 티파니에서 계속 글쓰는 중

『독립 선언』

"집을 나가서 살고 싶다고?"
허연 백발에 상투까지 튼 할아버지 앞에
그 한가운데 긴 생머리를 한 묶음으로 정갈하게 묶은 여자가
무슨 큰 잘못을 저지른 사람처럼 무릎을 꿇고 앉아 있다.
"네, 할아버지."
"나가려는 이유는?"

"다른 세상에서 살아보고 싶습니다."

● 자유빈 지음 값 9,000원

도서출판 **청어람**   E-mail : eoram99@chol.com
부천시 원미구 심곡1동 350-1 남성빌딩 3층 우420-011   ☎ 032-656-4452 FAX 032-656-4453

chungeoram romance novel

고애경

1977년 12월 24일 생(양력)

2002년 6월 어느날 〈심심풀이 땅콩과 읽을거리〉 카페 개설

현재 〈로망띠끄〉와 〈심심풀이 땅콩과 읽을거리〉에서 동시 연재 중

〈난 남자다?〉, 〈처음이자 마지막입니다〉,

〈난 그날 밤 네가 한 일을 알고 있다〉,

〈순정만화〉완결

현재 〈99% 사랑+1% 조건=100% 사랑〉연재 중

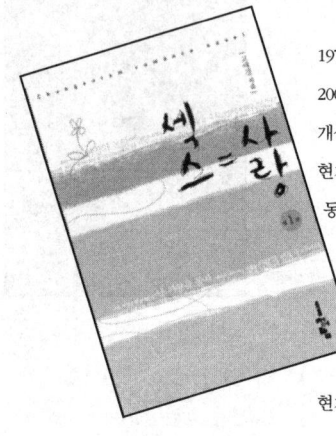

『섹스=사랑』 1, 2

"저기요, 혹시…… 사랑이란 걸 해보셨나요?"

"아니."

"그럼…… 섹스는요?"

"그건 많이 해봤지."

"사랑이 좋아요, 섹스가 좋아요?"

"당연히 섹스가 좋지. 사랑은 귀찮거든."

"오늘 밤 저랑 같이 있어주세요."

● 고애경 지음 값 8,500원

도서출판 청어람

부천시 원미구 심곡동 350-1 남성빌딩 3층 우420-011 ☎ 032-656-4452 FAX 032-656-4453

E-mail : eoram99@chol.com